Née en 1976, Ilaria Tuti vit à Gemona del Friuli, au nord-est de l'Italie. Véritable phénomène dans son pays, *Sur le toit de l'enfer* (Robert Laffont, collection « La Bête noire », 2018), premier volet de sa série autour du commissaire Teresa Battaglia, lui a valu d'être surnommée par la presse italienne la « Donato Carrisi au féminin ». Elle a remporté le Prix Bête noire des libraires en 2019.

SUR LE TOIT DE L'ENFER

ÉGALEMENT CHEZ POCKET

Sur le toit de l'enfer
La Nymphe endormie

ILARIA TUTI

SUR LE TOIT DE L'ENFER

Traduit de l'italien
par Johan-Frédérik Hel Guedj

LA BÊTE NOIRE
Robert Laffont

Titre original :
FIORI SOPRA L'INFERNO

Pocket, une marque d'Univers Poche, est un éditeur qui s'engage pour la préservation de l'environnement et qui utilise du papier fabriqué à partir de bois provenant de forêts gérées de manière responsable.

ISBN 978-2-266-29316-7
Dépôt légal : octobre 2019

À Jasmine

« Alors, ô ma beauté ! dites à la vermine
Qui vous mangera de baisers,
Que j'ai gardé la forme et l'essence divine
De mes amours décomposées ! »

Charles Baudelaire, « Une charogne »

« N'oubliez pas.
Nous marchons en ce monde
sur le toit de l'enfer
en regardant les fleurs. »

Kobayashi Issa
(1763-1828)

Autriche, 1978

Une légende pesait sur cet endroit. De celles qui s'accrochent aux lieux, comme une odeur persistante. On racontait qu'en plein automne, avant que les pluies ne se transforment en neige, le lac de montagne relâchait de sinistres exhalaisons.

Elles s'échappaient de l'eau comme de la vapeur et remontaient les pentes avec la brume matinale, aux heures où le ciel se reflétait dans le bief. C'était le paradis qui se reflétait dans l'enfer.

On pouvait alors entendre des sifflements, comme de longs hululements, envelopper l'édifice datant de la fin du XIXe siècle, sur la rive est.

L'École. C'était ainsi qu'ils l'appelaient, en bas, au village, mais au fil des époques ces murs avaient plusieurs fois changé de destination et de nom : résidence de chasse impériale, kommandantur nazie, sanatorium pour enfants tuberculeux.

Aujourd'hui, dans les couloirs, il n'y avait plus que le silence et des murs décrépis, des stucs décolorés et les échos de bruits de pas solitaires. Et puis, en novembre, ces hululements qui surgissaient du brouillard et glissaient le long des fenêtres des étages supérieurs, jusqu'au toit à versants miroitant de givre.

Mais ces légendes ne s'adressaient qu'aux enfants et aux vieillards mélancoliques, à des cœurs trop tendres. Agnes Braun le savait bien. Elle avait élu domicile à l'École depuis trop longtemps pour se laisser impressionner par un gargouillement nocturne. Elle connaissait le craquement de chaque poutre, le grincement de chacun des tuyaux rouillés qui couraient à l'intérieur des murs, même si désormais les étages étaient en majorité fermés et les portes des salles barrées de planches clouées.

Depuis que le bâtiment était devenu un orphelinat, les subventions étatiques étaient de plus en plus comptées et aucun bailleur de fonds privé ne s'était proposé de verser la moindre somme.

Agnes traversa la cuisine située en entresol, entre les garde-mangers et la buanderie. Elle poussait devant elle un chariot, le manœuvrait entre les récipients qui, d'ici quelques heures, relâcheraient des nuages de vapeurs graisseuses. Elle était seule, à cette heure qui n'était pas la nuit et pas encore le jour non plus. Ne lui tenaient compagnie que l'ombre furtive d'un rat et les silhouettes des carcasses mises à faisander, suspendues dans l'ancienne chambre froide.

Elle entra dans le monte-charge pour rejoindre le premier étage, l'aile dont elle était responsable. Depuis quelque temps, cette responsabilité suscitait en elle un trouble sans nom, comme l'abcès d'un malaise latent qui refusait de crever.

Le monte-charge grinça sous son poids et sous celui du chariot. La cage s'ébranla, entama sa montée, s'arrêta au bout de quelques mètres avec une grosse secousse. Elle ouvrit la grille métallique. Le couloir du premier étage traçait un long ruban de couleur d'un bleu poussiéreux, taché d'humidité et ponctué sur un côté de grandes fenêtres à petits carreaux.

Un volet battait à intervalles réguliers. Elle lâcha son chariot pour aller le bloquer. La vitre était froide et embuée. Elle l'essuya d'une main, y dessinant une sorte de hublot. L'aube éclairait peu à peu le village, en bas dans la vallée. Les toits des maisons étaient comme autant de minuscules dominos couleur de plomb. Plus en hauteur, à mille sept cents mètres au-dessus du niveau de la mer, entre le village et l'École, l'étendue immobile du lac se colorait de rose entre les bancs de brume. Le ciel était clair, mais Agnes savait que le soleil ne réchaufferait pas la clairière escarpée. Le matin en se réveillant, elle avait posé un pied hors du lit et s'était sentie assaillie par la migraine : c'est ainsi qu'elle devinait le temps qu'il allait faire dans la journée.

Le brouillard montait, absorbant toute chose : la lumière, les sons, et même les odeurs s'imprégnaient de cette lymphe stagnante, qui sentait l'os. Et des lamentations s'élevaient de ces volutes vaporeuses qui semblaient prendre vie en s'accrochant à l'herbe brûlée par le gel.

La respiration des morts, songea-t-elle.

C'était le vent, le *buran*, qui soufflait violemment du nord-est. Échappé des steppes lointaines, il avait parcouru des milliers de kilomètres pour finalement s'enfoncer dans le couloir de cette vallée en grondant contre les berges du fleuve, en lisière de la forêt, se répercuter contre les francs-bords alluviaux et ressurgir en sifflant avant de se fracasser sur la paroi rocheuse.

Ce n'est que le vent, se répéta-t-elle.

L'horloge à balancier de l'entrée sonna six coups. Elle allait être en retard, mais Agnes ne bougea pas. Elle temporisait, elle le savait. Et elle savait aussi pourquoi.

De la suggestion mentale, se dit-elle. *Ce n'est que de la suggestion mentale.*

Ses mains se refermèrent autour de la barre d'acier de la table roulante. Quand elle se décida enfin à s'avancer de quelques pas vers la porte du fond du couloir, les récipients tintèrent.

Le Nid.

Une pensée soudaine lui noua le ventre : c'était *vraiment* un nid. Voilà ce que c'était devenu, ces dernières semaines. L'endroit débordait d'une activité intense, mystérieuse. Comme un insecte industrieux, il préparait sa mue. Agnes en avait la certitude, même si elle n'aurait su expliquer ce qui se tramait dans cette salle. Elle n'en avait parlé à personne, pas même avec le directeur : il l'aurait prise pour une folle.

Elle plongea la main dans la poche de son uniforme. Ses doigts effleurèrent le tissu rêche de la cagoule. Elle la sortit et l'enfila sur son visage. Une fine résille protégeait aussi les yeux, voilant le monde extérieur. C'était le règlement.

Elle entra.

La salle était immergée dans le silence. Quelques braises achevaient de se consumer dans le gros poêle en fonte à côté de l'entrée, qui dispensait une tiédeur agréable. Il y avait quarante emplacements, alignés en quatre rangées de dix. Aucun nom sur les plaquettes d'identité, rien que des chiffres.

On n'entendait ni pleurs ni suppliques. Il lui aurait suffi de regarder, et elle savait ce qu'elle aurait vu : des yeux inexpressifs, éteints.

À tous les emplacements, sauf un.

Maintenant qu'elle s'était habituée au silence, elle pouvait l'entendre : il gigotait là-bas dans le fond, il prenait des forces. Il se préparait. À quoi, elle n'aurait su le dire. Peut-être était-elle vraiment folle.

Un pas après l'autre, elle s'approcha de l'emplacement n° 39.

Contrairement aux autres, ce patient palpitait de vie. Ses yeux, si particuliers, si vifs, aux aguets, suivaient ses moindres mouvements. Agnes comprit qu'il cherchait son regard derrière la résille de la coiffe. Gênée, elle détourna la tête. Le sujet n° 39 avait conscience de sa présence, et pourtant, il n'aurait pas dû.

Elle vérifia qu'aucun garçon de salle ne se montrait à la porte et pointa le doigt. Le sujet mordit, serra la chair entre ses gencives, avec force. Dans ces yeux-là, elle vit un regard différent : un regard de possédé. Elle recula en lâchant un juron et une brève lamentation nerveuse s'échappa des lèvres du sujet.

Voilà sa vraie nature, se dit-elle. *Carnivore.*

Ce qui se produisit l'instant d'après la convainquit qu'elle ne pouvait plus garder certaines pensées pour elle.

Les sujets voisins du n° 39 avaient cessé d'être muets. Leur respiration était plus agitée, comme s'ils répondaient à un appel. Le Nid frémissait.

Enfin, tout cela n'était peut-être que suggestion mentale.

1

Aujourd'hui

Le corbeau gisait à côté du sentier, les plumes aux reflets violacés ébouriffées et le bec ouvert. Sous le ventre gonflé, une tache de sang avait imprégné la terre, mais malgré l'humidité de l'après-midi, l'oiseau était déjà sec.

Qui sait depuis combien de temps la bestiole était là, un œil vitreux en direction du ciel chargé de neige, l'autre œil perdu dans l'inconnu.

Mathias l'observait depuis un petit moment, penché au-dessus, à genoux. Il s'était demandé si les puces avaient abandonné le cadavre dès que le cœur avait cessé de battre. Un jour, il avait entendu cela de la bouche d'un chasseur, et cette particularité l'avait longtemps tourmenté. Il trouvait la chose à la fois impressionnante et fascinante.

Il toucha le corbeau du bout du doigt. C'était un spécimen âgé. Il le comprit au bec, nu et blanc. Les petites pattes étaient raides, les griffes robustes agrippant le néant.

Il essuya aussitôt son gant sur son pantalon. Si son père l'avait vu, il lui aurait flanqué une baffe. Il l'avait déjà plusieurs fois surpris en train d'observer les carcasses de petits animaux, que Mathias dénichait dans le jardin ou dans la forêt de pins derrière la maison, et l'avait réprimandé – en se servant d'un mot que l'enfant ne connaissait pas, qui faisait penser à quelque chose de mal. Il en avait recherché la définition dans le dictionnaire. Il ne s'en souvenait pas précisément, mais cela avait un lien avec la folie.

Quand il serait grand, Mathias voulait devenir vétérinaire, et toutes les occasions étaient bonnes pour apprendre. « L'observation, c'est déjà pour moitié de l'apprentissage, lui avait enseigné un jour son grand-père. Ensuite, le reste est affaire de preuves, et encore de preuves. »

Le petit garçon se releva, les yeux fixés sur l'animal. Il aurait voulu l'inhumer, puis se dit ensuite que c'était bien ainsi : la nature était carnivore, elle avait faim de ces restes qui ne seraient pas gâchés.

Les cloches de l'église du village sonnèrent deux heures et demie. Il était tard, les autres l'attendaient dans leur repaire secret.

Il se remit en route sur le sentier de terre verglacé. Ce matin, le bourg de Travenì s'était réveillé sous la neige. Une légère pellicule blanche, fondue trop vite, mais qui s'annonçait quand même de bon augure pour la saison de ski sur le point de débuter.

Il arriva au promontoire juste à la sortie du village. Le monument aux morts des guerres napoléoniennes se découpait au-dessus des bosquets de sapins rouges et de pins. Le grenadier de bronze scrutait l'horizon d'un air sévère, ses longues bacchantes pointées vers le ciel. Une écharpe bleue flottait au bout de la baïonnette, indiquant qu'un membre de son groupe avait déjà grimpé là-haut pour y suspendre le signal.

Mathias pressa le pas. Ce matin-là à l'école, l'institutrice leur avait appris la signification du mot « chef ». L'explication l'avait captivé. La sonorité lui plaisait – le mot possédait quelque chose de définitif –, mais c'était surtout l'idée d'être un guide pour les autres qui le séduisait.

« Un chef protège ses camarades », avait souligné l'institutrice, et c'était exactement dans ce rôle que se sentait Mathias. Il avait conscience d'être le chef du groupe qu'il formait avec ses amis. Pas seulement du fait qu'il était le plus grand – à dix ans, deux mois et une semaine ce jour même –, mais parce qu'on pouvait compter sur lui.

Voilà pourquoi l'écharpe pendue à la statue aurait dû être la sienne et non celle de Diego. Il aurait dû arriver le premier et ouvrir la voie à ses camarades, même s'ils l'avaient déjà empruntée un nombre incalculable de fois. À la place, il s'était attardé à inspecter les restes d'un animal au bord de la route. Son père avait peut-être raison après tout…

Le promontoire du grenadier était entouré de parois rocheuses escarpées, surplombant le lit d'un torrent. Quelques dizaines de mètres plus bas, l'eau bouillonnait entre les frondaisons de couleur sombre.

Mathias entama la descente dans le sentier, une succession de virages en pente raide, en sautant pour gagner du temps et en se retenant à la barrière de protection quand des cailloux roulaient sous les semelles de ses baskets. Il déboucha tout essoufflé sur le lit de graviers de la berge, les genoux tremblants, le visage en feu.

Il s'enfonça dans la gorge tortueuse, creusée par les millénaires. D'étroites corniches en saillie au-dessus de l'eau alternaient avec des escaliers en fer et en bois accrochés à la roche. Entre les grilles des degrés de métal, le torrent avait des reflets d'émeraude et un parfum de glace. La lumière et la tiédeur du soleil ne pénétraient presque jamais au fond de ce gouffre.

Mathias n'entendait plus que le bruit de sa propre respiration et le battement de son cœur dans sa poitrine et, tout à coup, il se rendit compte qu'il était seul. À cette période de l'année, les touristes préféraient les pistes de ski : ici, tout en bas, il faisait trop froid et les risques de chute étaient trop grands.

Il accéléra l'allure, sans savoir pourquoi.

Entre les cimes pointues des sapins, le pont de l'ancienne ligne de chemin de fer maintenant fermée traversait un coin de ciel, à plus de soixante mètres de hauteur. Le grand-père de son grand-père avait participé aux travaux de construction, un siècle et demi plus tôt.

Le nez en l'air, Mathias glissa sur un rocher recouvert de glace et se cogna le genou. Son exclamation de surprise fut suivie d'un bruit, dans le bois. Un cri sourd. Il se retourna, le souffle court.

« La forêt n'est pas un endroit pour les enfants. »

Les propos de sa mère commencèrent à danser dans sa tête.

Il se remit debout, sans vérifier les dégâts à son jean et aux paumes de ses mains qui le brûlaient sous la laine des gants. Il franchit un passage qui contournait une roche saillante. De la mousse d'un côté, les remous de l'eau de l'autre. Ensuite, le sentier continuait en traversant une petite grotte. Mathias franchit ces quelques mètres d'obscurité en courant, en se disant que c'était sa hâte qui le poussait, et non la peur. Quand il déboucha de l'autre côté, il s'arrêta. Un rayon de soleil perçait la verdure et incendiait le sous-bois d'une lumière d'or. La cascade qui alimentait le torrent se jetait dans une chute vertigineuse, pulvérisant de minuscules gouttelettes qui, l'été, lorsque la lumière réussissait à atteindre le fond, chatoyaient de couleurs d'arc-en-ciel.

Sur la plage de galets, ses amis l'attendaient assis en cercle. Lucia, Diego et Oliver.

Cette vision suffit à dissiper ses craintes. Un sourire se dessina sur ses lèvres. Il n'y avait personne derrière lui. Personne ne l'avait suivi.

Il scruta encore les ténèbres de la grotte, comme pour les défier. C'était lui le vainqueur, il était vraiment un chef. Et puis son sourire se figea, finit par s'effacer.

D'un coup, il en eut la certitude.

Il y avait quelqu'un, caché dans l'obscurité, qui l'observait.

2

Le corps gisait dans l'herbe, recouvert de givre. La blancheur de la peau contrastait avec le noir des cheveux et du pubis. À l'arrière-plan, le vert sombre de la nature montagneuse. Quelques plaques de neige persistaient dans les zones les plus ombragées, juste en lisière des bois. Des flocons étaient tombés pendant la nuit et un cristal de neige était resté pris entre les cils du cadavre.

L'homme était couché sur le dos, les bras le long du corps, les mains posées sur des coussinets de mousse. Il ne présentait pas de griffures. Quelques fleurs hivernales aux pétales pâles et transparents pointaient entre ses doigts.

Cela ressemblait à un tableau. Les couleurs étaient celles du sang désormais refroidi, des veines vidées, des membres raidis. Le gel l'avait bien conservé. Le cadavre ne dégageait pas d'odeur, si ce n'était celle de la forêt : terre humide et feuilles pourrissantes.

Quelqu'un avait pris soin de lui.

Sur la terre, autour du corps, on avait déposé des pièges rudimentaires, composés de brindilles et de nœuds coulants.

— Pour éloigner les animaux. Le tueur voulait que nous le retrouvions intact, décréta une voix rauque.

Les lèvres remuaient près du micro du téléphone portable, déplaçant paroles et buée dans l'air ambiant. Tout autour, on s'affairait discrètement, ce n'étaient que blouses blanches, flashs et éclairs de lumière.

— Il ne faisait pas de travaux manuels. Les mains sont lisses et l'or de la bague n'est pas griffé. Les ongles sont soignés. Il ne semble pas y avoir de saletés.

À l'annulaire de la main gauche, l'alliance brillait elle aussi sous la lumière blême de décembre.

Le visage de l'homme portait les marques d'une violente agression, mais le reste du corps paraissait indemne. L'épiderme autour du cou était strié du bleu intense des vaisseaux sanguins. Avant de mourir, il s'était rasé de près. Le léger voile de barbe était une conséquence de la rétraction de la peau post mortem.

— Traces hématiques minimes, incompatibles avec les blessures reçues. Les taches de sang sont probablement plus abondantes sur les vêtements. Ils lui ont été retirés postérieurement.

Un silence.

— Le meurtrier a déshabillé la victime, l'a préparée.

Malgré cette mise en scène scrupuleuse, il subsistait de nombreuses empreintes, sur le corps et dans la terre alentour, un mélange de boue et de glace. Comme si l'auteur du meurtre avait subitement oublié certains détails. À part celles de la victime, il y avait des empreintes de pas appartenant à un seul individu – un homme, à en juger d'après les mesures effectuées, une pointure quarante-cinq.

Sur les bras, les poignets et les chevilles du cadavre, il n'y avait aucune marque d'entraves. L'homme avait un physique athlétique, il était grand, avec une musculature assez développée, et pourtant l'assassin avait réussi à avoir le dessus. Il l'avait agressé avec une violence animale.

Tu connaissais le tueur, voilà pourquoi tu n'as pas tout de suite réagi pour te défendre. Qu'est-ce que tu as dû penser, à cet instant, quand tu as compris que tu allais mourir ?

L'expression du cadavre ne permettait pas de le comprendre. Les lèvres étaient serrées et les yeux…

Le corps avait été abandonné entre un canal de drainage naturel et un sentier arpenté par les touristes la majeure partie de l'année. C'était un randonneur qui l'avait découvert quelques heures plus tôt. Ce n'était ni un hasard ni une erreur : le meurtrier avait choisi de ne pas le dissimuler.

— Je ne vois aucune pulsion sexuelle, et pourtant il l'a déshabillé.

Le chef de la police locale avait indiqué qu'il s'agissait d'un père de famille disparu depuis deux jours, après avoir conduit son fils à l'école. La voiture était à une centaine de mètres du corps, au fond d'un ravin, cachée par les arbres. On l'avait poussée. Dans la terre, des empreintes de pneus et de souliers.

— Le meurtrier s'est déplacé à pied. Les traces continuent dans le bois.

Le commissaire Battaglia interrompit l'enregistrement et leva les yeux vers le ciel. Un corbeau croassa en passant au-dessus d'eux. Les nuages étaient lourds d'une neige imminente.

Ils n'avaient plus le temps. Ils devaient se montrer plus rapides, plus efficaces.

Le commissaire se leva et sentit ses jointures craquer. Trop de journées de sa vie passées à genoux.

Ou trop d'années sur le dos. Trop de kilos à perdre aussi.

— On se dépêche avec ces relevés, ordonna-t-elle.

Les hommes de la Scientifique étaient des ombres blanches et silencieuses, penchées sur des détails que seuls des yeux aguerris pouvaient saisir. Ils photographiaient, prélevaient, classifiaient. La chaîne de préservation de l'ADN était à peine entamée. Elle ne trouverait son aboutissement que plusieurs heures après, dans un laboratoire de l'Institut médico-légal, en ville, à une centaine de kilomètres de là.

L'arrivée de la police avait attiré quelques curieux. Un petit groupe de touristes et de gens du cru stationnaient sous le panneau en bois qui indiquait le sentier menant au village voisin, Travenì. Quatre petits kilomètres. Il était facile de reconnaître les locaux : ils avaient des visages rustiques et vigoureux. Nulle trace chez eux de ce hâle uniforme des pistes de ski, mais plutôt des carnations tannées par les écarts de température, brûlées par le vent.

— Nous avons trouvé ses vêtements, cria une voix depuis les bois.

Un épouvantail, ce fut la première pensée du commissaire Battaglia.

Au milieu des ronces, la « statue » pointait du sous-bois comme une anomalie discordante, une incongruité. Elle était faite de cuivre et de corde, de quelques branchages et de vêtements ensanglantés.

La tête était confectionnée avec le maillot de corps de la victime, bourré de feuilles et de paille, deux baies pourpres à la place des yeux. La veste et le pantalon pendaient du squelette de bois, la montre était attachée à la branche qui faisait fonction de poignet. La chemise était durcie, imbibée de sang. Impossible de dire quelle avait été la couleur originelle du tissu.

Un agent s'en approcha.

— Les traces disparaissent à une centaine de mètres au nord, entre les rochers, signala-t-il.

Le tueur savait s'orienter. Il était du coin ou il le connaissait très bien.

Le commissaire plaça de nouveau le micro devant sa bouche, sans quitter des yeux la clairière, où le cadavre formait une silhouette blafarde sur laquelle se posaient les flocons de neige qui s'étaient mis à tomber depuis quelques minutes. Quelqu'un déployait une bâche pour le recouvrir.

— Cette effigie représente l'auteur du meurtre, expliqua-t-elle. Il a contemplé son œuvre et il a voulu le faire savoir…

Tout à coup, un bruit l'empêcha de poursuivre son analyse. Elle plissa les paupières, se demandant si ce spectacle était bien réel. Un homme s'avançait dans la clairière, entre les voitures de police et le bois, en s'enfonçant tous les quelques pas dans les fondrières. Mais il ne s'avouait pas vaincu. La veste à la coupe élégante qui flottait au vent, la chemise maculée de boue et de neige fondue, sans rien d'autre pour le protéger du gel. Il avait une expression combative, associée à une rougeur qui trahissait la fatigue. Ou peut-être la gêne, la honte.

Quand le commissaire comprit de qui il pouvait s'agir, il lui suffit d'un seul mot pour résumer son état d'esprit.

— Merde.

3

Massimo était enfoncé dans la terre marécageuse jusqu'aux mollets.

Toutes sortes d'émotions lui fouettaient le visage : colère, malaise, incrédulité, mais surtout la honte. Il avançait péniblement entre des touffes d'herbes insidieuses, qui s'enfonçaient sous ses pieds, révélant un piège de gadoue.

Les regards de tous ces inconnus étaient concentrés sur lui : sa nouvelle équipe, puisqu'il venait d'être transféré. Il savait que son supérieur l'observait, depuis l'orée du bois.

D'abord incertaine, c'était une neige abondante qui tombait à présent. Les flocons effleuraient ses joues réchauffées, le temps d'un battement de cils.

Massimo osa lever un instant les yeux. Le commissaire Battaglia devait être ce type, la quarantaine, un peu moins grand que lui, le teint sombre et la cigarette aux lèvres, qui le scrutait d'un regard perçant. Un agent le lui avait désigné d'un geste énergique du bras. Sans le questionner davantage, Massimo s'était avancé en ignorant le cri d'alarme de son collègue. Il n'avait pas compris la raison de son agitation jusqu'à ce que, après quelques mètres parcourus au pas de charge – une manière d'afficher tout son aplomb –, il s'enfonce dans la neige fondue.

Jamais il n'oublierait cette journée. Il était arrivé au bureau avec quelques minutes de retard et avait attendu plus d'une demi-heure dans un couloir du commissariat avant que quelqu'un ne daigne lui annoncer que sa brigade n'était pas là : elle avait été alertée d'une possible affaire d'homicide. Personne ne s'était soucié de l'attendre ou de l'en informer. On l'avait tout simplement oublié.

Cinq minutes de retard !

Massimo avait cru à une plaisanterie, mais le collègue s'était montré lapidaire : le commissaire Battaglia n'a pas le sens de l'humour, lui avait-il assuré. Et, à en juger d'après sa tête, il ne devait pas l'avoir davantage.

Massimo n'avait que deux solutions : s'asseoir et attendre le retour de la brigade, ou rejoindre sa nouvelle équipe là où elle se trouvait.

Il avait malencontreusement choisi la seconde.

Il ne s'était pas attendu à devoir rouler presque deux heures sous un déluge qui déversait des murs d'eau sur l'asphalte, le GPS affolé, les yeux collés au pare-brise. Dès qu'il avait atteint la vallée, il avait pénétré dans un cauchemar verglacé. Les pneus dérapaient dans des virages en épingle à cheveux rendus glissants, et il en avait eu des palpitations. À deux reprises, la voiture était restée bloquée dans la pente, la sculpture des pneus perdant toute prise sur le revêtement gelé. Un tracteur qui passait par là s'était arrêté. Le propriétaire, un vieux à l'haleine de vinasse et au bagout bégayant, avait insisté pour l'aider. Il disait que cela arrivait souvent, avec les touristes, à cette période de l'année, et pour lui ce n'était pas un problème de le remorquer jusqu'au plateau.

— Des troncs d'arbres, du fumier ou des bagnoles, qu'est-ce que ça change ? avait-il ajouté.

Massimo avait accepté avec un frisson. Il avait jeté un dernier coup d'œil inquiet à sa voiture avant d'accrocher la chaîne au pare-chocs, de remonter dedans et de se mettre au point mort.

C'était ainsi qu'il était arrivé à Travenì, remorqué par un tracteur.

Les muscles du dos endoloris par la tension accumulée et un violent mal de tête, il avait enfin pu observer le paysage : d'une beauté primitive, à vous faire perdre tous vos repères. Les cimes enneigées dominaient une forêt millénaire, surgissant comme des lames opaques d'un épais tapis d'arbres. Elles faisaient penser aux géants de la mythologie, elles vous obligeaient à lever la tête, avec une sensation de vertige dans l'âme. Au fond des sous-bois, entre les pins des Alpes et les ronciers de myrtilles, jaillissaient des torrents aux eaux transparentes qui s'écoulaient avec agilité entre les rochers, les stalactites et une mousse odorante. Dans la neige, au bord de la route, Massimo avait aperçu de nombreuses traces d'animaux.

C'était un monde éloigné de celui auquel il était habitué, un monde qui bruissait de la petitesse des hommes et suggérait l'inanité de tous leurs tracas. Un paradis naturel pourtant loin d'être vierge : un versant presque nu s'offrait en partie au regard. Quelques pelleteuses étaient immobiles sur un plateau occupé par des baraques de chantier et d'autres machines destinées à déplacer la terre. Un déboisement était en cours.

Il avait détourné le regard, comme contrarié par une tache sur un beau tableau.

Le bourg de Travenì était apparu après les derniers virages serrés, sur le haut plateau qui surplombait la vallée. Le village était blotti au fond de la cuvette formée par une couronne de montagnes. Les maisons dans le style alpin étaient en pierre et en bois. Devant chaque porte, un monticule dégageait une odeur de goudron. Dans le centre minuscule, l'architecture changeait : les immeubles à plusieurs étages étaient de couleur pastel, sous des toitures mansardées d'allure nordique, et des balcons arboraient des décorations de Noël composées de branches de houx et de flocons rouges. Dans la rue principale se succédaient des auberges et quelques petits restaurants d'aspect vieillot, un magasin d'alimentation et deux cafés. Un groupe de jeunes était massé devant un bar, planches de snowboard sous le bras et un verre de vin chaud à la main : les pistes de ski n'étaient pas loin. Il y avait aussi de la place pour une pharmacie et deux magasins à la mode pour touristes.

Le propriétaire du tracteur les avait déposés, sa voiture et lui, sur la place principale, en refusant l'argent que cet étranger insistait pour lui donner. Il était reparti en le saluant d'un bras levé et d'un coup de klaxon. Massimo avait regardé autour de lui. Le bourg évoquait un panorama de carte postale. Pourtant, des prospectus punaisés à un tableau d'affichage vitré, devant la mairie, invitaient à une réunion dans le gymnase de l'école pour le soir même : les habitants de la vallée étaient conviés à participer à une assemblée contre la construction de la nouvelle station de sports d'hiver. Massimo avait tout de suite pensé au chantier qu'il avait remarqué au pied de la montagne et aux arbres abattus. Même ici, loin de la ville, il n'existait pas vraiment de paix.

Trouver la brigade n'avait pas été compliqué : on avait découvert le corps de la victime non loin de la sortie du village, vers la frontière. On arrivait sur les lieux en empruntant une route non asphaltée qui serpentait entre des carrières et une forêt basse de pins. Les véhicules de la police locale avaient déjà restreint l'accès en formant un barrage des deux côtés de la chaussée. Un policier prenait soigneusement note des plaques minéralogiques de toutes les voitures de passage et les identités des curieux qui sortaient la tête pour jeter un œil sur ce qui se passait.

Massimo lui avait montré son insigne et avait demandé le commissaire Battaglia. Ensuite, il avait fini dans ce terrain spongieux où il progressait encore avec difficulté.

Son supérieur avait au moins cessé de faire attention à lui. Il discutait avec une vieille femme engoncée dans un manteau qui lui descendait presque jusqu'aux pieds. Il était impossible de ne pas la remarquer : elle avait les cheveux coupés au carré, la frange au ras des yeux, d'un rouge artificiel qui détonnait au milieu de toute cette nature aux couleurs harmonieuses et délicates. Elle désignait quelque chose dans le canal qui pénétrait dans le sous-bois, et le policier acquiesçait.

La femme devait être un témoin. C'était peut-être elle qui avait découvert le corps.

Massimo franchit les derniers mètres. Quelqu'un lui offrit de l'aider pour le tirer du bourbier. Il accepta avec un remerciement embarrassé, mais qui sortit de sa bouche comme un borborygme.

Pour la première fois depuis l'école de police, il se sentait soumis à un examen. Il avait le souffle court et les mains moites, malgré le gel. Et il était conscient que son entrée en matière n'aurait pu être pire.

— Inspecteur Massimo Marini, se présenta-t-il en tendant la main à Battaglia. J'ai été affecté à votre brigade. Personne ne m'a averti de cette opération, sinon je vous aurais rejoints plus tôt.

Il ignorait pourquoi il venait de dire ça. Son ton de voix lui avait paru insolent, même à lui ; c'était celui d'un enfant contrarié.

Personne ne lui serra la main. Il la laissa retomber. Il se rendit à l'évidence : ce n'était pas son jour.

L'homme le regardait sans prononcer un mot. Il lui sembla le voir légèrement secouer la tête, comme un avertissement discret. Ce fut la vieille femme qui lui répondit.

— Le mort n'a pas eu la décence de nous prévenir à l'avance, inspecteur.

Elle avait une voix rauque et franchement l'air de le considérer comme un moins que rien.

Massimo la toisa de la tête aux pieds. Le béret de laine piqué de paillettes écrasait sur le front la petite frange espiègle sans aucun rapport avec le visage marqué par l'âge et par une dureté qui laissait présager un caractère autrement plus épineux. Ses petits yeux le fouillaient comme des mains impatientes, lui scrutaient la figure en quête d'on ne savait quelle confirmation. Elle mordillait les branches d'une paire de lunettes de vue. Il remarqua qu'elle avait les lèvres fines : par moments, elle les fronçait, faisant la moue, comme si elle jaugeait la validité d'une idée. Ou d'un jugement.

Sous l'épais manteau, on devinait un physique costaud. Le tissu du vêtement était tendu sur des hanches robustes.

Un agent s'approcha avec un téléphone portable. Il le tendit à la femme.

— Commissaire, c'est le principal. Il aimerait vous parler.

Elle hocha la tête et s'éloigna de quelques pas pour prendre l'appel. Elle lançait de temps à autre un coup d'œil à Massimo Marini.

Ce dernier resta pétrifié. Il venait de se rendre compte que l'homme qu'il avait pris pour Battaglia lui serrait la main en se présentant comme l'agent Parisi. Il avait la bouche sèche et commençait à sérieusement se refroidir. Il essayait déjà de se formuler mentalement des excuses qui pourraient ne pas sembler totalement idiotes, mais dès qu'il la vit mettre fin à son appel, la seule phrase qu'il réussit à prononcer fut aussi la moins appropriée.

— Personne ne m'a prévenu de chercher une femme, commissaire.

Elle le dévisagea comme on avise une crotte collée à sa semelle.

— Oui, enfin, inspecteur, vous n'avez même pas fait l'effort de l'imaginer.

Inspecteur. Il était encore presque un gamin et paraissait sorti d'une publicité dans un magazine de mode. Teresa Battaglia avait senti son parfum à plusieurs mètres de distance. Le personnage tranchait sur cette petite lande alpestre, qui se gorgeait peu à peu de neige et de sang. Le sang d'un homme, tué d'une manière qu'un policier a rarement l'occasion de voir au cours de sa carrière.

Massimo Marini avait un beau visage, assombri par un voile de barbe. Il ne s'était pas rasé. Ce matin-là, il avait eu un souci. Et même plus d'un, à en juger d'après son allure.

L'entrée en matière n'avait donc pas été des meilleures. La tentative du jeune inspecteur de se donner un air déterminé avait lamentablement échoué. Pourtant, Teresa estimait que tout le monde avait droit au bénéfice du doute, même les cas les plus désespérés, comme ce Marini.

Elle était curieuse de découvrir pourquoi il avait demandé son transfert d'une grande ville vers un petit chef-lieu de province. De quoi, ou de qui, avait-il voulu s'éloigner de plus de cinq cents kilomètres ?

On fuit ce qui nous effraie et nous blesse, ou ce qui nous emprisonne, songea-t-elle.

Un amour que des mots d'adieu n'avaient peut-être pas suffi à éteindre ? Mais son visage ne portait aucune trace de chagrin ou de nuits d'insomnie, uniquement de la tension. Et c'était elle qui en était la cause, pas une jolie fille réticente. Non, quelque chose d'autre l'avait fait fuir.

Il restait immobile, et les premiers flocons de neige se déposaient sur ses épaules, un peu plus voûtées qu'à son arrivée.

Teresa réprima un sourire de satisfaction. Elle se délectait de cette tendance à la nervosité chez les nouveaux venus, et celui-ci n'y faisait pas exception. Il l'avait regardée avec un tel air de chiot battu, c'en était presque touchant. Elle savait qu'il avait eu peur, l'espace d'un instant : de risquer un avertissement, de s'être montré goujat, d'avoir donné l'impression d'être un nigaud, alors qu'il aurait tant aimé faire son petit effet sur tout le monde en tapant juste.

Elle l'ignora et se tourna vers Parisi, reprenant la conversation interrompue par l'arrivée rocambolesque de l'inspecteur.

— Il va falloir descendre dans le canal et fouiller aussi de ce côté-là, au milieu de la végétation, dit-elle.

L'agent acquiesça.

Elle jeta de nouveau un œil à Marini. Elle se demandait où il avait laissé son manteau, ou ce qu'il enfilait d'ordinaire pour se protéger du froid. Elle s'abstint de le lui faire remarquer.

— Inspecteur, vous y allez ? lança-t-elle plutôt.

Elle le vit tressaillir, comme s'il se demandait de qui diable elle pouvait parler. Il ne réclama aucune aide, le grand garçon. Il descendit dans le canal d'écoulement tel qu'il était, en s'agrippant à une branche pour ne pas dégringoler dans l'eau stagnante.

Teresa secoua la tête. À quoi servait d'avoir un tel ego, si ce n'est à vous compliquer la vie ?

Pourtant il y est allé tout de suite. Il ne se l'est pas fait dire deux fois.

C'était bon signe : il tenait à se rattraper, et il était prêt à tout pour cela.

Parisi allait retirer les bottillons en néoprène qu'il avait enfilés pour inspecter les lieux et les tendre à son collègue en difficulté, mais elle l'en empêcha.

Ils regardèrent tous deux les chaussures de l'inspecteur s'enfoncer à nouveau profondément dans la boue, entre des restes de feuilles malodorantes et d'autres résidus innommables.

Elle en éprouvait presque de la peine pour lui, mais la scène était amusante.

— Qu'est-ce que je dois chercher ? leur demanda-t-il après quelques minutes d'exploration à l'aveuglette.

Il s'était enfin résigné à demander de l'aide.

— Les yeux, répliqua-t-elle. Nous ne les avons pas encore trouvés.

4

Autriche, 1978

Au village, ils étaient nombreux à parler de l'École, mais ils étaient peu à la connaître vraiment, presque personne n'y étant jamais allé. Les anecdotes sur l'institution n'étaient souvent que des fantasmes alimentés par son apparence mystérieuse. Certains matins, à l'aube, l'édifice de style Mitteleuropa surgissait des nuages bas comme un mirage aux lumières changeantes. De plan rectangulaire, il était posé sur un socle de pierre naturelle provenant des carrières voisines sur lequel s'élevait le premier étage revêtu d'un ciment à bossage. Une corniche faite de sarments vissés les uns sur les autres séparait cet étage des niveaux supérieurs, en pierre de taille. La façade principale, à partir de laquelle rayonnaient les ailes est et ouest, avait une allure que ses quatre colonnes de type ionique, qui alternaient avec des fenêtres à tympan triangulaire, rendaient imposante. Le dernier étage, le troisième, était surmonté d'une coupole en forme de calotte tronquée. La lucarne centrale abritait une horloge qui, de mémoire d'homme, n'avait jamais fonctionné. On disait que l'heure affichée – trois heures, très exactement – était celle de la mort de son concepteur : un jeune architecte de Lenz, frappé par la foudre aux abords du lac, alors qu'il avait l'intention d'aller admirer l'œuvre à peine achevée. Presque deux siècles après, les anciens parlaient encore de la colère divine en raison de l'affront qu'avait subi le Seigneur : ces lieux étaient faits pour le silence, le vent et les fleurs de haute altitude, et l'homme les avait violés avec sa suffisance.

Maintenant qu'elle pouvait apercevoir l'École de plus près, Magdalena comprenait la signification de cette rumeur : ce bâtiment était une anomalie, complètement incongru en pareil endroit. Le caprice d'une noblesse qui n'acceptait aucune limite.

Elle avait rejoint le bâtiment à pied, en empruntant la route qui montait du village au plateau. De là, pour gagner du temps, elle avait pris le sentier qui gravissait le versant opposé de la montagne. Il émanait du lac une odeur âcre de lichens et de fonds boueux. On aurait cru à un œil de la terre.

Elle arriva devant l'entrée, le souffle court et une mèche de cheveux bouclés échappée de son chignon. Elle se dépêcha de la remettre en place avec une épingle à cheveux, tout en vérifiant l'état de ses souliers. Le portail massif s'ouvrit avant que la jeune fille n'ait eu le temps d'en effleurer le heurtoir en forme de tête de loup. Une femme sans âge la fixait de ses petits yeux sévères.

— Magdalena, je suppose. Suivez-moi, je vous prie.

L'infirmière Agnes Braun était comme l'édifice qui l'accueillait : austère et décrépit. Les cheveux épais et gris encadraient un visage beaucoup plus jeune que Magdalena ne s'y était attendue au premier abord. Au prix de quelques artifices, cette femme aurait pu paraître plus qu'agréable, mais apparemment, à l'École, certains raffinements n'étaient pas les bienvenus. Pour l'entretien d'embauche, on lui avait conseillé de se présenter sans maquillage, les cheveux attachés et dans une tenue simple.

D'une courtoisie froide, Mme Braun l'introduisit dans ce qu'elle devait considérer comme son royaume, à en juger sa façon de se mouvoir au milieu de ces marbres, de ces moulures dorées et des rares meubles d'un certain prix restés en place : avec des allures de souveraine. Pourtant, le bâtiment semblait inhabité, tellement silencieux que Magdalena se demanda où se cachaient les pensionnaires.

L'entrée était propre, décorée d'une mosaïque qui reproduisait le blason impérial austro-hongrois : un aigle noir à deux têtes sur fond d'or. Les murs étaient rehaussés de trompe-l'œil représentant des scènes de chasse. La seule tache sombre dans cette harmonie de tons délavés était celle d'une horloge à balancier avec deux Maures incrustés sur les côtés du cadran. L'expression des visages sculptés dans l'ébène était effroyable : les bouches béantes révélaient des dents extraordinairement pointues, en ivoire.

Agnes Braun dut remarquer la stupeur de la nouvelle arrivante.

— Elle a été fabriquée avec des pièces provenant d'Afrique, expliqua-t-elle avec un air satisfait. Elle appartenait à la famille du directeur. C'est lui qui a voulu en faire don à l'École.

Magdalena trouvait l'objet épouvantable, mais elle s'efforça de sourire poliment.

Mme Braun l'étudia en silence, les mains croisées sur la poitrine.

— Tu penses qu'elle est de bon goût ? demanda-t-elle.

Les yeux de la jeune fille se dérobèrent à l'emprise des siens.

— Oui, répondit-elle, mais elle se rendit aussitôt compte que ce mot bref sonnait faux.

Elle se tourna face à cette femme et vit un sourire s'esquisser sur son visage. Agnes Braun semblait satisfaite.

— Tu ne dois pas avoir honte, l'entendit-elle ajouter. Ton petit mensonge m'a permis de comprendre que tu pourrais t'adapter à cet endroit. L'École requiert du dévouement, et le dévouement présuppose une part de renoncement à sa liberté, y compris celle de la pensée. Tu n'es pas d'accord ?

Magdalena opina sans même s'en rendre compte. Il y avait quelque chose chez cette femme qui l'inquiétait. Comme l'École, elle lui semblait être une anomalie, elle aussi.

5

Quelque chose avait effrayé les adultes. Mathias le comprit aux regards que sa mère lui lançait en parlant avec l'institutrice et d'autres femmes : ces regards étaient un moyen de tenir son attention en laisse, et elle tirait de temps à autre dessus avec un coup sec, afin de le garder près d'elle, même s'il était loin. Il serrait dans ses bras son frère, Markus, qui n'avait que quelques mois. Le nouveau-né s'était endormi depuis un petit moment, mais il ne l'avait pas installé dans sa poussette.

Le préau de l'école était parcouru de chuchotements nerveux. Les lumières des projecteurs éclairaient les costumes multicolores abandonnés sur l'estrade. Les répétitions du spectacle de Noël avaient été interrompues peu de temps avant par deux hommes que Mathias n'avait jamais vus au village. Ils avaient parlé avec l'enseignante, puis ils s'étaient rendus auprès de la mère de Diego et, après une brève conversation, elle les avait suivis comme un zombie, pâle et raide. Seul le rappel à l'ordre de la mère de Mathias lui avait fait se souvenir de la présence de son fils. Elle était revenue sur ses pas pour demander à Diego de rester là et d'être grand, lui expliquer que l'institutrice veillerait sur lui et que sa grand-mère viendrait le chercher plus tard. Elle avait la voix tremblante.

Mathias regarda Diego. Il était avachi sur une chaise du parterre, les yeux rivés sur l'enfilade de hautes fenêtres, il observait le ciel noir. La nuit tombait chaque jour un peu plus tôt et semblait étendre la contagion de l'obscurité aux personnes aussi. Travenì n'était plus le village qu'aimait Mathias. Depuis ces dernières heures, il était agité de soupçons qui descendaient sur les habitants comme de la neige. Depuis que le père de Diego avait disparu, la peur avait empoisonné l'atmosphère.

Il s'approcha de son ami. À peine effleuré par le cône de lumière émanant de l'estrade, son visage était une petite lune triste, et peut-être un peu coléreuse. Mathias aurait voulu dire quelque chose, mais il savait que les mots n'auraient eu aucun effet sur lui.

Le père de Diego était mort. Personne n'avait encore prononcé ces mots-là, mais ils le savaient tous les deux, comme on sait qu'une gifle est sur le point de tomber, comme on sent la fièvre monter quand on a encore le front frais.

Mathias serrait son béret entre ses doigts, il le roula en boule et le lui jeta.

La main de Diego jaillit comme la foudre et l'attrapa sans que ses yeux ne se détachent de l'obscurité qu'ils fixaient.

Mathias laissa échapper un sourire. Diego était encore là, avec lui, mais en même temps il était immergé dans un marais de confusion. C'était son meilleur ami et son plus grand rival. À cet instant, cependant, il aurait voulu lui promettre que cela ne l'intéressait plus d'être à la tête du groupe, qu'il pouvait prendre sa place parce que lui aussi avait tout pour être un chef. Ils continueraient de se lancer sans cesse des défis, mais le lien fraternel qui les unissait n'aurait pas été remis en cause. Au lieu de quoi, il se tut, conscient que ce ne serait pas là une digne transmission de pouvoir. Et une autre pensée soudaine réduisit au silence les mots qu'il avait sur les lèvres.

— Où est Oliver ? demanda-t-il.

À ce nom, Diego revint sur terre. Oliver avait seulement un an de moins qu'eux, mais aux yeux de tous c'était le petit de la bande.

Ils se regardèrent, avec la même idée insistante en tête. Il fallait qu'ils le trouvent. Il fallait qu'ils le protègent, en particulier ici, entre ces murs.

Le couloir qui menait aux toilettes des élèves était un ruban de pénombre dont on n'entrevoyait pas le bout. Quelqu'un avait déjà éteint les lumières, les salles de classe étaient autant de trous noirs d'où s'échappait une odeur de craie et de papier.

Oliver déglutit et entendit le bruissement de la salive dans sa gorge. Il avait cherché l'interrupteur, mais ne se rappelait pas où il était – il n'en avait jamais eu besoin jusqu'à présent. Il se tourna de nouveau vers la faible lueur qui le rassurait : derrière l'angle, à mi-distance dans l'autre couloir, les portes du grand amphithéâtre battaient.

Je ne suis pas seul, se répéta-t-il.

Il fit face au couloir. Ces quelques mètres lui faisaient l'effet d'un gouffre.

Oliver le savait : *il* était quelque part dans cette obscurité, ou peut-être au gymnase, occupé à ranger les appareils, ou au réfectoire, en train de vérifier que toutes les fenêtres soient bien fermées. Il se déplaçait toujours en silence, il scrutait tout d'un œil sévère. Mais c'était seulement avec Oliver qu'il se montrait réellement tel qu'il était : aussi méchant que les méchants dans les fables. Sans motif, sans mesure. À cette pensée, son ventre se noua.

Oliver battit plusieurs fois des paupières. C'était comme si l'obscurité pesait sur ses cils, et s'attaquait à sa peau, à ses vêtements, cherchant à le faire sombrer. Il s'avança d'un pas, puis d'un autre. Il s'imaginait être entré dans une bulle de ténèbres.

Si une main l'avait subitement attrapé et l'avait entraîné… Il refoula cette pensée d'où elle était venue, mais le mal de ventre subsistait pour le lui rappeler. La porte des toilettes ne devait pas être loin. Encore quelques mètres et il la sentirait sous la paume de ses mains, qu'il gardait tendues devant lui, et toutes ses peurs seraient balayées par la lumière. Et alors Mathias et Diego seraient fiers de lui et le considéreraient comme leur égal.

Il s'avança avec plus de conviction, jusqu'à sentir sous le bout des doigts la surface lisse du mur. Il les laissa l'effleurer jusqu'à la porte, chercha à tâtons la poignée et l'abaissa. L'odeur habituelle de chlore et de détergent lui confirma qu'il était au bon endroit.

Il hésita, à la recherche du courage nécessaire pour plonger une main dans le noir.

Crétin, se dit-il, se sentant honteux, même s'il était le seul témoin de sa peur.

La bouche crispée, il tendit un bras devant lui. Il avait froid et chaud en même temps. En tâtonnant, il atteignit enfin l'interrupteur, et le néon du plafond s'alluma en crépitant. Le carrelage bleu luisait sous la lumière froide. Un robinet desserré laissait suinter une goutte, par intervalles, dans l'un des lavabos.

Oliver retenait son souffle, la poitrine dilatée : il n'y avait personne.

Il se dirigea vers une succession de trois portes ouvertes devant lui. Il choisit celle du milieu et commença à défaire son pantalon. Au premier bouton, il s'arrêta.

Il n'était plus seul. Quelqu'un se trouvait derrière lui. Une autre respiration s'était unie à la sienne, dans le silence. Une haleine chargée qui puait l'ail et le tabac.

— Salut, petit con.

Oliver se retourna lentement, comme si les mots prononcés par cette voix grossière étaient un ordre. Il tremblait.

Devant lui, la silhouette imposante de son cauchemar quotidien le fit se sentir encore plus petit qu'il ne l'était déjà.

Abramo Viesel était le surveillant de l'école de Travenì. Il était plus vieux que ses parents, mais plus jeune que ses grands-parents. Il avait un corps si lourd qu'il avait du mal à se mouvoir et quand il marchait il se dandinait d'un côté à l'autre comme un bateau ballotté par les flots. Oliver ne l'aurait pourtant pas qualifié de gros. Le terme qui lui venait à l'esprit chaque fois qu'il le voyait et qu'il en subissait les tortures, c'était « puissant ». Comme le vilain dans une bande dessinée de super-héros. Si puissant qu'il aurait pu l'écraser.

L'enfant observa ses mains : elles étaient aussi grandes que sa tête à lui. Il l'imaginait prisonnière de ces doigts trapus et velus.

— Alors comme ça tu as trouvé le courage de venir tout seul jusqu'ici, lui dit-il. Ce n'était pas une bonne idée.

Oliver ne répondit pas. Les mots qu'il aurait pu prononcer n'auraient jamais été les bons, il le savait désormais. Depuis le premier jour où il avait mis le pied à l'école, M. Viesel s'amusait à le tourmenter. Rien qu'avec des mots, sans jamais l'effleurer, mais Oliver sentait que cela ne tarderait pas. À nouveau, il regarda les mains de l'homme et les vit parcourues de mouvements réflexes brefs, comme si les muscles frétillaient sous la peau. Cela lui rappelait les poissons de la rivière, qui affleuraient à la surface par petits bonds rapides pour se nourrir d'insectes.

Il savait que M. Viesel était lui aussi en quête de nourriture, de celle qui assouvissait sa faim la plus secrète : la peur d'Oliver. Le regard de ce dernier vint se poser sur l'abdomen gonflé de l'homme. Il occupait l'encadrement de la porte, barrant toute issue.

— Ils m'attendent, réussit-il à prononcer dans un souffle.

Le ventre de M. Viesel se souleva, secoué par un rire sourd qui s'éteignit presque aussitôt.

— Tu es venu pisser. Alors vas-y, ordonna-t-il sans bouger de sa place.

Oliver ferma les yeux, en serrant fort les paupières. Le poids qu'il sentait peser sur sa vessie se transformait en douleur.

— Je dois y aller, dit-il. S'il vous plaît.

— Non, tu restes. Au garde-à-vous comme un soldat, jusqu'à ce que tu te pisses dessus.

Oliver sentit ses joues se mouiller de larmes.

— Ah, voilà la petite femmelette qui ressort, se moqua M. Viesel.

Oliver songea que Lucia était elle aussi une femme, et pourtant elle était courageuse et forte. Il ouvrit les yeux. Il vit la silhouette de son bourreau trembler, brouillée par les larmes.

L'homme se pencha vers lui.

— Tu le sais, ce que je vais faire, si tu vas raconter le moindre truc aux autres, n'est-ce pas ?

Oliver garda le silence.

— Une de ces nuits, pendant que tu dors, je viendrai te chercher, et…

Il mima le geste de l'attraper. Oliver réprima un hurlement et M. Viesel éclata de rire. L'instant d'après, quelque chose lui heurta la tête et retomba sur le carrelage.

Le surveillant observa l'objet et Oliver suivit son regard. C'était une brosse qui servait à effacer le tableau noir. Elle avait laissé une marque blanche de craie sur la joue de l'homme.

M. Viesel se tourna vers l'entrée et Oliver en profita pour se faufiler entre sa hanche et l'encadrement de la porte en poussant de toutes ses forces pour retrouver la liberté.

— Où penses-tu aller comme ça ? l'entendit-il crier, mais à présent il était en sûreté.

Mathias et Diego s'interposèrent entre lui et son bourreau.

— Voilà tes petits copains qui accourent pour te protéger, grommela l'homme. Quand est-ce que tu arrêteras de jouer les couilles molles ?

— Laissez-le tranquille ! s'écria Mathias.

— Et toi, qu'est-ce que tu veux, Klavora ? Ton père ne t'a pas flanqué assez de torgnoles, cette semaine ?

Abramo Viesel se nettoya la craie du visage.

— Et en plus, il y a le jeune Valent, continua-t-il en toisant Diego. (Il ramassa la brosse par terre.) Ton vieux à toi, par contre, il a mal fini.

— Taisez-vous !

Cet ordre de Mathias resta sans effet. Oliver le vit empoigner Diego par le bras et tenter de l'éloigner, mais l'autre semblait s'être changé en statue.

— Allons-nous-en ! les supplia-t-il.

— J'ai entendu ce que se sont dit les policiers sur le parking avant d'entrer pour venir chercher ta mère, susurra Viesel, comme sur le ton de la confidence. Tu veux savoir ?

Diego ne réagit pas, et continua de le regarder fixement. Oliver se fit la réflexion qu'il avait l'air hypnotisé.

— Tu veux savoir comment il est mort ?

À présent, ils l'écoutaient attentivement tous les trois.

— Ils l'ont traîné dans les bois et ils lui ont arraché les yeux. (Abramo Viesel leva les mains, les doigts repliés comme pour mimer des griffes tranchantes, et il les rapprocha peu à peu du visage de Diego.) Comme ça !

La voix de l'institutrice qui les appelait depuis le couloir interrompit son récit. Oliver sentit que Mathias l'attirait à lui d'un coup sec, et qu'il entraînait aussi Diego vers la sortie.

Derrière eux, Abramo Viesel se plaignait sur un ton geignard d'être fatigué, avec ses problèmes de santé, de nettoyer les toilettes après les mauvaises plaisanteries de ces sales vicieux de gamins. Oliver ne se retourna pas pour vérifier, mais il était sûr qu'il agitait la brosse à tableau noir dans une main et qu'avec l'autre il se tenait le bas du dos.

En revanche, il observa Diego, et ne le reconnut pas. Il était si pâle qu'on l'aurait cru mort. Exactement comme son père.

6

À l'intérieur de la pièce plongée dans la pénombre, le projecteur restituait les photographies prises sur la scène de crime.

C'étaient des gros plans de lèvres entrouvertes, cyanosées, détails de vaisseaux sanguins qui se ramifiaient sous l'épiderme comme le delta d'un fleuve. Un sternum pâle. Le visage percé de deux sombres cratères à la place des yeux.

Ces images étaient la matière première de leur travail. Une pâte à modeler qu'ils devraient pétrir jusqu'à la transformer en un visage, celui du criminel, et ensuite un nom y serait associé. C'était le profil psychique du meurtrier qui conduisait à son identité, jamais le contraire.

Teresa Battaglia observait, enfoncée dans un fauteuil, entre le commissaire principal Ambrosini et le substitut du procureur Gardini : deux amis, même si dans le travail les rôles restaient nettement définis. Derrière eux, son équipe.

Ils étaient tous rentrés depuis peu au commissariat, après l'inspection de la scène de crime et les prélèvements, transis jusqu'aux os. Le travail avait à peine commencé et la journée s'était fondue dans la nuit, sans transition.

Ses yeux lui brûlaient, à cause de la fatigue, mais ils restaient attentifs.

Encore des images, cette fois d'une nature non domestiquée par l'homme. Les cartels et les tableaux de mesure de la Scientifique pointaient au milieu de la végétation. Ils étaient disposés à côté de chaque élément repéré : traces hématiques, empreintes, branches cassées par la furie d'une bête à l'apparence humaine.

Et ensuite, la pièce de choix de cette panoplie macabre : un totem confectionné avec les vêtements ensanglantés de la victime.

Sur l'instant, Teresa sentit que la respiration du procureur Gardini s'était faite plus pesante : c'était l'effet de l'horreur. Il venait tout juste de se rendre compte que cette affaire d'homicide n'était pas « normale ». Il y avait là de la psychose, et autre chose d'encore plus dangereux qu'elle n'était pas encore en mesure de définir.

Ils n'auraient pas trouvé les réponses dans un mobile criminel ordinaire. L'esprit humain n'accouchait pas d'un cauchemar de ce genre par jalousie, par vengeance ou simplement pour de l'argent. Ce fétiche possédait une signification bien plus complexe. Il requérait toute leur attention parce qu'il avait quantité d'informations à leur livrer.

— C'est peut-être le détail le plus inquiétant, murmura le commissaire principal.

Teresa avait eu la même impression, et pourtant maintenant, en l'observant, il lui sembla entrevoir un autre aspect. Elle ne réussissait pas encore à saisir quoi. C'était juste une réflexion évanescente sous la surface, qui apparaissait par intervalles avant de s'effacer dès qu'elle cherchait à lui donner un nom.

— Quelque chose ne va pas ? lui demanda le substitut du procureur.

Elle ne répondit pas tout de suite, elle laissa le temps à cette sensation de prendre forme, mais elle attendit en vain. Finalement, elle secoua la tête et ne dit rien. Elle ne voulait pas égarer les autres avec une intuition qui lui semblait suspendue au néant, et, en l'occurrence, cette idée que, abstraction faite des circonstances dans lesquelles ils l'avaient trouvé et du sang dont il était barbouillé, cet épouvantail lui évoquait un acte infantile, voire franchement joueur.

Elle fixa les yeux, qui étaient faits de deux baies.

— Il faut qu'on sache où le tueur a ramassé ces baies, déclara-t-elle. Je n'en ai pas vu sur place, et je ne crois pas qu'elles soient un détail négligeable.

Le substitut du procureur opina.

— Qu'est-ce qu'elles peuvent signifier ? demanda-t-il.

Elle n'en était pas encore certaine, mais elle avait une vague idée.

— Il était important pour lui qu'elles y soient, reprit-elle. Si le totem représente le meurtrier, alors c'est qu'il observe quelque chose.

Mais quoi ? La victime en train de mourir ou le village à peu de distance de là ?

Au cours de leurs investigations sur place, elle avait remarqué que, d'après son orientation, l'épouvantail semblait regarder le clocher de l'église de Travenì, et ce détail précis l'avait inquiétée.

— L'absence de la bouche le rend inexpressif, fit remarquer Gardini.

— De cette manière, le tueur a masqué ses émotions, expliqua-t-elle. Il est impossible de savoir ce qu'il a pu éprouver à l'instant fatidique, de la colère ou de la peur, du tourment ou de l'exaltation.

Le substitut du procureur lâcha un soupir chargé de tension.

— Il n'a laissé aucun indice sur ses intentions, murmura-t-il.

— Il n'a pas voulu en laisser, rectifia Teresa. Je ne crois pas qu'il s'agisse d'un oubli fortuit.

— Qu'est-ce qui t'amène à cette hypothèse ?

— Le fait qu'il se soit montré si méticuleux dans la préparation de la scène de crime. Il a dû pas mal fantasmer avant de passer à l'acte. C'était très exactement comme cela que nous devions la découvrir. Souvenez-vous des pièges disposés autour. C'est un perfectionniste.

— Il nous a donc attirés jusqu'à un emplacement précis, mais ensuite il a choisi de nous dissimuler ses pensées.

Elle acquiesça.

— Je me demande si l'absence de nez ne participe pas aussi d'une occultation inconsciente, ajouta-t-elle. Un organe de perception plus sensuel que la vue, intimement lié à la libido…

— Si c'est le cas, qu'est-ce que tu en déduis ?

Teresa se frotta les yeux. Ce n'étaient pas de simples mots qu'on lui demandait de prononcer : c'étaient souvent des prédictions audacieuses, des aveux de suspects qui pouvaient se traduire en condamnations potentielles. Et, dans le pire des cas, comme celui-ci, le choix de la direction à prendre.

— Toute déduction serait prématurée, trancha-t-elle.

Gardini ne la lâcha pas.

— Dis-moi seulement ce que tu penses, insista-t-il.

Toute amabilité n'avait pas disparu de sa voix, mais elle laissait en partie place à l'urgence.

— Je ne veux me priver d'aucune piste d'investigation, répondit-elle sur le même ton, sans un regard.

Le substitut du procureur se pencha tout près de son oreille.

— Il n'en sera rien, lui promit-il. Nous resterons ouverts à toutes les pistes éventuelles, autant de temps que tu le jugeras opportun.

— Je ne suis pas une devineresse, siffla-t-elle en veillant à ne pas se faire entendre du reste des personnes présentes.

— Personne n'a jamais rien pensé de tel, intervint le commissaire principal. Pourtant, tu finis toujours par tomber juste. Ou presque toujours. C'est pourquoi nous insistons.

Elle soupira. Ils étaient loin de mesurer le poids de ce qu'ils exigeaient d'elle.

— Le portrait-robot que j'entrevois est encore rudimentaire, avoua-t-elle. Si véritablement l'occultation des sens n'est pas accidentelle, cela me fait penser à une personnalité fortement refoulée, qui vit une sexualité maladive. Mais il est encore trop tôt pour l'affirmer, tint-elle à préciser.

Les images qui s'affichèrent ensuite à l'écran étaient des détails de la montre de la victime : elle était attachée à l'envers, autour de la branche censée représenter le poignet, le cadran tourné vers le bois. Elle n'avait aucune idée de ce que cela pouvait signifier.

— Les yeux de la victime ? s'enquit le commissaire principal dans un murmure, les doigts croisés devant sa moustache grisonnante.

— Nous ne les avons pas trouvés, l'informa-t-elle. À cause des oiseaux, peut-être. Ou alors c'est un trophée que l'auteur du meurtre a emporté avec lui. Ils ont une forte valeur symbolique. Les yeux découvrent le monde, ils l'observent, le mesurent. Ils regardent et ils désirent : peut-être ont-ils regardé et désiré quelque chose qu'ils n'auraient pas dû ? Ils sont le miroir de l'âme, dit-on. Il doit y avoir du vrai, puisque souvent les assassins masquent ceux de la victime pour ne pas se sentir jugés, pour ne pas faiblir dans leur intention de tuer.

Gardini se tourna vers elle. Elle perçut sa perplexité.

— Trophées ? Symboles ? Nous ne parlons pas d'un tueur en série, ici, lâcha-t-il froidement.

Elle haussa les épaules sans quitter des yeux les photographies qui continuaient de défiler.

— Il y a dans ce meurtre quelque chose de pathologique, observa-t-elle. Cela m'amène à penser que le mobile n'a rien d'élémentaire.

— L'hypothèse de la psychose est pertinente, nous sommes d'accord, mais…

— Il n'y a pas que cela.

— Quoi d'autre alors ?

Elle n'avait pas envie de le formuler, pas encore, mais si la composante psychotique était si forte, comme le laissait supposer ce type d'agression, il était alors difficile d'expliquer le degré d'organisation qui transparaissait à travers d'autres détails.

Soit tu es un fou furieux, soit tu es un calculateur froid et méticuleux. De deux choses l'une.

— Nous en saurons plus après avoir discuté avec le médecin légiste, se borna-t-elle à estimer.

Le commissaire principal hocha la tête.

— Tu as l'intention de le harceler ? demanda-t-il ensuite à voix basse, avec l'ombre d'un sourire, aussitôt refoulé.

Elle lança un coup d'œil de travers au nouvel arrivant. Marini était resté debout, adossé contre le mur. Il avait bien essayé de nettoyer un peu ses vêtements, mais pour leur redonner un aspect présentable, il lui aurait fallu autre chose qu'un peu d'eau et de savon.

— Pas plus que ça, répondit-elle en se retournant. Disons dans une juste mesure.

7

L'Institut médico-légal était un endroit qui ne laissait pas indifférent, tout particulièrement si l'on en franchissait le seuil de nuit, quand le personnel se limitait au médecin de garde et à deux agents hospitaliers, et lorsqu'on baissait les éclairages. Si le bâtiment, de jour, ressemblait à un service d'hôpital, avec des couloirs animés d'un constant va-et-vient et d'un flot de conversations, et des amphithéâtres fréquentés par des doctorants, à cette heure tardive, il révélait son visage le plus angoissant. Le silence lui ôtait ce vernis de normalité et en exposait l'essence : celle d'une destination finale solitaire. Les lieux respiraient la mélancolie, comme si la douleur des familles demeurait attachée aux corps conservés dans les compartiments frigorifiques, et comme si les larmes et les sanglots restaient collés aux murs.

La mort est faite pour la terre, pas pour le ciment, songea Teresa en passant devant ces salles noyées dans la pénombre, où l'immobilité semblait avoir contaminé ce qui, dans le reste du monde, aurait au contraire été mobile : il n'y avait pas de fenêtres par où faire entrer la lumière et renouveler l'air ambiant, et les appareils éteints n'affichaient aucun tracé vital à surveiller. Cet endroit n'était pas pensé pour les vivants.

Le maître de ces lieux s'appelait Antonio Parri.

Teresa et Marini le trouvèrent dans l'un des amphithéâtres, où il préparait son cours du lendemain.

Le commissaire frappa à la porte ouverte, surprise à chaque fois de voir à quel point cet homme de petite taille aux cheveux blancs et rebelles avait l'allure d'un enfant : le coude pointu et le genou cagneux, il scrutait le monde de ses yeux bleus grands ouverts, derrière les verres de ses lunettes. Un éternel curieux, un cerveau brillant. Il n'était pas rare qu'il soit celui à qui Teresa réservait ses premières impressions sur une affaire.

— Commissaire, vous me forcez à faire des heures supplémentaires, la réprimanda-t-il avec une moue boudeuse qui se mua aussitôt en un sourire.

Il abandonna les papiers sur lesquels il s'était penché et lui fit signe d'entrer. Quand il remarqua Marini, il le salua d'un signe de tête. Il ne l'avait observé que quelques brèves secondes, mais il aurait été capable de le décrire en détail : c'était son métier, et il l'exerçait tout autant avec les morts qu'avec les vivants.

— C'est toi que je voulais, et personne d'autre, répliqua-t-elle simplement, mais ces quelques mots signifiaient déjà beaucoup : sur la complexité de l'affaire, sur les particularités qui la préoccupaient, sur le besoin de se confronter à un esprit analytique qui soit en mesure de voir ce qu'elle-même voyait.

— Allons-y, fit le praticien. Il nous attend.

Le corps de la victime était allongé sur une table d'opération en acier, recouvert d'un drap blanc qui sentait le savon. Parri traitait ses hôtes avec respect et un avec soin singulier. Un jour, elle l'avait vu exiger que l'on change un drap parce qu'il était taché. Pour le cadavre, cela n'aurait guère eu d'importance, mais pour les parents, si, et Antonio ne l'ignorait pas. En fait, il savait que cela importait encore plus. Par sa présence, il rendait l'endroit moins oppressant, il lui prêtait un peu de son humanité.

L'épouse de la victime avait procédé à l'identification du corps quelques heures plus tôt, alors qu'il était encore à l'intérieur du sac de la police mortuaire, au milieu de la forêt. À présent, ils connaissaient son nom ; mais pas encore son histoire et la fin qui l'avait prématurément soustrait à ce monde.

— Nous avons effectué toutes les analyses de routine, expliqua Parri. Prélèvements, tampons, frottis sublingual... Nous n'avons maintenant plus qu'à pratiquer l'examen post mortem et à attendre les résultats.

Il rabattit le drap, révélant le défunt.

Teresa hocha la tête, les yeux fixés sur le cadavre. Les cavités orbitaires étaient recouvertes de gaze. Un autre signe de piété.

— Pas de rapports sexuels avant le décès. Les blessures au visage sont profondes et font penser à une action mécanique violente et brutale. On n'a pas utilisé d'instrument, selon moi. Il a fait ça à mains nues, et d'ailleurs il a laissé des empreintes.

Teresa vit Marini tressaillir. Jusqu'à cet instant, il était resté à l'écart, tendant le cou à l'occasion pour observer le corps.

— Il ne te mangera pas, glissa-t-elle. Approche et observe-le bien.

L'inspecteur obéit, mais il s'était raidi, comme s'il ne savait pas comment se comporter. Teresa le perçut à la manière dont le jeune policier semblait soudain se sentir encombré de son propre corps. Il ne savait pas où mettre les mains, où mettre les pieds, quoi faire de sa personne.

— Je ne connais rien à ces choses-là, avoua-t-il. Je ne peux pas être d'une grande aide.

— Tu n'y connais rien en matière de gens qu'on trucide ? Alors change de métier, ou apprends. (Elle porta de nouveau son attention sur Parri.) Est-ce que tu veux dire qu'il l'a énucléé avec les doigts ?

— Je dirais que oui. La victime n'est pas morte tout de suite, mais au bout de quelques heures, si j'en juge par le fait que certains capillaires ont eu le temps de cicatriser. En revanche, pour t'indiquer la cause précise de la mort, il faudra attendre l'autopsie complète. Une chose est sûre, elle remonte au jour de la disparition. En tout cas, j'exclurais la suffocation : la trachée paraît intacte et il n'y a pas d'hématome sur l'épiderme de la gorge.

— On ne meurt pas de blessures de ce genre ?

C'était Marini qui venait de prendre la parole.

— C'est un nouveau ? demanda Parri à Teresa.

— Eh oui, fit-elle.

— Non, on ne meurt pas de blessures de ce genre, mon garçon.

— S'il est décédé au bout de quelques heures, alors le tueur est resté là-bas, à le regarder agoniser, murmura-t-elle, perdue dans ses propres conjectures. Ou alors il est revenu déposer le corps pour préparer la scène de crime qu'il avait en tête.

— Nous avons trouvé un fragment d'ongle dans l'une des cavités orbitaires, continua le médecin légiste. Je l'ai déjà envoyé au laboratoire pour l'examen d'ADN.

Teresa était troublée et Parri s'en rendit compte.

— Qu'est-ce qui ne te convainc pas ? s'enquit-il.

— Tout. Rien. Je ne sais pas. (Elle retira ses lunettes et, en se servant d'un coin de sa manche, nettoya les verres avec des gestes compulsifs.) C'est comme si le crime avait été commis par deux individus différents. Le premier, lucide, méthodique, qui a placé le corps de façon à adresser un message et qui a disposé tout autour des pièges afin de s'assurer qu'il arrive jusqu'à nous le plus intact possible – tout en dissimulant la voiture de la victime pour qu'on ne la repère pas trop vite. Et le second, complètement désorganisé, presque animal : la manière dont il l'a tué, le fait d'avoir commis cet acte à proximité d'un sentier sans se préoccuper d'être vu, sans rien utiliser pour le ligoter, sans se servir d'arme, comme si cet homicide avait été le résultat d'un raptus. Il a laissé des empreintes partout, sans se soucier de respecter les précautions les plus élémentaires.

Ils reprirent l'examen du corps.

— Il n'y a pas de morsures, releva-t-elle.

— Je l'ai tout de suite remarqué, moi aussi.

— Quand l'agression est perpétrée dans une intention sadique, expliqua le commissaire pour l'édification de Marini, il n'est pas rare de trouver des signes de morsure : l'assassin perd toute maîtrise de lui-même et se livre totalement à des actes de brutalité. Mais cette fois, rien de tel. Même pas une griffure.

Il a laissé le reste du corps intact, comme si seul le visage l'intéressait.

— Et pourtant, même cet aspect-là ne te convainc pas, compléta Parri.

Elle acquiesça.

— Je ne réussis pas à le cerner, et c'est la première fois que cela m'arrive. Je ne parviens pas à me faire une idée de l'individu auquel je suis confrontée.

— Ce n'est peut-être pas plus mal, intervint Marini. L'absence d'idée préconçue, je veux dire. Il est un peu tôt pour comprendre à quel type appartient le meurtrier.

Elle le toisa. Il avait la même expression qu'au moment de son arrivée sur la scène du crime, ce matin : l'air à la fois belliqueux et raisonneur. Elle ne parvenait pas à croire simultanément à tant d'ingénuité chez la même personne.

— Tu ne sais franchement pas de quoi tu parles, lâcha-t-elle.

— Au contraire, je crois que si.

Elle secoua la tête.

— Non, inspecteur, ce n'était pas une question.

— Profil ? demanda Parri en interrompant cette passe d'armes.

Teresa hésita.

— Vas-y, l'exhorta le médecin. Je le lis sur ton visage de toute façon.

— Tout ce que nous avons, c'est un seul homicide, Antonio. Un profil, cela se fonde sur d'autres éléments.

— Mais tu y as pensé, pas vrai ? Il y a une dimension rituelle dans ce meurtre, je sais que tu l'as tout de suite compris. Cela peut pousser celui qui a fait ça à en commettre d'autres. Et c'est ainsi que naît un tueur en série.

Elle mordillait sa branche de lunettes. Elle était fatiguée, morte de faim, sur les nerfs. Parri la connaissait trop bien et elle se sentait transparente en sa présence.

— Entre vingt-cinq et trente ans, dit-elle finalement. Il vit seul. Il a un aspect ectomorphe, et pourtant il doit être pourvu d'une grande force. La victime n'était pas fluette. Il est désorganisé, mais il montre des signes de lucidité. En plus de sa vigueur, il a de la méthode. Il est intelligent, mais je doute que, dans sa vie, il ait obtenu de bons résultats, en raison de sa psychose : à l'école, il avait des notes insuffisantes, et aujourd'hui, s'il travaille, il occupe un emploi inférieur à ses capacités. Il est introverti. Il n'a pas de compagne. À mon sens, il n'a jamais pu approcher une femme. Il a peut-être des problèmes sexuels.

Marini soupira. Un geste inconscient qui révélait sa perplexité, nota Teresa.

— Il y a un élément dont tu aimerais discuter ? demanda-t-elle.

Il ouvrit grand les bras et les laissa retomber le long du corps.

— D'après vous ? fit-il. Ou alors vous vous figurez que je suis ici pour tuer le temps ? Bien sûr que j'ai envie d'en discuter, et de me confronter, de me disputer si cela peut servir, mais sur des faits réels, avérés.

Elle sourit. Elle était habituée à ce genre de réactions.

— Tu as raison, convint-elle. Ici, la mort est réelle. Tu sens son odeur, n'est-ce pas ?

Elle vit le regard de Marini s'allumer. Il était peut-être fatigué de se faire asticoter.

— Moi, oui, et vous ? la défia-t-il.

Parri ouvrit la bouche pour intervenir, mais d'un coup d'œil, Teresa l'en empêcha. Ce n'était pas l'insubordination qui la préoccupait. Finalement, ce garçon faisait montre d'autre chose que sa tenue élégante et son petit minois bronzé : derrière toute cette façade, il y avait peut-être du caractère.

— Comment puis-je être sûre de ce que je raconte ? répliqua-t-elle en s'approchant de lui. C'est l'expérience qui me le dit. Mais aussi les statistiques. Et les centaines de profils de ceux qui, comme lui, ont tué suivant un certain mode opératoire. Selon ce même mode opératoire. Ce n'est pas de la magie. Je n'essaie pas de deviner, j'ai étudié. Tu devrais en faire autant.

L'air de la nuit était vif, purificateur. Elle inspira à pleins poumons ; comme pour se laver de la tristesse qu'elle venait de respirer. Sortir de l'Institut médico-légal lui faisait toujours cet effet, malgré le nombre d'années qui s'étaient écoulées depuis la première fois où elle y avait mis les pieds, malgré le nombre d'autopsies auxquelles elle avait assisté au cours de sa carrière. C'était comme de ressortir d'une trop longue apnée.

Elle se dirigea en vitesse vers sa voiture, elle entendait derrière elle les semelles de Marini battre le trottoir au rythme de ses pas. Elle savait qu'il était en colère, elle l'aurait été elle aussi. C'était ce qu'elle attendait de lui, à cet instant : un peu de saine colère, de fureur juvénile. N'importe quoi, pourvu qu'il y mette de l'énergie et de la fougue.

Il la rattrapa.

— Qu'est-ce que je vous ai fait ? lança-t-il.

Elle feignit de ne pas comprendre.

— D'où vous vient toute cette hargne envers moi ? C'est à cause de mon retard ? Si c'est le cas, je m'excuse, mais je ne crois pas mériter cette humiliation.

Elle éclata de rire.

— De la hargne ? Même pas en rêve. Et pour ce qui est de l'humiliation… eh bien, tu te l'es infligée à toi-même. Tu aurais aussi pu la boucler.

— Vous voyez ? Ça continue ! C'est évident que vous m'en voulez pour quelque chose, insista-t-il.

Elle ralentit le pas, finit par s'arrêter. Elle releva le menton, pour le dévisager. Il était complètement tourneboulé.

— La seule et unique chose qui soit évidente, c'est ton incompétence, lâcha-t-elle. Tu n'es pas d'accord ? Très bien. Alors prouve-moi le contraire. J'attends ton rapport sur ce que tu as vu ce matin. Et dépêche-toi, tu es déjà en retard.

8

C'était l'heure des prédateurs du crépuscule. Ils sortaient de leurs tanières et prenaient leur envol du haut des nids accrochés aux branches les plus hautes et les mieux dissimulées. La neige couvrait les odeurs de la forêt, rendant leur odorat inerte, mais en même temps elle atténuait les bruits de fond, offrant à l'oreille sensible le piétinement des petits rongeurs, affairés dans le bois. Les carnivores attendaient patiemment, et quand leur proie traversait les clairières, à découvert, ils bondissaient pour les déchiqueter avec leurs griffes acérées.

La forêt n'était que mort silencieuse, combat inégal.

Les bêtes étaient territoriales, comme lui. Elles ne modifiaient jamais beaucoup leurs trajets, et c'est ainsi qu'il avait appris à les connaître. Il suivait leurs traces, écoutait leurs appels. Il chassait, quand il y était obligé. Au besoin, il se transmuait en faucon ou en renard, et il tuait, mais il préférait recourir aux pièges et ôter la vie sans causer de souffrance, dans la mesure du possible. Il ne savait pas pourquoi, mais les gémissements de douleur de ces créatures provoquaient en lui un malaise viscéral. Il avait appris à donner la mort rapidement : un geste décidé des deux mains, le cou craquait et la respiration s'arrêtait.

C'était une nuit claire, propice à la chasse. Les nuages s'étaient dissipés et le manteau de glace luisait à la lumière de la lune. Il avait posé tous ses collets ce matin, quand les animaux dormaient dans leurs refuges. Il n'avait plus qu'à en cueillir les fruits, ces corps palpitants. Il avançait sous le vent, vers les pièges, en se frayant un passage dans la neige grâce aux muscles puissants de ses cuisses. Il pouvait déjà voir l'ombre d'une proie s'agiter, à peu de distance de là. Elle était grosse, étendue sur le dos ; les longues pattes, fines mais robustes, s'agitaient en l'air en cherchant un appui, mais ces mouvements n'avaient d'autre effet que de resserrer le nœud coulant. L'animal haletait sous l'effort pour se soustraire à sa condamnation.

Il s'approcha avec prudence, il ne voulait pas effrayer le cerf. Il posa une main sur l'encolure de la bête, pour la calmer avant que le nœud coulant ne l'étouffe. Il vit avec déception que c'était une femelle.

Il resta un instant agenouillé sans savoir quoi faire.

Cet hiver serait long et dur, il l'avait compris à la quantité de glands que les écureuils avaient accumulés dans leurs tanières. Aux premiers froids, il les contrôlait toujours, tout comme celles des hérissons, pour comprendre ce qu'attendaient les animaux du gel qui s'annonçait. Ils ne se trompaient jamais et il savait que d'ici à seulement quelques lunes, il lui faudrait de la viande pour surmonter l'hiver.

Il passa une main sur le pelage gris-brun au poil soyeux. Le large poitrail de l'animal abritait le battement d'un cœur puissant. Le ventre était chaud, et les mamelles étaient gonflées de lait.

Il chercha du regard entre les arbres et il l'aperçut : le petit le fixait de ses yeux immenses et liquides. Le museau étroit se terminait par un mufle aux naseaux dilatés, qui s'ouvraient et se resserraient à un rythme frénétique, tentant de déchiffrer son odeur et de comprendre s'il s'agissait d'un prédateur. Si le faon était encore avec la mère, ce devait être son premier hiver. En fait, ses bois étaient à peine esquissés sur les bosses frontales, recouvertes de duvet. Cet été, ils atteindraient leur dimension maximale, pour tomber l'hiver suivant avant de repousser, et il en serait ainsi toute sa vie, chaque fois plus grands, jusqu'à ce qu'ils se transforment en ramure majestueuse.

Il était assez grand pour survivre sans sa mère, se dit-il.

La femelle parut comprendre et chercha elle aussi ses yeux. Elle ne luttait plus, elle avait juste le souffle court. Elle s'abandonnait, l'encolure entre ses bras. Il faudrait que la torsion soit décisive. Il faudrait exercer une force brutale, mais il en était capable.

Pourtant, au lieu de serrer, les mains relâchèrent les lacets. Il dut encourager l'animal à se relever sur ses pattes : la femelle était désorientée par cette liberté soudaine. Il caressa l'échine droite et forte, sentit les membres parcourus de toute cette énergie primordiale.

Il hurla et la vit détaler vers les arbres en quelques bonds agiles et véloces afin de rejoindre son petit.

Il resta agenouillé dans la neige, le cœur battant à tout rompre, comme chaque fois que la vie prenait le pas sur son instinct de prédation.

Il chercha un tapis d'aiguilles de pin et, finalement au sec, s'adossa à un tronc, le ventre agité de gargouillements de protestation. Il sortit de la poche de sa parka deux emballages de papier maculés de taches. Dans le premier, il prit une tranche de viande séchée et l'enfourna en mastiquant avec force. L'autre contenait autre chose. Quelque chose de précieux.

9

La victime s'appelait Roberto Valent. C'était un ingénieur civil, né dans la vallée où il avait grandi. Il s'en était éloigné durant ses études universitaires et les années suivantes avant d'y retourner récemment avec sa femme et son fils, quand les randonneurs et les sportifs s'étaient rendu compte de la beauté de ce coin reculé du monde, ce qui avait fait décoller l'industrie touristique. Il était responsable du chantier de création d'un nouveau domaine skiable.

La maison des Valent était un chalet en bois brut et en pierre calcaire, dans le village de Travenì. Il possédait les dimensions d'une villa et se dressait sur un pré en pente orienté plein sud qui, les mois d'été, devait être ensoleillé comme peu de versants l'étaient. Il n'y avait ni clôture ni murets de rétention, la propriété n'étant délimitée que par quelques plates-bandes dénudées par l'hiver.

Une vieille femme à l'air triste, maigre et vêtue de noir, retirait les décorations de Noël derrière les fenêtres, comme si la maison prenait elle aussi le deuil. Quand elle vit la voiture de la police entrer dans l'allée, elle disparut derrière les volets intérieurs.

Teresa se demanda si c'était la mère de Valent. Elle en eut la confirmation quelques minutes plus tard, quand elle sonna au carillon de l'entrée. La même vieille femme lui ouvrit, les yeux rougis sous des paupières gonflées. Elle leur indiqua que sa belle-fille les attendait dans la *stube* et les précéda en traînant les pieds dans ses pantoufles de feutre sur le parquet qui sentait la cire d'abeille. Teresa lui présenta ses condoléances, et la vieille femme lui répondit en quelques syllabes étouffées par un sanglot, la tête aux cheveux blancs rentrée entre les épaules osseuses. Elle était l'essence même de la fragilité, et pourtant elle devait receler un fond de vigueur quelque part, pour que la perte d'un fils ne l'ait pas brisée.

— Installez-vous. Marta arrive tout de suite, fit-elle avant de s'éclipser pour préparer le café.

Teresa choisit le sofa, Marini le fauteuil. Ce matin, il s'était présenté au bureau en avance, vêtu d'un jean et de chaussures plus pratiques. Il n'avait pourtant pas renoncé à la veste, et à un élégant pardessus. En le voyant, elle avait songé, avec une pointe d'amusement, que le changement était déjà à l'œuvre. Ils avaient passé les premières heures de la journée sur la scène de crime, désormais débarrassée des équipements de la Scientifique, mais encore clôturée de rubalises. Pour comprendre qui avait tué Roberto Valent, il leur fallait d'abord établir comment on avait procédé – une étape après l'autre, jusqu'à l'acte final – et enfin apporter une réponse à la question primordiale : pourquoi ?

Peut-être que la famille pourrait leur fournir l'explication qu'ils cherchaient, mais Teresa en doutait. Elle était là pour les formalités habituelles, qui avaient pour seul but de lui permettre de se forger une première impression et d'assurer les survivants que la police faisait tout son possible pour découvrir la vérité.

La pièce était de style montagnard, comme devait l'être le reste de la maison : le bois, couleur miel, craquait sous les pas et recouvrait entièrement les murs et le plafond à caissons, ponctué par endroits de tissus précieux comme le brocard, à côté de la laine et du feutre. Les objets de décoration étaient jolis et choisis avec soin : des boîtes incrustées en forme de cœur renfermaient des friandises au pain d'épices et des fruits confits ; des poêles anciennes en cuivre et en étain servaient de vases à des bouquets d'herbes aromatiques et d'anis étoilé, qui répandaient dans l'atmosphère des arômes enveloppants. Les coussins étaient moelleux et décorés d'une dentelle légère. À côté de la porte d'entrée, une crèche dans le style ancien, et avec des couleurs à l'avenant, était disposée sur une petite table à café. L'épicentre du salon, c'était la *stube*, le poêle en briques qui occupait une grande partie d'un mur, et qui dégageait une tiédeur agréable. Un banc revêtu de tissu courait de part et d'autre. C'était là, dans le temps, que les familles se réunissaient le soir, après les travaux dans les bois et à l'étable.

La famille qui habitait cette maison était à présent orpheline d'un de ses membres. Les soirées ne seraient plus les mêmes. Les nuits sans fin et pleines de désespoir. Et à Travenì, Teresa en était certaine, les nuits étaient déjà trop silencieuses : cela faisait partie de ces endroits où à peine le crépuscule s'annonçait-il que les rues étaient désertées. Et aujourd'hui, le village s'était réveillé avec la conscience que dans ces ruelles sombres rôdait un assassin.

La veuve les rejoignit peu de temps après. Marta Valent était une femme plaisante, qui emplit la pièce d'une inquiétude silencieuse dès qu'elle y mit les pieds. Elle leur serra la main mollement, comme si elle voulait s'effacer, et accepta leurs formules de circonstance les yeux baissés. Elle s'assit dans le sofa à côté de la policière, mais dans l'angle opposé, presque en équilibre sur le coussin. Battaglia remarqua qu'elle était d'une beauté anonyme, la somme de traits réguliers et de couleurs pâles. Une beauté où il n'y avait « rien à signaler », alors qu'un défaut, une bizarrerie de la nature, l'aurait au moins rendue intéressante. Les vêtements qu'elle avait mis déclinaient l'image de ce corps sans énergie, aux os fins et longs. Elle semblait les porter avec peine, presque comme s'ils pesaient trop lourd. Une photographie sur une étagère de la bibliothèque offrait pourtant l'image d'une femme charnelle au regard vif, et ce n'était pas un cliché ancien. Teresa se demanda si elle était malade.

La mère de Valent arriva avec un plateau et les tintements de la porcelaine rompirent le silence consécutif aux politesses d'usage. L'arôme du café emplit la pièce. La femme tendit deux tasses fumantes à Teresa et à Marini, et celle de sa belle-fille resta sur le plateau.

— Personne ne voulait de mal à Roberto. Il n'avait pas d'ennemis, affirma tout à coup la jeune maîtresse de maison.

Teresa finit son café avant de répondre.

— Il en avait au moins un, répliqua-t-elle.

— Celui qui lui a infligé cette… cette atrocité n'était pas son ennemi, mais un fou.

— Et pourquoi pas les deux ?

Marta Valent se rétracta comme un escargot que vient de toucher un doigt importun. Sa réaction fit penser à Teresa Battaglia que, dans son monde, les rapports trop directs n'étaient pas bien perçus. Elle regretta de ne pas s'être montrée plus compréhensive à son égard. Elle l'avait attaquée de front, en lui imposant un duel verbal, comme si l'autre avait une faute à avouer. En réalité, du moins pour le moment, cette femme était une victime. Elle avait perdu de façon violente son compagnon de vie, et le père de son fils.

— Votre mari, comment était-il ce matin-là et les jours précédents ? demanda Teresa d'une voix plus douce, en entamant les questions de routine.

— Comme toujours : indifférent.

Le commissaire demeura interdite. Elle remarqua que l'annulaire gauche de la jeune femme était rougi, comme si elle l'avait trituré pendant des heures, en tournant et retournant son alliance.

— Indifférent ?

— Excusez-moi, je voulais dire affairé. Il travaillait trop, nous n'arrêtions pas de le lui répéter.

— Il avait l'habitude d'accompagner votre fils à l'école ?

La femme baissa les yeux, les posa sur le tissu de sa jupe, qu'elle lissait avec des doigts tremblants depuis qu'elle s'était assise.

— Non, d'habitude, c'est moi qui m'en occupe, expliqua-t-elle, mais ce jour-là, je ne me sentais pas bien. Je souffre de violentes migraines. Roberto avait oublié son portable à la maison, mais je savais qu'il ne tarderait pas à revenir le récupérer, parce qu'il ne pouvait pas s'en passer.

— Pour son travail.

Elle décocha un regard perçant à Teresa. Quelque chose venait de s'allumer en elle.

— Pour le travail, bien sûr, confirma-t-elle. Mais il n'est pas revenu. Au bout de deux heures, j'ai commencé à m'inquiéter et j'ai décidé de le rejoindre sur le chantier. Il n'était jamais arrivé là-bas.

Le commissaire se tourna vers la mère de Valent.

— Vous, madame, avez-vous remarqué quelque chose de particulier chez votre fils ? la questionna-t-elle.

Les yeux de la mère étaient maintenant secs, éteints comme de vieilles billes usées.

— Chez mon fils, non, il n'y avait rien d'étrange. Il travaillait trop, ça, oui, mais d'ici quelques mois, un an au maximum, le chantier serait terminé. C'est ce qu'il me disait quand je m'inquiétais.

Elle débarrassa les tasses vides et disparut en cuisine. Une fuite précipitée. On entendit la vaisselle s'entrechoquer dans l'évier et des mots échangés à voix basse.

Teresa tâcha d'imaginer de qui il pouvait s'agir.

— Il y a quelqu'un d'autre ? demanda-t-elle à la veuve.

— L'enfant.

L'enfant, releva Teresa. Comme si c'était le fils d'une autre. Un petit étranger qui habitait sous son toit. Marta Valent venait de laisser échapper un aveu involontaire : ce cocon accueillant et immaculé qu'elle se donnait la peine d'entretenir avec soin n'était peut-être qu'une image de ce que les autres attendaient d'elle. Le commissaire songea que la réalité pouvait être différente, celle d'une mère émotionnellement distante de sa progéniture.

— Je voudrais le voir, dit-elle, et ce n'était pas sur le ton de la requête.

La jeune femme se rembrunit.

— Est-ce nécessaire ?

Teresa lui sourit, afin de la rassurer, puis elle fit oui de la tête.

Diego Valent était un enfant obéissant : il suffisait que la mère l'appelle, une seule fois, sans prendre un ton de voix particulier, pour le faire venir. Il déboucha de la cuisine avec son petit visage rougi de larmes, et toute la confusion du monde dans les yeux.

Une créature docile et blessée, songea la policière.

L'enfant s'approcha de sa mère, qui lui posa une main sur l'épaule. Leurs corps ne s'effleurèrent pas.

— Bonjour, Diego, le salua Teresa avec douceur. Je suis le commissaire Battaglia, mais tu peux m'appeler Teresa.

Il l'observa sans prononcer un mot. Le tremblement des pleurs était passé, laissant place à la curiosité.

— Tu as quel âge ? enchaîna-t-elle.

— Dix ans, répondit la mère à sa place, sans lui laisser le temps de décider s'il devait ou non se fier à cette inconnue. Diego souffre de bégaiement.

Cette phrase s'abattit sur le petit garçon comme une condamnation, et Teresa le vit frémir sous le coup de l'humiliation. Elle en éprouva de la colère pour lui et de la peine pour cette femme qui semblait dénuée de toute émotion. Cette aridité n'était pas récente, le deuil n'y était pour rien.

Prends ton fils dans tes bras, pensa-t-elle, irritée et attristée. *Serre-le fort, couvre-le de baisers. Tiens-le contre ta poitrine, c'est la seule chose à laquelle elle devrait servir.*

Les pulsions à l'œuvre dans la famille Valent affleuraient peu à peu. À présent, elle comprenait pourquoi Diego ressemblait à un petit adulte, vêtu comme s'il en était un : pantalon bleu nuit de coupe classique, pull violet à col en V et chemise bleue empesée. Une petite cravate lui ceignait le col. Elle était sûre que c'était pour lui comme un nœud coulant.

Elle ressentait une envie impulsive de le libérer, de lui ébouriffer les cheveux, de le renverser sur ce canapé et de le chatouiller. Au lieu de quoi, elle fouilla dans sa poche et lui tendit un rouleau de réglisse.

Diego consulta sa mère du regard.

— Il ne mange pas de sucreries, la prévint-elle.

— Oh, mais ça, c'est un bonbon très spécial, insista le commissaire. C'est sucré sans l'être.

— Les substituts du saccharose ne sont pas moins nocifs pour la santé, inspecteur, rétorqua la mère.

— Commissaire. Mais toi, tu peux m'appeler Teresa, ajouta-t-elle, tournée vers l'enfant.

La mère parut se rendre compte de son ton discourtois.

— Excusez-moi, fit-elle. Mon mari était très strict sur ce plan. (Elle désigna les petits présentoirs pleins de friandises.) Diego sait qu'il ne doit pas y toucher.

Teresa s'interrogea sur le degré de discipline qu'ils lui avaient imposé. Voilà comment fabriquer un adolescent rebelle et un adulte castré.

Elle rangea son rouleau de réglisse dans sa poche. À ce geste, le garçon pinça les lèvres. Il mourait d'envie de croquer de cette réglisse, lui que les friandises exposées dans cette maison rendaient manifestement si malheureux.

Il se mit à se tordre les mains, un geste reproduisant celui de la mère, et elle remarqua qu'il avait un peu de saleté sous les ongles. Ces petites souillures au milieu de tant de perfection la firent sourire avec espoir : il y avait encore de la vie en lui, un peu de révolte. L'enfant s'en rendit compte et les cacha dans son dos. Elle lui adressa un clin d'œil : il avait toute son approbation.

Puis elle se leva, imitée par Marini. Pendant tout ce temps, l'inspecteur était resté silencieux – il commençait à apprendre –, mais il n'avait rien perdu du manège qui venait de se jouer. Il eut une mimique éloquente : tout comme le commissaire Battaglia, il semblait bien aimer Diego.

Sur le seuil de la maison des Valent, les deux policiers échangèrent quelques derniers mots avec la veuve.

— Nous vous donnerons bientôt des nouvelles, promit Teresa. Pour toute demande, si vous avez le moindre doute, nous sommes à votre disposition. Et si un détail quelconque vous vient à l'esprit, même banal, mais qui d'après vous pourrait se révéler utile, appelez-nous tout de suite.

— Merci, répondit-elle. Je sais que vous ferez tout votre possible pour trouver le responsable.

Diego avait pris courage et demeurait près de Teresa, le nez levé, pour ne rien perdre de ce commissaire qui devait lui paraître si bizarre.

Avant de s'en aller, elle lui fit une caresse sur les cheveux. Peut-être un peu trop appuyée. Elle remarqua le coup d'œil de Marini sur sa main et se dépêcha de la retirer.

Ne te laisse pas embarquer par les souvenirs, se fustigea-t-elle.

Remontée en voiture, elle eut du mal à détacher le regard de la maison des Valent. Elle continua d'en observer la silhouette jusqu'à ce que la bâtisse disparaisse de son champ de vision. Le toit pointu qui paraissait terne sous le soleil, les fenêtres sombres, les ombres qu'elle imaginait se déplaçant derrière les vitres. Tout semblait en attente de quelque chose, d'un événement qui remettrait d'aplomb les vies de ses habitants.

Elle pensait au plus jeune d'entre eux, au petit soldat aux doigts sales. Elle était certaine qu'il l'avait lui aussi épiée, lorsqu'elle était partie. Il était curieux, ce Diego, et alerte. Une étincelle de vie que les parents cherchaient à brider avec des interdictions insensées, comme s'il était nécessaire de mettre sa volonté à l'épreuve, par exemple avec ces sucreries.

Diego était habitué à voir tous les jours l'objet de son désir et à ne pas pouvoir y toucher. Pouvait-il y avoir quoi que ce soit de plus nuisible au psychisme d'un enfant ?

Oui. Une mère froide comme le marbre.

Elle se demanda si le père avait également une telle affectivité refoulée envers son fils. Elle avait tendance à le penser, à en juger d'après ce que lui avait raconté Marta Valent. Elle avait qualifié son mari de « strict ». Elle avait même laissé échapper le mot « indifférent ».

Dans quelle mesure ? Assez pour être dépourvu de tout sentiment ?

Ce ne sont pas tes affaires, se dit-elle, mais elle écarta aussitôt ce rappel à l'ordre mental : dans sa conception, les petits devaient être un peu les enfants de tous.

Elle chercha un bonbon dans sa poche et se rendit compte avec stupeur que la réglisse avait disparu.

Après un moment de confusion, elle éclata de rire.

Elle l'avait sous-estimé : le petit Valent savait organiser sa survie.

10

Les journées étaient toujours plus courtes. Pour Lucia, il était facile de s'en rendre compte, parce qu'elle passait beaucoup d'après-midi enfermée dans sa chambre. Dès lors, l'unique chose intéressante à faire, après avoir chanté toutes les comptines qu'elle connaissait, c'était d'observer les bois par la fenêtre, au-delà du pré.

Elle en connaissait chaque frondaison, chaque ombre projetée sur l'herbe. Elle les voyait s'allonger, à chaque heure un peu plus, chaque jour un peu plus proches de la maison.

Elle savait pourquoi cela se produisait : cela dépendait de la danse de la Terre autour du Soleil. À l'école, elle prêtait attention aux leçons de l'institutrice, même si elle ne comprenait pas tout ce qu'elle disait. Lucia s'était rendu compte qu'elle n'était pas aussi intelligente que les autres enfants. Alors elle compensait par l'imagination et l'observation. Elle connaissait le mouvement des ombres et savait qu'elles allaient bientôt se remettre à raccourcir. Cette lutte éternelle entre la lumière et l'obscurité l'envoûtait, elle en était une spectatrice enchantée. Depuis quelque temps, pourtant, à cette fascination s'était associé un besoin impérieux : celui de voir finir l'hiver à peine commencé et, avec lui, les heures d'un crépuscule trop précoce.

Elle fixait la forêt du regard. Le vent s'était levé et les cimes des épicéas ondoyaient. Quelques feuilles mortes arrachées aux branches des chênes tournoyaient en décrivant des moulinets frénétiques. Ce n'était que l'après-midi, mais la lumière avait déjà changé d'aspect. Encore deux heures et le monde se serait assombri, jusqu'à plonger dans l'obscurité.

Lucia craignait ce moment : c'était l'heure où les fantômes faisaient leur apparition dans le bois. Elle avait dit à sa mère qu'il était arrivé quelque chose en lisère de la forêt de pins, mais cette dernière ne l'avait pas crue. « C'est vilain de mentir », l'avait-elle avertie en la réprimandant, et puis elle l'avait enfermée dans sa chambre.

Mais ce n'était pas un mensonge. Lucia en avait vraiment vu un. Il avait le visage blanc, comme la neige qui, ces jours-ci, avait recouvert la campagne, comme le crâne de chien que Mathias et Diego avaient repêché dans le torrent l'été précédent, pendant qu'Oliver restait sur le bord à les observer.

Voilà à quoi ressemblait le spectre quand il la scrutait depuis la forêt : à un crâne blanc et luisant.

Elle était sûre que Mathias en avait vu un lui aussi, la veille. C'était le chef de la bande, le plus courageux, et pourtant à leur dernière réunion il paraissait épouvanté : il scrutait les arbres comme elle à cet instant, comme s'ils étaient vivants et lui rendaient son regard.

Sous la fenêtre, Lucia avait laissé un bol rempli à ras bord de lait. Il était encore plein, mais elle savait que le lendemain matin, elle le retrouverait vide, comme cela se produisait chaque nuit, même si le chat ne revenait pas à la maison depuis des jours.

Quelqu'un d'autre se faufilait hors du bois, jusqu'à la maison. Quelqu'un qui avait un crâne à la place du visage.

Lucia l'avait dit à sa mère, mais cette dernière ne l'avait pas crue.

11

Autriche, 1978

« Vois. Observe. Oublie. »

C'était la règle de l'École. Un commandement non écrit qui se transmettait des anciens aux nouveaux, par l'intermédiaire du personnel. C'était l'infirmière Braun qui l'avait expliqué à Magdalena, d'une voix presque réduite à un chuchotement, comme si elle craignait de violer un secret. Et des secrets, cet endroit suspendu entre les sommets acérés et le lac semblait en renfermer beaucoup.

Magdalena suivit la supérieure dans des couloirs qui ressemblaient à des labyrinthes. Cette femme l'instruisait sur le moindre recoin de ce bâtiment négligé, sur toutes les tâches qui l'attendaient depuis qu'elle avait pris son service. Son apprentissage avait été assez étrange : enfermée dans une pièce à retranscrire à la machine des notes qu'elle ne comprenait pas, Magdalena n'avait rien pu voir de ce qui se passait à l'intérieur, hormis le réfectoire et le dortoir qui l'attendaient le soir.

Elle avait compris qu'à l'École travaillait une poignée de personnes : le directeur, qu'elle n'avait vu qu'une seule fois, lors de son embauche, l'infirmière Braun, deux aides-soignantes bonnes à tout faire, la cuisinière et Marie, une fille de cuisine avec qui elle partageait sa chambre. Toutefois, Marie était muette et, lors des longues soirées consacrées à lire, elle ne lui avait adressé que deux coups d'œil timides, presque effrayés. Magdalena avait renoncé à lui parler, se limitant à la saluer le matin et à lui souhaiter bonne nuit à l'extinction des feux.

Rares étaient les gens capables de s'adapter à la vie dans un lieu aussi isolé, mais, surtout, être engagé au sein de l'École allait forcément de pair avec une qualité que peu d'individus possédaient : la discrétion. À chaque instant de sa vie, il fallait faire preuve de cette réserve.

C'était sa tante qui lui avait trouvé ce poste à une période de graves difficultés financières pour sa famille.

« L'École attend beaucoup de toi. Ne la déçois pas », lui répétait l'infirmière Braun en montant les marches usées de l'escalier principal. Elle marchait devant elle, le corps raide, les épaules aussi droites que les branches du crucifix qui les observait de la mezzanine. La lumière pourpre du coucher du soleil pénétrait par la fenêtre en rosace, frappait le visage triste du Christ et incendiait le sang qui coulait de ses flancs transpercés. L'ombre de la couronne d'épines se projetait sur le crépi du mur, agrandie et déformée.

Comme les tentacules d'une créature monstrueuse, pensa-t-elle en s'emmitouflant dans son chandail de laine.

Agnes Braun parlait toujours de l'École comme d'un organisme vivant et sensible, presque comme si les murs avaient des yeux et des oreilles. L'École écoutait, et elle jugeait aussi. Les premières fois, Magdalena avait trouvé sa façon de s'exprimer inquiétante.

Elles atteignirent le premier étage, qui abritait le Nid. Il semblait inhabité, tant il était silencieux. Leurs corps se déplaçaient dans l'air comme si celui-ci était resté immobile depuis des siècles et comme s'il avait eu tout le temps d'absorber les vies et les histoires de ceux qui l'avaient traversé. Cet air était pesant, Magdalena pouvait en sentir le poids : sur son sternum, dans sa gorge. Il l'oppressait au point d'entraver sa respiration.

« Vois. Observe. Oublie. »

Cela signifiait que tout ce qui se produisait dans l'École ne franchirait jamais le seuil de sa chambre. Il était possible, lui avait dit Braun, qu'il lui arrive d'assister à des pratiques d'apparence bizarre. Elle devrait en observer les effets et les consigner méticuleusement dans le carnet qu'on lui avait remis avec son uniforme.

Et ensuite, elle devait oublier. Tout.

Magdalena la vit extraire un trousseau de clefs de la poche de son uniforme, en insérer une dans le trou de serrure de la porte et s'arrêter.

— Tu t'occuperas de leur hygiène et de leur alimentation, mais tu ne devras jamais, absolument jamais prendre soin d'eux ou leur dire ne serait-ce qu'un mot, fit-elle en récapitulant ses obligations. Le contact physique doit se limiter au strict nécessaire.

Magdalena opina en se demandant si les pensionnaires étaient atteints d'une maladie particulière. Elle n'avait pas eu le courage de demander des explications.

— Et fais attention au sujet n° 39, continua sa supérieure.

Le malaise de Magdalena se mua en préoccupation.

— Pourquoi ? demanda-t-elle enfin.

Braun détourna la tête et répondit en fixant le lac par l'une des fenêtres.

— Tu comprendras, dit-elle seulement.

D'un geste, elle lui fit signe de se coiffer la tête de la pièce d'étoffe qu'elle tenait en main. Elles enfilèrent ensemble ces capuches blanches sur le visage.

— Et souviens-toi, murmura-t-elle avant d'appuyer sur la poignée. Vois. Observe. Oublie.

12

Il y avait quelque chose d'étriqué dans le fait de retourner à la routine d'une journée quelconque après avoir posé les yeux sur un mort : une sorte de vigueur infâme, le soulagement de ne pas être à la place du défunt.

Des gens meurent tous les jours, se remémora Teresa. C'était la vie sous une autre forme. En être témoin, pourtant, était dérangeant. Cela signifiait que l'on jouissait de son souffle quand, ailleurs, un autre être pleurait le dernier souffle de celui qui avait cessé de respirer. C'était inéluctable et cruel : c'était humain.

Elle referma la porte d'entrée derrière elle, se soulagea de son sac en bandoulière et se débarrassa de ses chaussures. La tiédeur du parquet sous ses pieds lui rappela que c'étaient les choses simples qui prêtaient à l'âme un peu de réconfort, comme lorsqu'elle courait pieds nus, enfant, dans les vignes, l'été, soulevant derrière elle un nuage de poussière et de rires. Elle pouvait encore sentir le parfum minéral de la terre rôtie par le soleil, des pierres salines, l'âcreté des sarments encore verts et la douceur des acacias en fleur. La sueur, l'amertume des fleurs de pissenlit, les gouttes de vin sur les lèvres volées au verre du grand-père. La substance même de la félicité.

C'étaient là des moments immuables dans son esprit, qui résonnaient avec force dans la quiétude de sa maison, un silence intact depuis qu'elle avait quitté les lieux, quelques heures plus tôt. La solitude était une colocataire discrète, qui jamais n'envahissait les espaces et qui laissait tout tel quel. Elle n'avait ni odeur ni couleur. C'était une absence, une entité qui se définissait par opposition, comme le vide, mais qui existait : c'était elle qui faisait trembler la tasse d'infusion entre les mains de Teresa, certains soirs, quand le sommeil ne voulait rien savoir et refusait de lui procurer le moindre soulagement. Ce tintement se propageait de pièce en pièce sans se heurter à aucun autre corps tiédi. La solitude enveloppait Teresa comme un vêtement trop étroit, un corset d'une autre époque, qui vous faisait redresser le dos en public mais qui, dans l'intimité, vous coupait le souffle.

Elle avait appris à s'en guérir comme un antidote contre le poison : elle en absorbait à petites doses, chaque jour. Elle ne s'y soustrayait pas, ne cherchait pas de diversions : elle restait immobile et se laissait mordre. Ainsi son âme avait appris à produire des anticorps et avait cessé d'en mourir.

Le salon la salua avec les sourires en noir et blanc des posters accrochés aux murs : joyeux, parfois effrontés, souvent avec un voile de mélancolie qui les rendait d'autant plus intenses. Ces sourires appartenaient aux amis qui, le soir, lui tenaient compagnie, quand elle s'affalait dans le divan avec un livre en main : Louis Armstrong, Ella Fitzgerald, Duke Ellington, Jeff Buckley… Des voix et des progressions d'accords qui réveillaient l'âme avec un sursaut de plaisir et vous tirait de la léthargie de la vie quotidienne. L'absence de couleur de ces images jurait avec les tons vifs et chaotiques de la pièce. Elle les avait achetés sur un marché aux puces, quand elle avait encore envie, en fin de semaine, de sauter dans sa voiture et de parcourir des kilomètres à la recherche d'objets qui finiraient par constituer son nid. Un nid qui n'en était jamais vraiment devenu un, qui l'avait vue seule la plus grande partie de sa vie. Il lui avait fallu beaucoup de temps pour se libérer de cette tristesse. En mettant un pied devant l'autre, elle avait continué de marcher, de respirer, de rester debout, en dépit de tout. Sans s'égarer, en se pardonnant. La vie faisait peur, quand on regardait en face ce qu'elle pouvait être vraiment, mais elle demeurait sacrée, inviolable, une aventure extraordinaire qu'il convenait d'affronter avec le cœur battant à tout rompre et un sentiment d'émerveillement qui ne pouvait s'éteindre, même devant la douleur la plus déchirante.

Il lui fallait y croire, sans quoi elle serait déjà devenue folle.

— Nous ne sommes jamais vraiment seuls, murmura-t-elle au silence.

Elle ne savait même pas elle-même si elle en était réellement convaincue ou s'il s'agissait seulement d'un expédient pour ne pas se laisser aller à la dérive.

Ses mains effleurèrent la boîte à musique sur le bahut du salon. C'était l'unique objet de cette maison qui, au fil des ans, n'avait jamais changé. En céramique bleue, avec de toutes petites étoiles jaunes et les traits d'un angelot endormi, elle accueillait Teresa et ses tourments entre ses ailes d'argile sculptées par le feu.

Elle pouvait en sentir le parfum de talc et de rêves brisés. Elle la remonta.

La mélodie se libéra avec des notes similaires à la sonnerie d'un petit clocher. Elle l'avait toujours trouvée d'une beauté poignante. Une cantilène qui vous incitait à imaginer des étoiles immergées dans une mer indigo, par-delà des nuages évanescents aux reflets argentés : le mystère de l'univers, une énigme cryptée vieille de plusieurs milliards d'années. Elle semblait émaner d'un monde lointain, spirituel, comme les âmes des enfants à peine nés.

Teresa n'était pas croyante, elle ne savait pas en quoi elle avait foi, mais si elle avait dû relever un signe – un seul – d'une quelconque présence divine dans sa vie, alors ce signe aurait été cet angelot endormi, qui la blessait de souvenirs douloureux et qui, en même temps, l'emplissait d'une douceur prometteuse de consolation.

Elle se demandait si un jour, à sa mort, tout ce chagrin aurait revêtu une signification : des doigts minuscules à serrer et une peau douce à embrasser, un ange tout chaud qu'elle pourrait enfin regarder dans les yeux et tenir tout près de son cœur.

Non, elle n'était jamais vraiment seule.

Elle laissa cette mélancolie aigre-douce accompagner ses pas de pièce en pièce, en même temps que la berceuse. Dans la salle de bains, elle se déshabilla en évitant de s'attarder sur ce corps avachi que reflétait le miroir. Après une douche rapide, elle se prépara au rite du soir : elle sortit du placard la boîte contenant le glucomètre et l'autopiqueur. Elle inséra l'aiguille, rabattit le capuchon. Elle sélectionna la profondeur nécessaire pour transpercer la peau et piqua dans la pulpe d'un doigt. Une goutte de sang sombre, sur la bandelette, pour mesurer la glycémie. Quelques secondes après, un chiffre rassurant sur l'écran. Elle prit un stylo injecteur d'insuline. Encore des aiguilles. Après des années de torture quotidienne, elles étaient comme une couronne d'épines. Elle se tâta les flancs à la recherche du point le moins endolori et piqua.

Elle resta quelques instants à observer les carreaux sur le mur, assise au bord de la baignoire, puis elle se ressaisit, dissimula les signes de la maladie derrière un battant de porte de placard. Elle s'habilla non sans difficulté, comme si tout à coup le poids des dernières heures l'avait rendue plus corpulente qu'elle ne l'était en réalité.

Elle se rendit dans la cuisine et entama la préparation du dîner : une brève collation, à consommer sur le divan en feuilletant un livre. Elle l'accompagnerait, pourquoi pas, d'un verre de bon vin, pour dissiper les tensions et faciliter le sommeil.

Elle ouvrit le réfrigérateur et tout à coup ce fut comme de flotter sur une mer d'objets sans identité. Avec la lumière qui s'était allumée quand elle avait ouvert la porte, autre chose était apparu : le néant. Elle n'était plus en mesure de donner un nom à ces objets. Elle regarda autour d'elle, désorientée, mais son cerveau lui restituait des images dépourvues de signification, des faux-semblants dont elle ignorait le but et le fonctionnement.

Elle essaya de parler, mais sa langue lui semblait se rabougrir, la mâchoire raidie par la panique.

C'était son monde, mais elle ne le reconnaissait plus.

Elle se rendit compte que la berceuse s'était achevée. À l'instant où elle en avait le plus besoin, son ange s'était rendormi. Elle était de nouveau seule. Seule et épouvantée.

13

Massimo n'avait pas dormi. Il avait consacré les quelques heures de repos que le commissaire Battaglia avait accordées à la brigade à rédiger le rapport qu'elle lui avait réclamé. Il avait barré et réécrit des paragraphes entiers, à plusieurs reprises, avant d'en être pleinement satisfait et, au bout du compte, il était convaincu d'avoir fait du bon travail. Il le lui avait envoyé par mail, à l'heure où la nuit commence déjà à pâlir, et il s'était étonné de recevoir la confirmation de lecture de son message quelques instants après.

Teresa Battaglia était encore réveillée, comme lui, et comme lui elle pensait probablement à l'homicide commis dans les bois, au milieu de montagnes inaccessibles, à plus de cent kilomètres de là. Massimo comprenait la difficulté de s'affranchir l'esprit des chaînes psychologiques de la cruauté, parce que cela lui arrivait aussi. Il avait cru que, le temps passant, avec le défilé de victimes sous ses yeux, l'effet s'atténuerait, mais il s'était au contraire renforcé. Il avait vu des hommes tués pour quelques pièces de monnaie, des femmes maltraitées par ceux qui auraient dû les aimer, des enfants qui grandissaient dans la misère la plus alarmante, mais son âme était encore de la chair à vif, elle n'avait pas encore formé le corps calleux de l'indifférence, et elle souffrait pour toutes les créatures déchues.

Il arriva au commissariat très tôt ce matin-là, et il refusait de se mentir : il le faisait pour elle. Après leur première rencontre désastreuse, il voulait se rattraper, ou plus probablement faire forte impression sur cette femme volontaire, qui semblait le considérer comme un moins-que-rien.

Il l'attendit dans son bureau, avec un cadeau et une surprise. Pour le premier, il était sûr que cela lui plairait. Pour la seconde, il en doutait fortement.

Le commissaire Battaglia entra dans la pièce, accompagnée de Parisi et de De Carli, un autre agent de la brigade qui paraissait la suivre comme son ombre. Elle discutait de quelque chose qu'elle lisait sur un feuillet imprimé, les traits tirés. Les deux hommes opinaient, l'air concentré, en ponctuant d'un mot ici ou là. Ils formaient une triade : trois éléments qui, ensemble, constituaient un tout. Massimo le percevait dans les flux d'énergie sous-jacents à leurs gestes. Le commissaire était l'axe autour duquel tournaient les deux branches d'un mécanisme bien huilé. Battaglia s'exprimait par des phrases sèches, souvent sans les terminer : c'était inutile, les autres avaient déjà compris. Ils les terminaient pour elle, ils s'empressaient de lui assurer que ce qu'elle demandait était pour ainsi dire déjà fait. Leur attitude ne trahissait aucune adulation, mais un profond respect.

Massimo se sentit soudain très bête, avec son paquet entre les mains. Il le posa sur le bureau du commissaire, en le repoussant loin devant lui du bout du doigt, comme dans une ultime tentative de s'en distancier. Le fait même d'être assis lui semblait maintenant imprudent.

Le petit mouvement et le frottement du papier attirèrent l'attention du trio. Il vit l'expression du commissaire se transformer, comme celle d'un félin qui défend son territoire usurpé par une proie médiocre : d'abord étonnée, puis interdite. Et, enfin, fâchée.

— Qu'est-ce que tu fabriques dans mon bureau ? lui demanda-t-elle en détachant les syllabes.

Ce n'était pas bon signe.

Il ne savait comment annoncer sa surprise. Il aurait préféré commencer par le cadeau. À la fin, il décida de la lancer comme on largue une bombe : rapide et indolore.

— C'est aussi mon bureau, maintenant, osa-t-il.

Elle ne broncha pas.

— Je n'ai pas bien entendu, répliqua-t-elle.

Il avait l'impression qu'elle avait très bien entendu, au contraire.

— Dans le mien, il y a une canalisation d'eau qui fuit, expliqua-t-il sur un ton qui n'était résolu que dans l'intention. Je vais devoir rester ici un certain temps. Avec vous. C'est la décision du chef Ambrosini.

Il vit Parisi et De Carli échanger un coup d'œil. À en juger par leurs expressions, le commissaire n'allait pas apprécier.

— Et ça, qu'est-ce que c'est ? demanda-t-elle en lorgnant le paquet.

— Pour vous, répondit-il, se sentant encouragé.

Il n'était peut-être pas trop tard pour que leurs relations commencent enfin à s'améliorer.

Le commissaire s'assit à sa place derrière le bureau. Elle examina l'emballage, l'ouvrit.

— Merde.

— Commissaire…, tenta Parisi en lissant son bouc à la géométrie parfaite, mais elle lui fit signe de se taire.

Elle prit l'une des boules de Berlin et y planta les dents en fermant les yeux. La crème en déborda sans retenue.

— Il y en a aussi au chocolat, souffla Massimo sur un ton engageant en les offrant d'un geste à ses collègues.

Pour leur part, l'air préoccupé, ils observaient fixement le commissaire. Cette dernière acquiesça, lentement, les yeux encore fermés. Elle était en extase.

— Je n'en avais pas mangé depuis une éternité, murmura-t-elle.

Il sourit. Il venait enfin d'entrevoir chez elle une réaction humaine qui n'était pas seulement de l'irritation. En fin de compte, cela n'avait pas été si compliqué.

— Vous n'auriez pas dû faire ça.

C'était De Carli qui venait de s'exprimer, et il semblait tendu.

Le commissaire Battaglia rouvrit les yeux sur Massimo : deux fentes qui donnaient l'impression de le défier.

— Je suis diabétique.

Il ne comprit pas tout de suite ce que cela impliquait, puis il lâcha un juron à mi-voix et tenta de reprendre le colis, mais elle posa la main dessus, d'un geste déterminé.

— Tu cherches à me tuer ? lança-t-elle.

Il sentit son visage le brûler.

— Apprends à ne pas rougir, inspecteur. Et quand tu éprouves le besoin de jurer, n'hésite pas, bon sang ! s'exclama-t-elle en relâchant le paquet.

D'un signe de tête, elle ordonna à Parisi et De Carli de sortir et d'emporter son cadeau avec eux. Les deux hommes s'en furent en refermant la porte, comme pour mieux contenir une réaction en chaîne de plaisanteries qui aurait pu enflammer la colère du commissaire. Massimo s'imaginait déjà la scène : des mots tirés comme des projectiles qui tonnaient à ses oreilles.

Il se sentait comme une fibre tendue au-delà de son seuil de rupture.

— Qu'est-ce que je dois faire pour m'entendre avec vous ? demanda-t-il sans polémiquer – il voulait simplement comprendre.

Le commissaire ne lui prêtait plus aucune attention, elle faisait défiler les photos de l'homicide sur l'écran de son ordinateur.

— Fais ton boulot, à supposer que tu en sois capable, lui répliqua-t-elle. J'ai lu ton rapport cette nuit.

— Et alors ?

Elle se tourna vers lui, l'observa.

— Je l'ai jeté à la poubelle. Tu dois tout reprendre de zéro.

D'un coup, il sentit son corps assailli par la fatigue des dernières vingt-quatre heures, comme si une masse informe et solide s'était suspendue à son dos et tentait de le tirer vers le bas, vers le sol et en deçà.

Pourtant, il se rendit compte qu'il n'était pas le seul à vivre un enfer. Si au premier coup d'œil il avait perçu de la tension dans le visage du commissaire, à présent, il pouvait voir derrière le masque. Il sentait s'agiter là, sous la surface, quelque chose de très similaire à de la douleur et, remarqua-t-il avec surprise, peut-être même à de la peur.

— Je n'ai pas dormi de la nuit pour le rédiger, souligna-t-il.

Il voulait la sonder, et aussi la conduire vers d'autres chemins. Il ne savait pas pourquoi, mais ce qu'il avait entrevu en elle le perturbait.

— Tu as été mal inspiré, alors. Tu aurais dû te reposer et l'écrire l'esprit clair.

Elle venait de déposer les armes – pour le moment. Le ton de sa voix était anodin, comme s'ils parlaient de la météo.

— Je croyais avoir fait du bon travail, insista-t-il.

Teresa Battaglia posa le stylo qu'elle mordillait.

— Un bon travail, ça ne suffit pas, riposta-t-elle. Je ne peux me présenter devant la famille de la victime et lui annoncer que nous faisons du *bon travail.* Ils veulent qu'on en bave, tu saisis ? Ils en ont besoin.

Il opina. À présent, il comprenait vraiment.

— Qu'est-ce que je dois faire ?

— Tu dois étudier, je te l'ai déjà dit. Des choses qui ne s'enseignent pas sur les bancs de l'université : l'art de tuer.

Le commissaire n'attendit pas sa réponse. Elle se leva et s'approcha du tableau accroché au mur, en face du bureau.

— Je le croyais jeune, mais il se peut qu'on doive réviser cette estimation, murmura-t-elle. Je pense qu'il a quelques années de plus.

Il la rejoignit, elle avait piqué sa curiosité.

— Pourquoi ?

— Parce que le degré de sadisme est élevé, expliqua-t-elle en prenant des notes d'une écriture désordonnée. Il a eu le temps, des années j'en suis sûre, de peaufiner ses fantasmes. Je pense qu'il doit avoir quarante, quarante-cinq ans. Une grande force physique. Il est du coin, ou alors c'est un amoureux de la montagne. Il la connaît. Il fait disparaître ses traces au milieu de la rocaille, et ce n'est pas un hasard : c'est probablement un chasseur. À en juger d'après sa façon de tuer, sa psychose est telle que je doute même qu'il sache conduire une voiture.

Massimo ne put réprimer une grimace, que le commissaire intercepta au passage. Elle cessa d'écrire et le confronta.

— Quelque chose qui ne te sied pas ? demanda-t-elle.

— Non, rien.

— Tu peux parler librement.

— Oui, bien sûr.

Elle retira ses lunettes et l'examina.

— Marini, ne me fais pas perdre mon temps. Si tu as quelque chose à exprimer, dis-le sans te faire prier. Dans le cas contraire, épargne-moi tes sarcasmes.

Il désigna le tableau.

— Cela ne vous semble pas un peu… trop ?

Le commissaire suivit son regard et fronça les sourcils.

— Trop quoi ? l'entendit-il répéter.

Il tapota du doigt les notes qu'elle venait d'y inscrire.

— Tous ces détails, reprit-il, étalés sans même l'ombre d'un doute. Ce n'est pas un peu présomptueux ? Comment pouvez-vous savoir s'il conduit une voiture ou pas ?

Teresa Battaglia le regarda de travers, mais avec un demi-sourire.

— Présomptueux ? Loin de là. Et en ce qui concerne les doutes, eh bien, j'en ai beaucoup. Mais ils font partie du jeu. Quand je n'en aurai plus, je commencerai à m'inquiéter. Tu n'es pas d'accord ?

Il croisa les bras et ne répliqua pas.

— Ah, mais alors, toi, tu es un dur, le railla-t-elle, moqueuse. (Puis elle redevint sérieuse, s'approcha, et releva le menton pour plonger ses yeux dans les siens.) Je vais t'en dire encore plus. Il n'a même pas le permis. Il ne conduit pas et il n'a pas le permis parce qu'il n'est pas en mesure de le passer. Il a essayé, probablement, mais cela s'est soldé par un échec, un parmi tant d'autres. Son esprit perturbé ne le lui permet pas. D'où est-ce que je tire cette déduction ? De ce qu'il a infligé à la victime, de sa manière de procéder. Un type qui arrache des yeux avec les ongles a de gros problèmes mentaux, impossibles à dissimuler. Il est incapable de suivre un cours et d'en tirer profit. Même pas les cours de l'école de conduite. Il est incapable de conserver longtemps un poste. Il n'a aucune constance, aucune concentration.

Massimo se rendit compte qu'il retenait sa respiration. Elle lui tendit le stylo-feutre.

— Courage, écris, ordonna-t-elle en continuant de dicter sans attendre de réaction de sa part. Il vit seul, à quelques kilomètres seulement de la scène de crime. Nous devons circonscrire la zone.

Il obtempéra, mais il restait perplexe.

— Pourquoi êtes-vous si sûre qu'il vit seul ? demanda-t-il.

— Personne ne supporterait la coexistence avec un individu de ce genre : il néglige de façon alarmante son hygiène personnelle et ne sait pas ce que signifie l'ordre. « Psychose », c'est le mot essentiel : le degré de cette psychose nous en dit long sur l'individu. Le fait qu'il ait tué à mains nues et sans se servir d'entraves, qu'est-ce que cela nous indique ?

— Que le crime n'a pas été prémédité.

— Erreur. Le crime n'a pas été *organisé*. C'est différent. Et cependant, quantité de détails nous amènent à penser le contraire. Ce sont des singularités inexpliquées. Des contradictions. Quelque chose ne tourne pas rond.

— Par exemple ?

— La mise en scène. C'est-à-dire la manière dont il a disposé le cadavre, qu'il n'a pas abandonné, mais préparé… les pièges… Alors, inspecteur Marini, armé de ton diplôme en… ?

— Jurisprudence.

— Mon Dieu… et sur la base de ton expérience accumulée dans une grande ville, selon toi, ce tueur est-il organisé ou désorganisé ?

Silence.

L'expression de la bouche du commissaire se réduisit à une ligne qui trahissait la compassion.

— C'est bien ce que je disais. Tu dois repartir de zéro : c'est-à-dire de là où tu te trouves à la minute présente.

14

Lucia fut réveillée par un piétinement insistant au-dessus de sa tête. Une créature raclait le toit avec ses griffes, grattait la pierre des lauzes et les faisait trembloter les unes contre les autres.

C'étaient les corbeaux : ils voletaient au-dessus d'elle en déchiquetant leurs proies ou cherchaient à ouvrir les glands en les frappant avec leur bec robuste contre les tuiles. Mathias et Diego le lui avaient expliqué, quand elle leur avait confié sa peur de ces bruits mystérieux, qui se manifestaient aux premières heures du matin.

Depuis quelques mois, ses deux amis, ainsi qu'Oliver, étaient devenus le centre de son monde. Elle s'appuyait sur eux avec confiance. Pour ce motif, les derniers événements ne lui inspiraient que tristesse et chagrin. Le père de Diego était mort. Ils l'avaient trouvé dans le bois, après deux jours d'absence où il n'était pas rentré à la maison.

Au cours du dîner, lorsque son père avait commenté la nouvelle, Lucia était restée immobile, le bol de nourriture figé dans ses mains, entre la table et sa bouche. Elle n'avait pas encore réussi à en parler avec son ami, mais elle lui avait écrit un mot qu'elle lui ferait parvenir grâce à la technique qu'ils employaient pour s'échanger des messages : glissé entre les volets de sa chambre, derrière le vase d'aubépines. Sur une page arrachée à un cahier, elle avait écrit trois mots seulement : frères de sang.

Diego comprendrait que sa famille – celle qu'il s'était choisie – était à ses côtés, disposée à porter une part de sa douleur, comme l'avait fait Jésus en portant sa croix. Les histoires que racontait don Leandro, au catéchisme, lui plaisaient parce qu'elles parlaient du pardon et du paradis, et la vie de tous les jours, les sacrifices, lui paraissaient ainsi plus supportables. Même la sienne.

Elle déposa un baiser sur sa peau, à l'intérieur du poignet : la cicatrice se décolorait, mais le souvenir de leur serment était vivace et présent.

Elle se frotta les yeux, encore sous l'emprise du sommeil. Ce matin-là, il lui semblait qu'il y avait plus de lumière dans la chambre. Elle remonta la couverture sur son visage et le bout de son nez gelé vint au contact de la tiédeur de sa respiration. L'école était fermée, en signe de deuil, et elle pouvait s'attarder à faire la grasse matinée. Cette nuit avait été tourmentée, hantée de cauchemars effrayants. Elle avait rêvé du père de Diego : il n'avait plus d'yeux. Quelqu'un les lui avait arrachés, comme on les avait arrachés à sainte Lucie, la bienheureuse dont elle portait le nom. Elle l'avait entendu raconter par son père, alors qu'elle mordait dans un morceau de viande saignante. Elle avait observé fixement le jus rougeâtre goutter dans l'assiette et s'était sentie mal.

Le piétinement se fit plus insistant. Il lui semblait que les animaux étaient pris d'une sauvagerie euphorique. Elle se retourna sous les draps et comprit d'où venait la lumière : les volets étaient ouverts, et pourtant elle était sûre de les avoir fermés avant de se coucher. Elle rabattit la couverture sur le côté et posa les pieds sur le dallage froid. Elle se dépêcha d'enfiler ses chaussettes de laine et de se couvrir du mieux possible avec son maillot de corps en flanelle, qui dans son sommeil s'enroulait toujours autour de sa taille.

Les corbeaux surexcités paradaient dans des danses aériennes au-dessus du pré enneigé. Ils voltigeaient et planaient en piqué, en croassant sur des notes stridentes et rauques. Lucia s'approcha de la fenêtre. Elle n'en avait jamais vu autant : ils étaient des dizaines et semblaient attirés par la maison. L'un des oiseaux piqua droit sur elle et se cogna avec violence contre la vitre. Elle sursauta de frayeur. Elle le vit se débattre au sol, les ailes ébouriffées, puis se ressaisir et reprendre son envol. Une éclaboussure de sang était restée sur la vitre, avec quelques barbules de son plumage, frémissant sous le vent.

Elle colla le visage à la vitre et scruta le monde à travers la tache vermeille : la neige ressemblait à une pâte de sucre rose. Une marbrure plus sombre et irrégulière la traversait. Une fine ligne de sang. Elle la suivit du regard : cette ligne arrivait au pied de sa fenêtre, où le bol de lait était vide. Une ombre pendait à l'un des volets.

Quand elle comprit de quoi il s'agissait, Lucia hurla.

15

Les archives du commissariat étaient installées dans une cave en béton armé éclairée par des tubes au néon, enfouie au-dessous du sous-sol et envahie par la poussière et des alignements parallèles d'étagères en acier.

L'ascenseur ne descendait pas jusque-là, comme si cet espace souterrain ne faisait pas partie de l'édifice et constituait un monde à part. Il fallait utiliser l'escalier, où la lumière ne fonctionnait jamais : parfois elle clignotait comme un stroboscope, mais plus souvent c'étaient comme des yeux éteints, complètement inutiles. Le responsable de la manutention affirmait que c'était à cause de l'humidité : elle endommageait les ampoules. Pourtant, certains n'avaient pas honte d'affirmer que c'était la faute d'une présence surnaturelle, évidemment hostile aux activités d'archivage.

On appelait aussi cet endroit le Purgatoire, parce que c'était là, tout en bas, qu'on envoyait ceux qui avaient une faute à expier.

Teresa y avait expédié Massimo Marini. Elle lui avait ordonné de rechercher des affaires analogues d'homicides parmi les classeurs et les fichiers numérisés.

Il fallait discipliner ce jeune inspecteur, mais surtout elle avait voulu se le sortir quelques heures de son champ de vision. Elle avait entrevu dans ses yeux une lueur inquiétante, car à un certain moment il l'avait regardée comme s'il avait conscience de la peur qu'elle ressentait.

C'était un incident purement fortuit, se dit-elle. Cela ne signifiait rien.

Mais pendant un moment, la nuit précédente, elle n'avait plus été en mesure de se remémorer les noms des objets dont elle se servait tous les jours, et, au cours des heures suivantes, même si elle s'était reprise, elle s'était sentie perdue, comme à peine sortie du tourbillon d'une tornade. Cela ne lui était encore jamais arrivé, mais elle craignait que ce ne soit que le premier épisode d'une longue série à venir.

Elle n'en avait parlé à personne. Les confidences ne faisaient pas partie de sa manière d'être, et pourtant, elle se demandait non sans inquiétude combien de temps encore elle serait capable de prendre soin d'elle-même. C'était son pire cauchemar : dépendre de quelqu'un d'autre.

Elle chassa ces pensées néfastes, descendit les dernières marches dans le noir et se retrouva dans le Purgatoire. Son unique occupant était au fond de la vaste salle, assis à un bureau aux bords rognés par l'usage. Seule la lumière bleuâtre de l'écran l'éclairait.

— Tu vas t'abîmer la vue, à force, dit-elle.

Marini ne détacha pas les yeux de son travail. Elle déposa sur le bureau le rapport qu'il lui avait envoyé peu avant l'aube et qu'elle avait imprimé pour le truffer de corrections.

L'inspecteur examina le document quelques brèves secondes.

— Vous ne l'aviez pas jeté à la poubelle ? demanda-t-il.

Elle s'installa devant lui.

— Tu n'as pas fait du bon travail. Te soutenir le contraire serait un mensonge.

Il eut une grimace.

— Ce ne sont pas des compliments gratuits que je veux.

— Et alors qu'est-ce que tu es venu chercher, ici ?

Il ne répondit pas.

— Je croyais que tu fuyais un amour perdu, ironisa-t-elle. Mais je me trompais, pas vrai ? Ta recherche de la perfection et ta manière de mendier ma reconnaissance me conduisent davantage à penser à un géniteur trop présent et trop exigeant, y compris maintenant que tu es devenu un homme. Une figure encombrante peut-être. Ton père ?

— Je ne savais pas que vous aviez étudié la psychologie.

— Il suffirait de bien moins que ça pour te comprendre.

Il leva enfin les yeux sur elle. La colère lui empourprait les joues, mais aussi une forme de soumission qui l'attendrit.

— Ce n'est pas un drame, allez, l'encouragea-t-elle.

— Si vous me dites qu'il y a pire, je vais devoir changer d'avis à votre sujet. Vous feriez donc dans la banalité.

— Bien sûr qu'il y a pire, mais personne n'en a rien à foutre. Tu as été bien inspiré d'aller chercher ton destin ailleurs.

— Vous vous attendez à ce que je vous remercie ?

— Je t'en prie, rétorqua-t-elle.

Il désigna une pile de classeurs.

— Vous ne me demandez pas ce que j'ai trouvé ?

— Rien, je suppose.

— Et vous le saviez.

Elle haussa les épaules.

— S'il y avait déjà eu une affaire similaire, je m'en serais souvenue.

Elle savait déjà qu'il n'en aurait découvert aucune. Elle connaissait le contenu des archives comme son grand-père celui du carnet dans lequel il consignait tous les résultats des parties de mourre. Des centaines de dates et de décomptes de points. Quand elle était petite fille, elle s'asseyait sur ses genoux et s'amusait à l'interroger : Papy Pietro ne s'était jamais trompé. Les archives étaient le pain quotidien de Teresa depuis presque quarante ans. Un credo. Parmi ces milliers de pages, il n'y en avait pas une où elle n'avait pas appris quelque chose. Le visage de Marini demeura impassible, il haussa juste un sourcil.

— Je ne m'attendais pas à devoir travailler avec une *profiler*, admit-il.

Elle éclata de rire.

— Je perçois de l'ironie dans ta voix, mais si on veut être précis, répondit-elle, avec un clin d'œil, la seule qui travaille, ici, c'est moi. Tu t'égares, là.

Marini se tourna de nouveau vers l'écran, et fit défiler les pages avec la souris. Des fichiers qui parlaient de morts violentes se succédèrent devant ses yeux. Elle pouvait en voir les reflets dans ses iris foncés.

— Je continue de penser qu'une affaire se résout en recherchant des indices et des preuves, et pas en tentant de deviner quelle tête a le tueur, lui répliqua-t-il après un temps de silence.

Elle commençait à le trouver amusant.

— Le seul ici qui se lance dans des devinettes, c'est toi, si j'en juge d'après ce que tu lis, répliqua-t-elle. (Elle se pencha vers lui.) La criminologie n'est pas une science exacte, c'est vrai. Cela n'a rien de mathématique et chaque dossier est unique. C'est un art. L'art d'apprendre à examiner des réalités qu'un type comme toi n'entrevoit même pas. Mais ce n'est pas de la magie : c'est de l'interprétation. C'est de la probabilité, de la statistique. Jamais une certitude.

Marini la fixa longuement du regard.

— Vous n'en êtes pas vraiment convaincue, finit-il par murmurer.

Elle laissa échapper un soupir.

— Tu crois qu'on joue aux policiers ici ?

— Je pense…

— Non, tu ne penses pas. C'est évident. Laisse-moi te raconter une histoire.

— C'est indispensable ?

— Je dirais que oui.

Il ouvrit grands les bras et les laissa retomber mollement.

Elle ne se laissa pas démonter par son manque d'enthousiasme. Elle avait l'habitude, avec les jeunes de la relève : dès qu'ils étaient confrontés à une réalité difficile à gérer, ils ne savaient plus quoi faire.

— Notre protagoniste vit dans un patelin de province, commença-t-elle à lui raconter. Quelques centaines d'habitants, pas plus. Il a entamé sa carrière criminelle comme profanateur de sépultures. Les pieds des cadavres le rendaient fou. Il y a ceux qui rêvent d'une armoire remplie de chaussures, la sienne était truffée de pieds. Je sais, raconté ainsi, cela semble amusant, mais celle qui a vu le contenu de cette armoire de ses propres yeux n'est pas de cet avis.

— Commissaire…

— Enfant, les chaussures de femmes lui plaisaient beaucoup, mais quand sa mère le surprenait à essayer les siennes, elle le punissait en lui plongeant les pieds dans l'eau bouillante. Adulte, il aurait voulu changer de sexe, mais il s'est contenté d'acheter des dizaines de chaussures pour femmes. Il a alors cessé de profaner des tombes et s'est mis à tuer des jeunes femmes. Il les repérait l'été, quand il pouvait voir leurs pieds. Il les leur tranchait et les glissait dans les chaussures qu'il collectionnait chez lui. La police a failli le capturer à plusieurs reprises, mais il avait, c'est le cas de le dire, toujours un pas d'avance. Cette histoire te semble intéressante ?

— Cela ferait un bon sujet de film.

— Oui, sauf que c'est réellement arrivé, pas très loin d'ici. C'était dans les années quatre-vingt-dix, notre personnage s'appelait Igor Rosman et les victimes étaient bien réelles.

Le sourire sarcastique de Marini s'était effacé.

— Comme s'est terminée cette histoire ? s'enquit-il.

— Je l'ai arrêté.

Il ne répliqua rien. Elle soutint sans difficulté son regard perplexe.

— C'est en étudiant des esprits criminels comme celui de Rosman et de centaines d'autres comme lui que nous connaissons aujourd'hui certains aspects du mode de fonctionnement psychique d'un meurtrier, reprit-elle. Et si nous savons ce qu'il pense et comment, nous savons aussi dans quelle direction nous orienter pour le débusquer. C'est pour cela qu'il est important de comprendre de quel type d'homicide il s'agit : s'il est désorganisé, nous devons chercher un esprit ténébreux, un inadapté qui vit en marge de la société.

— Et si ce n'est pas le cas ?

— Alors nous avons un problème, parce que les types comme lui se dissimulent derrière la façade d'une existence aux apparences parfaites. Tu comprends ? Ce pourrait être cet enseignant si charmant et un peu timide, ou le voisin à l'air barbant et compassé – exactement comme toi. (Elle se leva.) Viens. De la route nous attend.

— Où allons-nous ?

— Nous retournons sur les lieux du crime. Il a donné de ses nouvelles.

Marini la dévisagea, éberlué.

— Qui ça, il ?

Elle lui lança les clefs de la voiture.

— Le tueur, fit-elle.

16

— Vous pensez qu'il a voulu marquer la maison ?

Marini formula cette question à mi-voix, comme s'il éprouvait de la pudeur à extérioriser l'inquiétude qui l'avait assailli devant ces chairs exposées, à nu. La carcasse d'un lièvre était encore accrochée à la fenêtre de la maison. L'animal avait l'os du cou brisé et il avait été écorché. Privé de son pelage, il paraissait féroce : la gueule était béante, le crâne strié de muscles fermes et maigres.

Teresa ne répondit pas. Elle avait eu la même sensation, mais il était encore prématuré de commenter.

Le chef de la police locale la prit à part. Hugo Knauss était un homme corpulent, pas très grand, qui semblait tout le temps sourire, même quand il était sérieux. Cela tenait à la manière qu'il avait de plisser ses lèvres gercées et de fermer à moitié les yeux, comme tirés sur la peau mangée par le froid. Le visage était typique des roux : carnation claire et pilosité cuivrée.

— C'est la petite, Lucia Kravina, qui nous a appelés. Elle était seule au domicile, l'informa-t-il.

Teresa opina sans détacher les yeux de la carcasse de la bête.

— C'est déjà arrivé ? demanda-t-elle.

— Non, jamais entendu parler de quoi que ce soit de ce genre, et je travaille ici depuis toujours. Il y a bien de temps à autre un farceur qui vole les torchons qu'on pend à sécher, mais ça s'arrête là. La semaine dernière, en revanche, le village a vu coup sur coup un mort trucidé et ça… (L'homme cracha par terre.) C'est quoi, l'œuvre d'un délinquant ? Un avertissement, peut-être ?

Teresa pensait qu'il s'agissait d'autre chose, d'une menace encore plus grave, si c'était possible.

— Non, répondit-elle. Je doute qu'il y ait un lien avec le Milieu. Les Kravina sont quel genre de famille ?

L'homme ronchonna.

— Lui, c'est un fainéant qui enchaîne les petits boulots. Elle, elle est femme de chambre dans une auberge du centre et arrondit ses fins de mois en servant au café-restaurant le soir. C'est pas la crème de la crème, mais ils sont inoffensifs.

Elle s'abstint de lui rappeler que souvent les existences en apparence les plus ternes étaient au contraire propices à la fermentation d'un terreau sinistre, d'un compost malsain, mélange d'insatisfaction et de rage.

— Inoffensifs, répéta-t-elle en se repassant ces syllabes sur la langue comme si elles avaient mauvais goût. La nature n'a doté aucune de ses créatures de l'innocuité, chef Knauss, ou alors c'est qu'elle a essayé et elle a échoué.

— Nous ne sommes pas des bêtes, protesta-t-il. Ici, à Travenì, personne ne commettrait un acte pareil.

Elle comprenait, maintenant. Du fait d'un sentiment fallacieux d'appartenance à sa communauté, il se sentait le devoir de laver préventivement les habitants du village de tout soupçon éventuel.

— Si j'en suis votre raisonnement, jamais quelqu'un de la région ne pourrait commettre un meurtre simplement du fait qu'il est de la région. Intéressante considération, chef, rétorqua-t-elle, sans être certaine qu'il ait perçu l'ironie de sa réflexion.

Knauss prit congé avec un signe de tête et elle resta le regard fixé sur le mur de la maison. Sanguinolent. Des larmes pourpres coulaient sur le crépi avant d'atteindre la neige. Elles étaient désormais congelées, mais la bête avait dû être tuée peu avant de finir suspendue au crochet qui retenait le battant.

Elle avait conscience de la présence silencieuse de Marini dans son dos.

— Il y en a partout, remarqua-t-il.

La maison portait la marque de dizaines d'empreintes de la main responsable de ce geste.

— Qu'est-ce que cela t'évoque ?

Elle le vit hésiter.

— Vas-y, inspecteur. Ne réfléchis pas trop. Je sais que tu as pensé à quelque chose.

— Des peintures rupestres, répondit-il et, à le voir à peine desserrer les lèvres, son embarras était évident.

Elle acquiesça.

— Exactement.

Elle avait eu la même impression elle aussi, elle avait devant les yeux l'image qu'elle avait vue elle ne savait où (peut-être un documentaire à la télévision ?) de grottes recouvertes d'empreintes similaires. Plus de dix mille années d'histoire les en séparaient, et autant de kilomètres, et pourtant elles lui évoquaient une proximité insondable, qu'elle avait du mal à cerner :

l'espace d'un instant, elle avait pensé à un rite du Soi, au besoin d'une personnalité enfantine de s'affirmer et d'entrer dans l'âge adulte.

Pourtant, la main qui avait laissé ces marques n'avait rien de celle d'un enfant. Elle superposa la sienne à l'un de ces signes primitifs en faisant attention à ne pas les toucher : l'empreinte était beaucoup plus imposante, la paume large et les doigts forts. Elle sentit un frisson lui parcourir le corps. Sur le moment, c'était comme d'effleurer l'auteur de cet acte immonde.

— Même les empreintes de pas sont partout. Elles viennent des bois, précisa Marini, rompant ainsi le charme maléfique de cet instant.

Ils suivirent des yeux l'espacement régulier des foulées. Elle imagina une silhouette traversant le pré enneigé, la nuit, les yeux fixés sur la maison, une petite carcasse en main.

Pourquoi ?

— Elles s'arrêtent sous la fenêtre, observa-t-elle, mais il n'y en a pas en sens inverse.

Elle vit l'expression de son coéquipier changer, devenir à la fois livide et pleine de détermination. L'inspecteur examinait la maison des Kravina.

— Il est encore là, fit-il en cherchant à atteindre son arme dans le holster caché par son manteau.

— Du calme, inspecteur. Sois un peu plus observateur, fit-elle remarquer en se baissant. Quelques empreintes sont nettement plus marquées que d'autres. Il est revenu sur ses pas.

Elle se releva.

— Il est intelligent. Je parie que ces traces-là disparaissent elles aussi dans les bois, à un certain point.

Marini semblait noyé par l'excès d'informations. Elle s'en rendit compte.

— Tu ne réussis pas à le cerner, hein ? lui glissa-t-elle. Eh bien moi non plus.

— Pourquoi croyez-vous que le meurtrier de Valent soit l'auteur de cette mise en scène ? N'importe quel sadique aurait pu faire ça.

— N'importe quel sadique ? Même pas en rêve. Mais tu as vu juste sur une chose : il s'agit d'une mise en scène. Une représentation, comme l'était le corps de Valent. Il y a là une signification profonde que nous découvrirons tôt ou tard.

— Que pensez-vous de cette carcasse ? Une forme d'intimidation ?

Elle secoua la tête.

— Ce n'est pas ainsi qu'il fonctionne. La violence envers les animaux est un trait commun à beaucoup de tueurs récidivistes, mais d'ordinaire c'est un acte qui s'accomplit en privé. Pour eux, c'est comme d'effectuer leurs premiers pas dans les fantasmes qui les tourmentent.

Marini jeta un œil autour de lui.

— Et maintenant, on fait quoi ?

— Maintenant, je veux parler à la fillette.

Lucia Kravina était déjà un petit bout de femme. À huit ans, c'est elle qui se chargea de préparer le café aux policiers, alors que sa mère, de retour à la maison, était la plus désemparée des deux. Elle n'avait même pas embrassé sa fille pour la consoler. Teresa se dit qu'à en juger par son allure, elle avait dû devenir mère très tôt, peut-être à une époque où elle n'était pas encore prête à renoncer à son rôle de jeune femme.

Elle ressemblait à une adolescente trop vite grandie, le vernis noir écaillé sur des ongles rongés, une touffe de cheveux roses au milieu de repousses et de mèches qu'elle n'avait plus refaites depuis un moment, des leggings trop serrés et une espèce de gilet court en peau de mouton qui lui arrivait un peu au-dessous des seins. Parisi était déjà occupé à l'interroger, mais d'un geste, il lui fit comprendre qu'ils n'en tireraient rien.

C'était elle l'enfant, elle qui avait le regard perdu, alors que Lucia était manifestement habituée à se débrouiller toute seule. Teresa était sûre que la petite fille était celle qui s'occupait de la maison à la place de sa mère. Le logement était modeste, mais propre et rangé.

Elle ne s'était pas encore approchée de la fillette, elle l'avait observée de loin en faisant mine d'être affairée à donner des ordres. Entre-temps, elle se demandait comment s'y prendre pour ne pas l'effrayer, pour gagner sa confiance sans lui réclamer de sacrifice en échange. Sa journée était déjà trop pleine de violence : celle de la pauvre bête pendue à la fenêtre, mais aussi celle des étrangers qui avaient envahi sa tanière. Et Teresa en faisait partie.

— Lucia est forte. Une petite qui a trop vite grandi, mais qui n'a pas perdu la tendresse de son âge.

Teresa se retourna.

L'homme qui venait de parler la considérait avec un sourire. Il avait le visage à moitié masqué par une épaisse écharpe de laine à carreaux et portait sur la tête un feutre, rehaussé d'un mince cordon et d'une composition de petites plumes soyeuses. Emmitouflé dans un manteau en laine verte, il n'était pas beaucoup plus grand que le commissaire.

— Je vous prie de m'excuser, fit l'inconnu. J'ai vu votre façon de la regarder et cela m'a permis de deviner vos pensées.

— Vous êtes fin observateur, admit-elle.

Il lui sourit encore et lui tendit la main. L'iris de ses yeux était d'un bleu extrêmement clair.

— Carlo Ian, se présenta-t-il. Je suis le médecin du village. Je connais bien les Kravina, j'ai vu les voitures de police et je me suis inquiété.

L'homme avait dû dépasser l'âge de la retraite depuis quelques années, peut-être même depuis dix ans. Teresa lui serra la main.

— Commissaire Battaglia, dit-elle. Je suis l'affaire Valent.

Le docteur Ian se rembrunit. Ses yeux s'échappèrent vers la fenêtre, vers la silhouette encore pendue dehors. Un photographe judiciaire était en train de l'immortaliser sous plusieurs angles. Le médecin ne pouvait la voir, mais sa présence était tangible pour tous.

— Vous croyez que c'est le même homme qui a fait ça et qui a tué Roberto ? demanda-t-il.

Elle n'eut pas le temps de réagir.

— Docteur !

Lucia Kravina se jeta dans les bras du médecin, qui se pencha pour accueillir la tête de l'enfant au creux de son cou. Ils se parlèrent tous deux à voix basse, le visage tout près l'un de l'autre. Ils avaient l'air de deux amis décidés à s'échanger des confidences. Teresa en fut soulagée. Elle était contente que Lucia ait quelqu'un avec qui redevenir enfant. Elle l'entendit sangloter, elle le vit lui sécher ses larmes et lui soutirer un sourire en faisant apparaître de nulle part une sucette multicolore.

Teresa se sentait presque de trop. Ce fut le docteur qui vint à son secours.

— Lucia, dit-il à l'enfant, cette dame est ici pour découvrir qui a fait cette chose si méchante.

L'enfant étudia Teresa du regard sans que ses bras ne relâchent leur étreinte autour du cou du praticien.

La policière lui sourit.

— Bonjour, Lucia. Je m'appelle Teresa.

L'enfant se mordit la lèvre. Entre répondre ou s'enfuir, elle paraissait indécise.

— Elle est ici pour t'aider, dit Ian. Tu me fais confiance ?

L'enfant hocha la tête.

— Alors tu peux aussi te fier à elle. Je te le garantis.

Et il lui fit un clin d'œil.

Lucia laissa échapper un sourire. C'était une belle petite, peut-être un peu trop maigre, mais avec des yeux si noirs et lumineux qu'on aurait cru y voir se refléter les étoiles.

Quand la petite leur raconta le bol de lait qu'elle trouvait vide chaque matin et les fantômes qui peuplaient le bois, le docteur Ian prit une expression soucieuse. Au contraire, remarqua Teresa, celle de Marini se fit ironique. Elle semblait suggérer qu'il ne fallait pas perdre de temps avec les inventions d'une fillette.

En ce qui la concernait, elle savait déjà quelle serait sa question suivante.

— Et d'habitude, le fantôme, tu le vois où, Lucia ?

La fillette désigna sans hésitation un point précis en lisière de la forêt.

— Là-bas. Il me surveille tout le temps, caché entre les arbres.

17

Autriche, 1978

Une aube nouvelle se levait sur l'École. La lumière était celle d'un soleil malade : elle ne vous réchauffait pas, ne vous réconfortait pas. Elle avançait lentement sur la pierre de la petite chapelle, à la conquête de l'ombre, mais elle était ombre elle aussi, sous de fausses apparences.

Assise sur un banc devant l'autel nu, Magdalena guettait l'aube, sentant croître en elle un sentiment de rejet. Il y avait dans l'École quelque chose de mal, qui contaminait quiconque y mettait les pieds, et la nature qui l'entourait : le moindre être vivant, le moindre caillou, le moindre souffle de vent froid était imprégné d'une dureté tranchante. La petite église située en face du réfectoire était elle-même privée de la chaleur à laquelle on aurait pu s'attendre dans un lieu destiné à recevoir des prières et des âmes pénitentes. Seul le Christ en croix suspendu dans l'abside possédait une expression emplie d'un chagrin humain.

Magdalena le contempla, incapable de lui adresser la prière qu'elle avait en elle. Elle ne s'était jamais sentie aussi angoissée de toute sa vie. La nuit, ce qu'elle avait vu dans ces chambres revenait la tourmenter sous forme de cauchemars qui la faisaient se réveiller en larmes.

Il y avait là quelque chose de mal, se répétait-elle. Quelque chose de si subtil, pourtant, que cela ne revêtait pas de forme, que ce n'était pas facile à définir, et c'est pour ça qu'elle n'avait pas tout de suite compris, qu'elle s'était rendue complice de cet outrage infligé à la vie.

Elle observa ses mains, les approcha de ses yeux. Elle les voyait salies.

À l'École, personne ne comprenait ses tourments. Ils avaient fini par la considérer avec suspicion, à suivre ses gestes avec plus d'attention, à tel point qu'elle s'était demandé si ce n'était pas elle la fausse note au milieu d'une symphonie parfaite.

Elle leva de nouveau les yeux au moment précis où un rayon de soleil frappait l'une des vitres décorées d'émaux. La lumière se teignit de rouge et altéra le crucifix à hauteur du flanc percé. Le sang sembla s'animer et jaillir de la blessure.

Magdalena sursauta, impressionnée.

Cette représentation n'offrait aucun espoir, aucune notion de salut. C'était l'image d'une torture. Le regard du Christ changea, il eut l'expression triste de celui qui est certain de ne recevoir aucune aide. Il n'y avait pas d'accusation plus féroce que celle de ces yeux noyés de désespoir. C'était la deuxième fois qu'elle percevait un signe que quelque chose n'allait pas. La première fois, c'était quand Agnes Braun lui avait expliqué la règle de l'institut : « Vois. Observe. Oublie. »

Elle se leva, prenant enfin conscience de ce qu'elle devait faire : être porteuse de changement.

D'un pas rapide, pour ainsi dire incapable d'attendre pour réparer ce qui avait été fait, elle emprunta les couloirs déserts du rez-de-chaussée, jusqu'à l'entrée. Elle monta les premières marches du grand escalier et s'immobilisa.

Agnes Braun l'observait du haut de la mezzanine, les mains croisées sur son ventre creux. Quelque chose dans son sourire inquiéta Magdalena. Elle semblait capable de lire dans ses pensées, de scruter la plus petite fêlure de son âme et de l'élargir, jusqu'à faire vaciller les fondements de son être.

— Je dois monter les voir, dit-elle, comme pour mieux se convaincre de ne pas tourner les talons.

Agnes fit lentement non de la tête.

— Les patients du premier étage ne relèvent plus de ta compétence, lui signifia-t-elle aimablement. Je te confierai d'autres tâches, plus adaptées à ton tempérament.

Magdalena serra fort la main sur la rampe de marbre. Sa peau était plus froide que cette pierre inanimée, elle en était certaine.

— Les patients ? balbutia-t-elle. Je dois monter les voir, répéta-t-elle avec plus de force.

Le sourire d'Agnes s'effaça.

— L'École t'a accueillie comme si tu étais sa fille, Magdalena. Ce n'est pas bien de mordre la main qui te nourrit.

— Je ne veux pas mordre, je veux juste les aider.

La supérieure leva les yeux au ciel et son menton dessina une demi-lune dans le vide.

— Et nous ne serions pas tous ici pour cela, peut-être ? la reprit-elle.

Magdalena respira à fond.

— Les choses que nous faisons ne les aident pas. Ce n'est pas de cela qu'ils ont besoin, protesta-t-elle. Nous devrions…

Agnes Braun réagit à ses doutes sans surprise aucune.

— Ici, nous ne faisons rien d'autre qu'appliquer les principes de la médecine, répondit-elle posément. Qui es-tu pour te permettre d'affirmer qu'une méthode scientifique aurait quoi que ce soit de mauvais ?

Magdalena se tut. Elle se rendit compte qu'elles n'étaient plus seules. Les autres employés de l'École s'étaient rassemblés dans l'entrée et, le visage sévère, assistaient à sa confrontation avec les « Règles ».

— Est-ce qu'un seul des patients qui vivent ici présente des signes de maltraitance ? demanda sa supérieure.

Magdalena leva de nouveau les yeux vers elle.

— Non, signora Braun.

— Et nous ne veillons peut-être pas à leur fournir des repas somptueux et des conditions d'hygiène impeccables ?

Magdalena ravala une salive au goût amer.

— Si, signora Braun.

— Alors, pour l'amour du ciel, de quoi parlons-nous ?

Elle semblait avoir déjà tenu ce discours à maintes reprises. Elle avait l'habitude de manipuler le mental des autres, Magdalena s'en rendait compte désormais.

— Une seule chose leur manque. Une seule, infirmière Braun : l'amour.

À ce mot, et pour la première fois depuis qu'elle avait fait sa connaissance, le visage d'Agnes trahit une authentique stupeur.

— L'isolement peut exercer d'étranges effets sur tout individu qui n'y est pas habitué, rétorqua-t-elle. Je me fais du souci pour l'état de tes nerfs. Va dans ta chambre et repose-toi. Nous n'aurons plus besoin de toi pour aujourd'hui.

Magdalena chercha les yeux de la cuisinière, mais elle n'y perçut pas l'ombre d'un signe de compassion. Marie la fixait du regard derrière la porte qui menait à la cuisine, le tablier détrempé d'eau de vaisselle.

— Magdalena ? insista Agnes. Allez.

C'était un ordre formulé avec une tranquillité qui la glaça davantage que l'injonction qu'elle venait de recevoir.

Les murs de l'École lui donnèrent l'impression de se resserrer autour d'elle, le froid de se faire plus intense et sa volonté de se dissoudre, comme les gouttes d'eau entre les mains de Marie.

Magdalena battit en retraite. Non par peur, mais avec la conscience d'être seule et désarmée face à une forteresse qui aurait pu résister à n'importe quel assaut.

L'École était un organisme vivant, se remémora-t-elle, et elle la rejetait comme un corps étranger qui aurait pu devenir dangereux pour sa survie.

Elle s'en alla, horrifiée par ces yeux hostiles. Dans sa chambre, elle attrapa la valise rangée sur l'armoire et se mit à la remplir du peu d'affaires qu'elle possédait, en vrac. Ce salaire si élevé, qui lui avait semblé une bénédiction, lui manquerait énormément, mais elle savait désormais ce qu'il signifiait en réalité : c'était le prix de son silence.

Elle se figea, son manteau dans les mains.

Le silence encourage toujours le bourreau, jamais la victime, songea-t-elle. Et que serait sa fuite, sinon l'énième acte perpétré entre ces murs relevant de cette même loi du silence ?

Elle reposa son habit, s'assit sur le lit. Les ressorts grincèrent sous son poids.

Elle ne les laisserait pas seuls. Elle ne partirait de l'École qu'avec eux, et pas en s'enfuyant. Elle avait besoin de temps. De temps et de preuves.

18

La forêt millénaire de Travenì résonnait d'écoulements d'eau et de bruissements sourds, ceux que provoquait la neige qui glissait des ramures des arbres surchargées. Pour le reste, c'était le silence. Le gel semblait avoir mis la vie en suspens, retardant son chant de quelques mois.

Teresa avançait en prenant garde aux endroits où elle mettait les pieds, en suivant le sentier balisé par les hommes de la Scientifique pour ne pas courir le risque de compromettre les traces. Derrière elle, Marini en faisait autant. À deux reprises, il avait voulu la rattraper quand elle avait failli glisser sur des plaques de glace traîtresses, mais elle avait écarté sa main d'une petite tape.

— Ce n'est peut-être pas le même homme. Il pourrait s'agir d'un maniaque et pas du meurtrier, l'entendit-elle lui suggérer.

Elle ne perdit pas de temps à répliquer. Elle était sûre qu'il n'en était rien, et la comparaison des empreintes digitales avec celles retrouvées sur le corps de Valent ne tarderait pas à le confirmer. Le fait qu'il observe – ou même qu'il espionne – ses proies éventuelles ne signifiait pas que son comportement ait une composante sexuelle. Beaucoup plus simplement, cela voulait dire que son instinct meurtrier s'était réveillé. Dans des affaires de ce genre, il y avait toujours une forme de voyeurisme : l'assassin arpente son territoire de chasse, entre dans les maisons quand il n'y a personne à l'intérieur, dérobe un objet… Des fétiches avec lesquels il alimente ses fantasmes. Hugo Knauss l'avait bien précisé : au village, il y avait eu des vols de linge qui séchait dehors. Elle avait trouvé ce détail intéressant. L'aspect plus alarmant, toutefois, c'était que Travenì comptait à peine plus d'un millier d'habitants, sans compter les touristes : il était fort probable que le tueur ait été connu de la victime, et peut-être aussi des Kravina. L'idée de la petite Lucia seule à son domicile l'inquiétait. Elle donnerait l'ordre de surveiller la maison, comme celle de Roberto Valent.

Le crépuscule descendait déjà sur les bois et c'était encore seulement l'après-midi. Les journées plus courtes de l'année se rapprochaient : la pire des périodes pour donner la chasse à un criminel qui n'empruntait que les sentiers de montagne.

— Alertons l'administration municipale, mais sans susciter la panique, ordonna-t-elle à Marini. Et faisons attention à la presse : nous ne devons pas nourrir la pulsion meurtrière du tueur en renforçant son ego.

— Vous craignez que nous le transformions en sujet idéal pour la une des journaux ?

Ce n'était pas une crainte, mais une certitude. C'était déjà arrivé, et quantité d'exemples de meurtriers qui avaient entamé un jeu morbide avec les médias abondaient dans la littérature, un jeu qui profitait en général aux deux parties.

— Cela se produira, c'est inévitable, dit-elle. Les gens suivent ce genre d'informations avec appréhension, mais aussi secrètement avec une forme d'excitation. C'est ce qui s'appelle la fascination du mal. C'est pour cette même raison qu'à cet instant ton cœur bat à tout rompre, je me trompe ? Tu te demandes l'effet que cela ferait de te retrouver en face de lui, juste derrière cet arbre. Tu te demandes quelle tête peut avoir un type pareil, et comment il te traquerait.

— Je n'ai pas peur.

Teresa s'arrêta et le regarda.

— Pourtant, tout à l'heure, j'ai senti ta main trembler, inspecteur, le nargua-t-elle.

Il ignora sa remarque et désigna le torrent qui grondait entre des buissons de lierre.

— Selon la Scientifique, les traces disparaissent ici, remarqua-t-il.

Encore une fois, le criminel s'était mis en lieu sûr. Elle n'avait jamais rien vu de tel : le tueur n'avait aucune peur de s'exposer, de semer son ADN un peu partout, de piétiner la neige en y laissant la forme de ses pas, ni de leur montrer des dizaines d'empreintes de la main avec laquelle il avait arraché les yeux de ses victimes. Mais quand il décidait que le moment était venu, il se révélait capable de disparaître comme un animal dans la forêt.

— Lucide et fou à la fois. Lucide et fou, répéta-t-elle dans un chuchotement en observant le cours d'eau qui s'écoulait en jaillissements cristallins.

— Si c'est ce que vous affirmez, il y a un monstre qui rôde entre les maisons du village, observa-t-il.

Elle souffla de l'air chaud sur ses doigts gelés. Des cristaux de glace étaient restés accrochés à la laine des gants.

— Un jour ou l'autre, il faudra que quelqu'un m'explique ce qu'est un monstre, fit-elle. Nous les appelons ainsi, mais en attendant, nous sommes incapables de changer de chaîne quand on parle de tueurs semblables aux informations. Car nous savons qu'ils sont en réalité comme nous : des êtres humains. C'est ce qui nous captive, de reconnaître une part d'eux en nous-mêmes.

Marini contemplait la forêt immobile. Il se demandait peut-être quels secrets elle conservait, de quelles autres horreurs elle serait peut-être bientôt témoin.

— Selon vous, un monstre réside en chacun de nous ?

Il semblait sceptique.

— J'en suis convaincue. Si tu as de la chance, si le destin t'offre une vie décente, tu continueras de dormir tranquille jusqu'à ton dernier souffle. Chez eux, au contraire, la vie a été alimentée par les abus et les traumatismes.

Marini se tourna vers elle, scruta son visage.

— Vous considérez que ce sont des victimes ? demanda-t-il avec une stupeur mêlée d'aversion.

Elle savait que ses convictions déclenchaient souvent des réactions de ce type. Il n'était pas facile d'humaniser l'horreur, il était plus rassurant de la croire étrangère.

— Ils le sont toujours, répondit-elle, convaincue. Condamnés à se nourrir de l'unique source susceptible de calmer un peu la faim violente qui les tenaille.

— À savoir ?

— Le pouvoir. Le pouvoir absolu sur un autre être humain.

Marini fit un pas et une branche cassa sous la semelle de sa chaussure. Le même bruit se répercuta un peu plus haut dans les arbres. Ils regardèrent tous deux dans cette direction. Le brouillard donnait l'impression de descendre de leur cime.

— Un animal, supposa-t-il.

Elle lui fit signe de se taire. Depuis qu'ils marchaient dans cette forêt, elle aurait juré que quelqu'un les observait. Elle s'était dit que ce n'était que suggestion mentale, mais elle ne croyait pas que cela puisse provoquer aussi des hallucinations auditives. Elle ramassa une branche et la brisa entre ses mains. Plus loin, une vingtaine de mètres à l'est, le même bruit retentit.

— Ce n'est pas un animal, dit-elle en retenant son souffle. C'est du mimétisme.

Il y avait quelqu'un là-haut, caché entre la brume et les ombres qui s'allongeaient. Quelqu'un qui venait d'entamer un jeu avec eux et qui se savait en sécurité. Ravins et précipices empêchaient de lancer une battue, surtout avec l'obscurité imminente.

Et ainsi, pendant tout ce temps, protégé par la montagne et la pénombre, il les observait.

19

Sous la neige, la gorge du Sliva avait changé de visage. Le ravin où courait le torrent s'était mué en royaume de glace. Le vert des ramures avait cédé la place à une blancheur de cristaux miroitants et les silhouettes élancées des sapins s'étaient transformées en oreillers moelleux. La voix de l'eau était étouffée : du lit transparent de la rivière ne montaient plus les gargouillements bavards habituels, mais un murmure assourdi. Le gel freinait les rapides, congelait les petits ressauts et les mares les plus stagnantes.

Après la grotte, où le Sliva se jetait dans un bassin profond entre des blocs de rochers érodés par le temps, la cascade était immobile : seuls de minces filets d'eau s'écoulaient le long des stalactites lisses et transparentes.

Aux yeux de Diego, c'était comme une échelle qui menait au ciel. Il s'était demandé si son père avait gravi des marches aussi belles le jour où il était mort. Sa grand-mère lui répétait que désormais il les observait depuis le paradis, mais pour l'enfant cette perspective n'avait rien de rassérénant : l'unique regard que son père avait posé sur lui de son vivant était empreint de sévérité. Il ne l'avait jamais frappé, il ne se rappelait pas de l'avoir une seule fois entendu élever la voix. C'était inutile : il suffisait à son père d'un coup d'œil pour lui faire comprendre à quel point il le décevait. Diego savait qu'à présent le corps de son père reposait dans une morgue, privé de ses yeux. Cette nuit-là, pourtant, il avait rêvé de lui intact : seulement vêtu d'un drap blanc, le fixant avec une expression de colère. Même mort, il n'était pas content de lui. Pire encore, maintenant, de là-haut, il avait dû découvrir tous ses secrets et les mensonges dans lesquels il vivait.

Avec un dernier bond pour franchir un vieux tronc d'arbre abattu, il rejoignit les autres. Mathias et Oliver lançaient des cailloux contre la glace de la rive gelée. Dès qu'ils le virent, leurs corps se figèrent. Diego avait remarqué cette réaction chez toutes les personnes qu'il avait croisées ces dernières heures, excepté cette policière aux cheveux écarlates. C'était comme si le deuil éloignait les gens au lieu de les rapprocher. Il les effrayait avec son odeur reconnaissable, comme cela arrivait au chasseur avec les animaux.

Le souffle court, il les regarda, l'air implorant.

— C-c'est tou-jours moi, fit-il en butant sur les mots.

Ils avaient du mal à sortir, alors que le fil de sa pensée était fluide. Parfois, il détestait les mots.

La main de Mathias se posa dans sa nuque et l'attira près de lui.

— J'avais peur que tu ne viennes plus, avoua son ami en le serrant fort.

Oliver, plus jeune d'une année, et aussi de plus petite taille, s'unit à cette étreinte.

— J-je me suis éch-appé, dit Diego.

Sa mère ne voulait pas qu'il sorte.

Au milieu de ce cercle de bras tendus, il lui semblait se retrouver dans un nid fait de parfums familiers et de respirations partagées. Mais il manquait quelqu'un.

— Lu-Lucia ? demanda-t-il.

Mathias eut un mouvement d'incertitude.

— Peut-être qu'elle ne viendra pas aujourd'hui.

Diego remarqua une ombre dans son cou. Il tendit le doigt pour lui abaisser le col de sa doudoune, mais Mathias l'intercepta avant même qu'il ne l'ait effleuré. Il y avait dans ses yeux la prescience de celui qui a déjà compris quelle serait sa question suivante.

— Ma mère ne peut rien contre ça, dit-il finalement. Sinon elle aura des ennuis elle aussi.

Diego et Oliver échangèrent un bref coup d'œil attristé.

— Ça te fait mal ? demanda le plus petit.

Mathias haussa les épaules, comme pour se libérer de la douleur qu'il ne voulait pas admettre.

— Je me fais plus de soucis pour mon frère, Markus, avoua-t-il, rompant l'étreinte.

Il ramassa une pierre et la lança avec force dans l'eau. La glace se fracassa et des éclats glacés vinrent picoter ses joues rougies. Il ramassa une autre pierre, plus grosse, mais sa main resta en suspens.

Diego le vit fixer les arbres au-delà du torrent, avec les yeux plissés de celui qui cherche à ajuster sa vision sur un point précis, au loin.

— Qu-qu'est-ce que t-tu as ? demanda-t-il.

— Quelqu'un nous espionne dans le bois, répondit Mathias.

Diego suivit son regard, mais ne vit rien.

— Ça doit être un cerf, lâcha Oliver. Mon père dit qu'avec le froid ils sont descendus et se rapprochent du village.

— Si c'est un animal, conclut Mathias, ça va le faire fuir.

Il arma son bras et lança la pierre. Elle fila dans le ciel, décrivit un arc de cercle et disparut au milieu des branches des sapins, engloutie par la neige.

Ils restèrent immobiles, fixant le point où ils l'avaient vue disparaître.

— Il-il-il n'y avait rien, bredouilla Diego.

Il ne savait pourquoi, mais maintenant il respirait mieux.

Mathias éclata de rire.

— Quelles têtes vous faites ! s'écria-t-il. Vous y avez cru !

— Crétin ! protesta Oliver.

— I-d-idiot.

L'objet atterrit presque à leurs pieds, avec un tintement sourd couvert par leurs rires qui se turent instantanément. Il roula sur une roche plate qui l'été leur servait de tremplin pour leurs plongeons et il s'immobilisa en fixant sur eux ses orbites.

Ils se retournèrent tous d'un seul mouvement pour observer le projectile. Celui qui l'avait lancé avait pris soin de bien viser.

C'était une boule blanche, à peine plus grosse que le poing.

Le crâne d'un écureuil.

20

Le poste de police de Travenì évoquait une auberge de montagne. Vingt ans plus tôt, la frontière assez proche était très fréquentée et une cinquantaine d'agents y étaient affectés pour le contrôle des papiers. Avec la suppression des barrières douanières, ce fut le début du déclin, et à présent les salles étaient presque toutes vides, la cafétéria à l'abandon. Hugo Knauss et ses hommes se débrouillaient pour se cuisiner leurs pâtes tout seuls, ou apportaient de chez eux un plat tout prêt. Certains dormaient encore sur place et, en fin de semaine, celui dont ce n'était pas le tour redescendait dans la vallée.

Teresa avait décidé d'en faire l'épicentre de leurs investigations. Elle avait ordonné d'équiper une salle assez vaste pour les réunions, et la première rencontre entre la brigade mobile et la police locale était déjà en cours. Elle n'avait pas débuté de la meilleure manière.

Elle observait Knauss par-dessus la monture de ses lunettes de lecture.

— Vous êtes en train de me dire que nous avons un groupe de suspects parfaits, y compris leurs noms et prénoms ? s'étonna-t-elle en scandant ses mots – quiconque la connaissait savait que ce n'était pas bon signe.

Knauss soutint son regard, avec son habituel sourire de travers qu'elle commençait à trouver exaspérant.

— La situation était sous contrôle, commissaire, assura-t-il.

Elle se massa les yeux derrière ses verres de lunettes.

— Cela me fait plaisir de l'apprendre, chef Knauss, parce que moi, je n'aurais pas osé l'affirmer, rétorqua-t-elle.

— Et voilà maintenant que vous devenez vexante.

— Non, pas encore, mais si vous continuez, je ne vais pas résister.

Il ne renchérit pas.

— Alors, insista-t-elle, avons-nous oui ou non des suspects potentiels ?

Il céda, jusqu'à nouvel ordre.

— Oui, confirma-t-il.

Elle retira ses lunettes, les posa sur la table devant elle et replia les branches.

— Et pourquoi diable ne m'avez-vous pas informée plus tôt ? demanda-t-elle.

Il sourit, cette fois sincèrement.

— Ce sont de braves garçons. Je peux me porter garant pour eux.

D'un coup d'œil, elle consulta Parisi, debout à côté d'elle, puis De Carli, et enfin Marini. C'était comme s'ils se parlaient entre eux : cette danse des regards était l'équivalent d'un chapelet d'imprécations sans fin. Elle aurait voulu hurler, au lieu de quoi elle se borna à soupirer, la tête entre les mains. Elle se sentait fatiguée, mais pas à la manière habituelle. Le corps réagissait, et c'était l'esprit qui restait à la traîne. Elle avait du mal à suivre le discours, à saisir le sens des mots qu'elle avait en tête et à leur donner un ordre.

Tu travailles trop, se répétait-elle en s'efforçant de ne pas prêter garde au tremblement qui la secouait intérieurement. Elle cherchait à rassembler ses idées, elle s'humecta les lèvres pour que les phrases sortent plus facilement. Elle prit une respiration et, de nouveau, se concentra sur l'affaire.

— Ils ont un mobile et il y a un précédent d'actes de vandalisme commis contre les biens de la victime, lâcha-t-elle.

Knauss remuait, mal à l'aise, sur sa chaise, et sa corpulence en fut d'un coup réduite, comme si l'examen auquel il se sentait soumis le poussait à se ratatiner à l'intérieur de sa chair.

Teresa n'attendit pas la réponse.

— Je veux l'identité de chacun d'eux, ordonna-t-elle.

L'autre tenta de faire encore valoir ses raisons.

— Ce sont des paysans… dont certains que nous connaissons depuis toujours.

— Je me fous de savoir si vous buvez votre café ensemble quand vous les croisez au bar, éclata-t-elle.

Elle se repentit aussitôt du ton qu'elle venait d'employer. Depuis son réveil, ce matin, elle se sentait instable. Ses émotions semblaient soumises à un jeu de bascule, et ces sautes d'humeurs continuelles la déstabilisaient.

— Ce sont de jeunes idéalistes, commissaire. Ils ne veulent pas que la vallée soit dégradée par une énième piste de ski.

— Les idéalistes rêvent les yeux grands ouverts et font des marches pour la paix, chef Knauss, ils ne se promènent pas armés de bidons d'essence et de cocktails Molotov, rétorqua-t-elle. Les dépôts de plainte ?

L'autre adressa un signe à l'un de ses hommes. On mit les documents sous les yeux de Battaglia. Il lui suffit de quelques brèves minutes pour se rendre compte de la situation. Le domaine skiable en construction prévoyait le déboisement d'une portion considérable d'un versant de montagne : elle pouvait imaginer toute la rancœur que le projet avait suscitée chez une partie de la population de la vallée. La zone concernée était scindée en lots. Ceux situés au nord, sur l'arête, avaient subi des inspections ponctuelles : les analyses hydrologiques avaient donné des résultats positifs et les travaux commenceraient au printemps prochain, avec le dégel. Les lots situés plus au sud, vers le village, avaient été clôturés et les premiers travaux étaient en cours. C'étaient ces derniers qui avaient été visés par des actes d'intimidation de la part d'un groupe de militants écologistes : le plus grave, antérieur de deux semaines à la disparition de Valent, concernait un incendie criminel pour lequel trois individus de la région, membres du mouvement de protestation, avaient déjà été arrêtés et inculpés.

— Parisi, occupe-t'en demain dans la matinée, fit-elle le souffle court en lui indiquant le nom des suspects mentionnés sur la page. Une simple discussion informelle, juste histoire d'aborder le sujet.

— Pourquoi l'épouse de Valent ne nous en a-t-elle pas parlé ? s'étonna Marini.

Teresa leva la tête, le regarda et ne réussit pas à répondre. Elle avait l'impression d'avoir la bouche pâteuse. Et elle sentait les yeux de toutes les personnes présentes posés sur elle.

— Commissaire ?

Des visages. Des visages auxquels, pour la plupart, elle était incapable d'associer un nom.

L'embarras se mêlait à la confusion. Quelqu'un lui offrit un verre d'eau. Ce quelqu'un l'appelait commissaire, il semblait préoccupé. Teresa avait l'impression de le connaître, mais le nom ne voulait pas lui venir aux lèvres.

Elle prit dans sa bouche l'extrémité des branches de ses lunettes et se mit à les mordiller. C'était un geste récurrent, qu'elle répétait souvent, mais qui, à cet instant, revêtait une signification inédite : se ménager du temps, surmonter l'obstacle et espérer que les mots retrouveraient leur fluidité.

Comment s'appelle-t-il donc ?

Cela ne marchait pas.

— Excusez-moi, souffla-t-elle en se levant.

Ces deux mots n'étaient qu'un balbutiement décousu.

Elle se réfugia aux toilettes, ferma la porte et tourna le verrou. Elle y était arrivée sans avoir à demander où ils se situaient : elle en conclut qu'elle connaissait les lieux.

Elle calma sa respiration et s'inspecta dans le miroir : elle vit une vieille femme épouvantée.

C'est seulement un moment de confusion, se répéta-t-elle.

Mais ça, c'était un mensonge. Elle savait très bien ce qui lui arrivait.

21

À cette période de l'année, la vallée ressemblait à une termitière envahie de pluies torrentielles : elle débordait d'une activité frénétique et d'un va-et-vient en file indienne le long des versants de la montagne. Au contraire des insectes, qui l'hiver s'enterraient dans les profondeurs de leur nid, ces êtres-là n'étaient pas ralentis par le gel. Depuis son poste d'observation, c'étaient des taches de couleur qui s'agitaient sur la neige.

Semblables à lui et en même temps différents. Il se demandait souvent quelle était leur utilité. Les termites eux étaient dotés de mandibules robustes avec lesquelles ils digéraient la matière vivante. Ils faisaient de la place pour de nouvelles pousses : sans leur activité zélée, les bois seraient morts d'étouffement.

En revanche, ces créatures-ci dévoraient leurs semblables : elles se nourrissaient de la vitalité des individus plus faibles. Elles étaient comme des parasites pour les membres de leur propre troupeau et dégageaient une odeur repoussante, comme celle d'une herbe de prairie ensoleillée qui aurait poussé trop à l'ombre.

Il les observait, il les entendait associer des sonorités à des choses, il les imitait, il apprenait à travers l'expérience. Il entrait dans leurs maisons.

La femme ne s'était pas rendu compte de sa présence, elle continuait de vaquer à ses occupations, d'une pièce à l'autre. Il la suivait, il se rencognait dans un angle quand elle se retournait, il humait son odeur, il admirait son corps.

Quand il perdit tout intérêt pour elle, il monta l'escalier, à l'étage supérieur. Il y avait un enfant qui jouait sur son grabat. Leurs yeux se croisèrent et le petit sourit. Il semblait en bonne santé et bien nourri. Il sentait le lait.

Il avança encore, attiré par les couvertures étendues sur le lit. Elles étaient épaisses, aussi moelleuses et chaudes que la toison d'une chèvre. Il tira sur le tissu et le chat qui s'était pelotonné dessus se réveilla. En renaudant, l'animal s'enfuit de la chambre.

L'enfant lança un petit cri d'excitation. Du haut de l'escalier, la mère l'appela par son nom.

Quand elle entra dans la chambre, elle prit son fils dans ses bras en lui parlant d'une voix légère et posée et s'assit sur le lit. Un bruissement de tissu précéda un bruit de succion avide. La mère émit des sonorités mélodieuses, comme le chant des oiseaux au printemps.

Il l'entendait se déplacer au-dessus de sa tête. Le lit grinçait sous le poids des deux corps.

Un objet tomba par terre et elle lui donna un nom.

— *Jou-jou*, l'imita-t-il dans un murmure couvert par le chant qui avait repris.

Il venait d'apprendre un nouveau mot.

Il tua le temps en examinant sa peau : l'étoffe qui lui couvrait les jambes et les pieds laissait nue une petite portion d'épiderme à hauteur des chevilles. C'était rose et lisse. Il pouvait en sentir la tiédeur. Il éprouvait une forte envie de la toucher.

Il tendit le doigt, mais ne l'effleura pas.

À la porte, immobile près du montant, le chat le fixait de ses yeux jaunes et apeurés.

22

Un poing entre les dents. Teresa avait passé de nombreuses années de son existence à se mordre les poings pour tenter d'étouffer ses sanglots. Elle avait appris que c'était une bonne technique pour masquer son désespoir, quand elle ne réussissait pas à se faire entendre. Cela lui était arrivé souvent, dans un passé jamais trop loin – même si elle l'avait brûlé sur un bûcher funéraire de vieilles photos, elle n'avait jamais entretenu l'illusion d'en être libérée. Elle avait seulement espéré ne plus devoir souffrir de manière aussi violente, et la vie semblait avoir accédé à son désir : la douleur avait fini par faire partie d'elle-même, jusqu'à ne plus être hostile. C'était presque une amie, un fardeau qu'il était nécessaire de porter pour ne pas renoncer à ses souvenirs.

Un poing entre les dents, et qu'elle serrait fort. Elle avait ouvert le robinet et laissé couler l'eau dans le lavabo, afin de couvrir ses hoquets rebelles. En même temps, elle s'observait dans le miroir, elle ne voulait rien perdre de ce moment, comme si l'affronter sans filet de sécurité pouvait d'une certaine manière l'abréger. Elle espérait que la peur et le désespoir la traverseraient en vitesse, la laissant ensuite épuisée, mais libre, avec un trou à la place du cœur. C'était le contraire : ils semblaient ne plus avoir de fin.

Elle se regardait droit dans les yeux, pour se sentir moins seule, pour observer sa propre confusion, avec une profonde compassion envers elle-même. C'était une créature désorientée, qui s'aimait avec une tendresse nourrie par l'âge et les vicissitudes, mais incapable d'assurer son salut. Pas cette fois, parce que cela ne dépendait pas d'elle.

Elle ne voulait pas donner de nom à ses soupçons, mais elle se demandait quel avenir l'attendait, quelle force il lui faudrait pour l'affronter, et combien de temps lui serait accordé.

Le dernier sanglot s'éteignit dans un soupir. Elle retira la main de la bouche. Elle avait le visage ravagé. Elle l'aspergea plusieurs fois avec de l'eau froide et le sécha en y appliquant longuement des essuie-mains. Personne ne devait savoir quelle peur l'avait assaillie et en éprouver de la peine pour elle. Elle devait masquer cette confusion et prier un dieu charitable pour que cela ne se reproduise plus à trop brève échéance.

Elle avait une enquête à conduire et des hommes à mener. Il y avait des victimes qui réclamaient justice et un criminel à démasquer. Ce moment de faiblesse qu'elle s'était accordé était passé.

23

— Moi, je m'abstiendrais.

Simone De Carli le regardait, les bras croisés. Il faisait beaucoup moins que ses trente ans, avec ce visage aux traits réguliers, où pointaient de rares poils de barbe. Avec ses tatouages sur les avant-bras, de petite taille et bien trop maigre dans un jean moulant, il avait presque l'air d'un adolescent.

Massimo ne prit pas une seconde son conseil en considération.

— Et si elle avait fait un malaise ? Elle est enfermée là-dedans depuis une éternité, insista-t-il.

L'autre ne semblait pas convaincu.

— Raison de plus pour ne pas y aller, répliqua-t-il sèchement. (Il chuchotait presque.) Si elle avait voulu de l'aide, elle nous aurait appelés. Ne joue pas les…

Massimo frappa à la porte. On entendit derrière le panneau un crépitement d'eau et des bruits de serviettes en papier arrachées au distributeur. Teresa Battaglia n'était pas morte, à ce qu'il semblait.

— Tout va bien, commissaire ? demanda-t-il.

La porte s'ouvrit d'un coup et Massimo se retrouva face à une paire d'yeux furibonds.

— Tu ne t'occupes jamais de tes affaires, Marini ?

Battaglia était vivante et tout à fait à la hauteur de son mauvais caractère. Massimo se tourna vers De Carli, mais il se rendit compte que son collègue avait battu en retraite.

— J'étais inquiet, dit-il en lui jetant de nouveau un coup d'œil, mais je m'en repens déjà.

Elle avait le visage marqué, comme après des larmes de désespoir. Quelques gouttes translucides étaient restées prises dans ses cheveux, près des oreilles. Massimo pensa au bruit d'eau qu'il avait entendu un long moment derrière la porte et se dit que les compresses humides et froides qu'elle avait sans doute pris soin de s'appliquer sur la figure n'avaient pas réussi à masquer son secret. Il se demanda ce qui avait pu la mettre dans un tel état, et sans prévenir.

— J'ai indiqué au chef Knauss et à ses hommes que la réunion était terminée, l'informa-t-il.

Elle le regarda de travers.

— Depuis quand tu te figures avoir le droit de donner des ordres ici ?

Elle s'engagea dans le couloir. Il ne lui restait plus qu'à la suivre, avec une grande envie de la prier d'aller se faire voir et en même temps un sentiment d'inquiétude qu'il ne réussissait pas à s'expliquer.

— Qu'est-ce que j'ai encore fait de mal, cette fois ? demanda-t-il.

— Tu t'attendais à une médaille ?

— Me sentir juste ignoré au lieu d'être constamment humilié serait déjà un progrès.

— Bon sang, Marini ! Je vais t'écrire un mot d'excuse dans ton carnet de correspondance et l'envoyer à ta maman.

— Allez vous faire foutre, commissaire !

Elle se figea. Massimo eut aussitôt honte de son manque de respect.

— Je vous demande pardon, s'empressa-t-il d'ajouter.

Teresa Battaglia fit la moue, avec une expression contrariée.

— Dommage, tu te débrouillais si bien avant de t'excuser comme un lâche. Envoyer l'autre se faire foutre n'a jamais causé de mal à personne, souviens-t'en, siffla-t-elle.

Il ne savait quoi répondre. Teresa Battaglia semblait être redevenue celle qu'elle avait toujours été : insupportable et déterminée. S'il fallait lui reconnaître un mérite, toutefois, c'était celui de ne pas se servir de sa position pour s'épargner les critiques, et, à ce qu'il semblait, même quand elles étaient déplacées.

— Rappelle au chef Knauss de placer la maison des Valent sous surveillance, et aussi celle des Kravina, ordonna-t-elle. Demain, nous irons de nouveau entendre la veuve.

— Et vous, où allez-vous ?

— En ville.

— Je vous accompagne.

— Non. Je sais encore conduire, au cas où tu l'aurais oublié.

Il se tut. Elle ouvrit la porte qui donnait sur le parking. La neige s'était remise à tomber à gros flocons qui resplendissaient sous la lumière des réverbères.

— Alors c'est vrai que le criminel revient toujours sur les lieux du crime ? demanda-t-il avec ironie, avant qu'elle ne s'en aille.

Il était cinq heures de l'après-midi, mais c'était comme si la nuit était déjà tombée. Teresa Battaglia fixa l'obscurité avant de réagir.

— Oui, s'il est incapable de se maîtriser. Il revient sur les lieux de son crime. Il assiste à l'enterrement de la victime et se rend sur sa tombe. Il téléphone aux parents. Il les rencontre aussi, sous les prétextes les plus divers. Presque jamais pour évaluer la situation, mais pour alimenter ses fantasmes. Pour savourer la mort qu'il a infligée, et la jouissance qu'il en a retirée.

24

Autriche, 1978

L'orage couvrait le bruit des sirènes avec des rugissements qui paraissaient secouer l'édifice depuis ses fondations jusqu'à sa plus haute lucarne. La nuit était traversée d'une tempête qu'Agnes ne se souvenait pas d'avoir jamais vue, depuis toutes ses années de services à l'École.

Gênée par sa jupe trop longue, elle traversa la cuisine déserte en courant et vérifia que la porte d'entrée était bien barricadée, ainsi qu'elle en avait reçu l'ordre. Après un éclair qui illumina le grand escalier comme en plein jour, toutes les lumières s'éteignirent d'un coup. Elle atteignit le premier étage. La violence du vent avait fait voler un carreau de fenêtre en éclats et la pluie giflait le dallage du couloir à l'oblique. Une autre rafale effrayante fit battre le volet, qui claqua violemment juste devant elle, lui arrachant un hurlement. Elle se sentait perdre toute maîtrise, tant d'elle-même que de son existence.

Ce qui paraissait solide s'effritait sous ses pieds et révélait un gouffre difficile à combler. L'École sombrait, et Agnes avec elle.

Elle longea le mur et tendit la tête pour jeter un œil en bas dans la cour. Les gyrophares des voitures de police projetaient des rayons bleuâtres dans son dos. Quelqu'un hurla dans un mégaphone l'ordre d'ouvrir la porte. Parmi les visages inconnus et dégoulinants de pluie, Agnes reconnut celui de Magdalena.

Voilà la traîtresse, se dit-elle avec colère. L'assagissement dont la jeune fille avait fait preuve ces derniers temps aurait dû éveiller ses soupçons : elle attendait simplement le moment le plus opportun pour frapper dans le dos ceux qui lui avaient accordé leur confiance. Agnes aurait voulu hurler, vociférer contre son ingratitude, mais la tempête aurait couvert ses cris de fureur.

Les deux femmes s'observèrent avec haine, avant qu'Agnes ne réussisse à se ressaisir.

Elle avait encore un dernier ordre à exécuter.

Désormais trempée jusqu'aux os, elle ouvrit la porte du Nid et se rendit compte qu'on l'avait précédée. Elle se passa la main sur les yeux pour essuyer les gouttes qui lui brouillaient la vue. Dans l'obscurité illuminée par intermittence d'éclairs terrifiants, une silhouette qu'elle connaissait bien était inclinée sur l'un des patients. Les bras de l'homme soulevèrent l'enfant au-dessus de sa tête, dans un geste qui avait des relents d'adoration païenne. Un éclair plus terrifiant que les autres illumina la chambre, rendant visible, le temps d'un battement de cils, l'expression ravie de cet homme. Le tonnerre qui suivit fit trembler les vitres des fenêtres.

Agnes murmura et se signa. Pour la première fois depuis qu'elle connaissait les secrets de l'École, elle éprouvait de la peur.

L'âme en proie à la confusion, elle referma la porte. Les coups frappés à l'entrée se firent plus violents : ils cherchaient à abattre le panneau. Elle sentait que maintenant tout était perdu, mais peut-être lui restait-il un peu d'espoir. Elle serra dans sa main le trousseau de clefs qu'elle avait en poche et se précipita en bas des marches. Elle allait tenter de rejoindre les sous-sols et, de là, le tunnel qui conduisait aux anciennes écuries. Elle avait conscience de l'abandonner à son destin, mais elle savait aussi qu'il ne s'agissait pas d'un enfant comme un autre.

Car le berceau sur lequel l'homme s'était penché en plongeant les mains n'était pas n'importe quel berceau. C'était le berceau n° 39.

25

— Malheureusement, il n'existe pas de test spécifique. Nous devons aboutir à un diagnostic en procédant par élimination et évaluer attentivement l'état physique et mental.

Teresa écoutait, assise dans une chaise trop petite qui la gênait aux hanches, dans un cabinet médical à la température suffocante et aux lumières agressives. Elle avait la gorge sèche tant elle avait envie de fuir, mais n'éprouvait aucune peur. Elle ne ressentait aucune douleur, aucune tristesse. Elle était vidée. Elle voulait juste rentrer chez elle.

— Il y a des examens auxquels nous pouvons procéder. En tout cas, sache que l'évolution dépend du sujet : elle peut s'étendre sur un an ou deux, ou sur une trentaine d'années.

Carmen Mura était son médecin depuis vingt ans et Teresa lui accordait toute confiance, mais elle n'avait jamais compris pourquoi Carmen utilisait le pluriel quand elle parlait de malheurs.

La femme qui était face à elle fit glisser une feuille de papier qu'elle lui mit sous les yeux. Sa main effleura la sienne d'une brève caresse.

— Je te demande juste de signer cette autorisation de rendre tes données cliniques accessibles dans toutes les structures hospitalières. C'est important, en particulier si la présence de la maladie devait être confirmée : du fait d'éventuels états de confusion, tu risquerais d'avoir du mal à expliquer ta situation en cas de nécessité. Nous ne devons pas oublier le diabète.

Teresa acquiesça. Elle prit le stylo que Carmen lui tendait et remarqua que sa main tremblait. Peut-être n'était-elle pas aussi tranquille qu'elle voulait se le faire croire. Elle griffonna un paraphe qui ne ressemblait que lointainement à sa signature habituelle : c'était un cardiogramme de son âme fracassée, qu'elle imaginait comme une enfant au visage de vieillarde, aussi confuse que si elle venait de se réveiller, décoiffée et la morve au nez. Elle aurait eu envie de l'aimer plus que jamais, la consoler, et pourtant, elle ne réussit qu'à la fixer du regard comme si ce n'était pas la sienne.

Carmen continua.

— Je suggère de commencer par l'examen sanguin et urinaire, et de poursuivre avec une IRM. Cela permettra d'obtenir une image très détaillée de la structure du cerveau. D'ici quelques mois, nous en ferons une autre et nous verrons s'il y a des changements. Le scan peut aussi se révéler utile pour cerner d'éventuels rétrécissements des hémisphères. Tu es d'accord ?

Elle hocha la tête. C'étaient des précautions inutiles, mais elle n'avait aucune intention d'ergoter.

— Il y a cependant un aspect sur lequel je me dois d'être claire, et tu me pardonneras ma rudesse : à ce jour, il n'existe pas de traitement.

Teresa plongea les ongles dans le cuir du sac qu'elle tenait sur ses genoux.

Elle venait enfin de le lui dire. Il lui avait fallu pas mal de courage et presque une heure de bavardages.

— Merci de m'avoir reçue aussi tard, fit le commissaire en se levant.

— Tu as des questions à me poser ?

La seule question qui l'intéressait n'avait pas de réponse. Elle avait trait à la vie et à la mort, à tout ce qu'il y avait entre les deux et qu'elle allait perdre, d'ici à une semaine, quelques mois ou un an. Pour toujours.

26

Quand le tintement de sonnette perça la nuit, Lucia était déjà réveillée. Elle l'attendait, au milieu du couloir, les yeux rivés sur la porte d'entrée. Un cauchemar l'avait réveillée, et elle n'avait plus réussi à retrouver le sommeil. Elle était donc allée à la fenêtre assister au spectacle de la neige qui tombait, et elle avait vu l'homme arriver.

Elle entendit un objet tomber et son père jurer, alors qu'il ouvrait la porte de sa chambre. Il s'avança vers elle en chancelant, l'air égaré et dégageant une odeur qu'elle reconnaissait à présent : celle de cette cigarette qui lui faisait du bien et le faisait rire sans raison, avant qu'il ne s'écroule, inconscient.

— Qu'est-ce que tu fabriques ici ? l'apostropha-t-il. Retourne dans ta chambre.

— Il y avait un homme, papa…, essaya-t-elle de lui expliquer, mais il ne l'écoutait pas et la repoussa dans la pièce.

— Ta mère a oublié les clefs, comme toujours.

Lucia le vit atteindre l'entrée en se retenant au mur, les mains cherchant à tâtons un point d'appui pour conserver l'équilibre. Elle l'observait, cachée derrière la porte. Elle savait qu'il la jugeait étrange parce qu'elle croyait aux fantômes, et il s'efforçait de plus en plus souvent de l'éviter. Mais le fantôme qui essayait d'entrer dans leur maison était pourtant bien réel.

La sonnette retentit de nouveau. Un trille bref, péremptoire.

Son père tourna la poignée et, à cet instant, le coq du village chanta. Cet animal était réglé comme une horloge : on pouvait être sûr qu'il était chaque fois quatre heures du matin, par tous les temps, en toute saison. Mais s'il était quatre heures, pensa-t-elle, sa mère devait être déjà rentrée à la maison depuis un moment.

Quand le battant s'ouvrit, elle aperçut l'inconnu qui remplissait tout le cadre. C'était un géant, revêtu d'un manteau qui descendait jusqu'aux pieds. Sous la capuche rabattue sur le visage, on n'entrevoyait que la longue barbe.

— Qu'y a-t-il ? Vous avez besoin d'aide ? demanda son père.

Le fantôme releva sa capuche. Le visage était blanc, comme celui d'un mort.

Lucia ferma la porte de sa chambre et se réfugia sous les couvertures, mais ensuite elle changea d'idée, revint sur ses pas, sur la pointe des pieds, la rouvrit et remit le nez dehors.

Elle ressentait de la peur, mais aussi de la curiosité. Elle prit courage et osa s'avancer de quelques pas dans le couloir. Elle le vit lever la main, quelque chose pendait à ses doigts. Le fantôme prononça des paroles incompréhensibles.

— Je ne comprends pas. Vous avez besoin d'aide ? répéta encore son père.

Il réussissait à grand-peine à rester debout.

L'inconnu le scrutait en penchant la tête.

— *Vous a-vez be-soin d'ai-de ?* fit-il en l'imitant, comme par jeu.

Son père lâcha un juron et tenta de refermer la porte, mais le fantôme la bloqua. En entendant le choc du poing contre le bois, Lucia tressaillit. La scène se figea, avec son père qui fixait du regard l'objet dans la main du fantôme. Elle écarquilla les yeux, cela ressemblait à un collier.

Le spectre se retira et retourna sous la neige d'où il était venu. Son père réussit enfin à fermer la porte.

Quand il se retourna, elle s'aperçut qu'il tremblait.

27

Teresa observait la lumière dans sa chambre. Non pas un objet, ou un reflet. La lumière. Au cours de ces dernières heures, elle l'avait vue telle qu'elle était : une entité palpitante qui emplissait l'air, changeait de couleur et s'étendait aux murs et aux choses, les effleurait avant de se retirer. L'obscurité était de la lumière noire. C'était une onde de fréquence, une marée.

L'obscurité, maintenant, était en elle.

Elle n'avait pas dormi. Elle avait consacré toutes ces heures à réfléchir, en se raccrochant à ses souvenirs avec un sentiment d'urgence qui ne lui ressemblait pas.

— 20 mai 1958, murmura-t-elle.

Tout avait commencé ce jour-là. Son premier jour en ce monde. Si elle avait su comment cela finirait, serait-elle quand même née avec le sourire ?

Sa mère lui racontait tout le temps cette anecdote. Entre les mains de l'obstétricienne, Teresa n'avait pas poussé de cris : elle avait ouvert les yeux et souri. Certes, sa petite frimousse fripée n'avait que des gencives et pas de dents, et ce réflexe avait été provoqué par l'air extérieur qui, pour la première fois, se posait sur sa peau fine et encore vierge. Pourtant, sa mère aimait croire que Teresa avait été bénie d'une félicité innée. Elle lui avait donné ce nom car elle pensait qu'il signifiait « trésor ». Et sa fille ne lui avait jamais révélé qu'en réalité il voulait dire « chasseuse ». Et chasseuse, Teresa l'était devenue, en un sens.

Maman, si tu me voyais maintenant, pensa-t-elle.

Elle avait déposé les armes, elle s'était réfugiée dans sa tanière. Elle cherchait à lécher des blessures qui ne guériraient jamais. Trop profondes, dépassant toute imagination.

Elle était habituée à se sentir trahie par son propre corps, et aussi à le trahir. Elle avait fini par accepter sa silhouette qui changeait, qui s'alourdissait et s'épaississait du bas. Les rides sur un visage que les yeux des hommes ne cherchaient plus, quand ils la croisaient. Le diabète et les chutes de tension, la faim et la fatigue qui l'assaillaient parfois à peine réveillée. Les pieds déjà endoloris à mi-parcours et la vue qui se brouillait un peu plus d'année en année. Et jusqu'à la cicatrice qui lui barrait le ventre et qui lui rappelait chaque jour ce qu'on lui avait retiré.

Elle se sentait capable de tout supporter, sauf cette ultime trahison. Elle n'avait pas le courage nécessaire pour porter seule un fardeau pareil.

Elle avait passé la nuit recroquevillée sur le lit, en position fœtale, avec le besoin de redevenir la fille de quelqu'un et pas seulement d'un souvenir, avec l'envie impérieuse de recevoir quelque consolation et de ne pas seulement pleurer sans que personne ne l'entende. Elle s'imaginait des caresses sur ses cheveux baignés de larmes et son visage gonflé. Elle se demandait depuis combien de temps elle n'avait plus reçu de baiser : elle ne parvenait même pas à se le rappeler.

L'aube était proche. Elle le comprit au noir de la nuit qui virait au bleu à travers les orifices des stores baissés.

C'était encore la lumière qui changeait. L'obscurité s'en allait. Il lui fallait trouver la force de chasser aussi la noirceur qui était en elle, mais ce serait plus facile si elle avait eu quelqu'un à ses côtés. Teresa n'avait jamais été romantique, mais après plus ou moins une dizaine d'années passées à se débrouiller seule, elle commençait à trouver l'idée d'un sauveur attirante.

Son portable vibra sur la table de nuit. Elle dut consulter à plusieurs reprises le nom sur l'écran avant de parvenir à le lire nettement. Elle se redressa en position assise, se racla la gorge pour retrouver sa voix.

— Ce n'est pas toi que j'attendais, fit-elle sans préambule.

— Ça, vous me le dites souvent, mais ensuite vous changez d'avis.

Marini avait au moins le sens de la repartie.

— Qu'y a-t-il ?

— Du nouveau dans l'affaire Valent. Je viens vous chercher.

28

Le poste de police de Travenì s'était rempli d'une intense activité : un suspect avait été arrêté devant la maison de la veuve Valent, alors qu'il tentait d'ouvrir la porte d'entrée. Cristian Lusar ne savait pas qu'il avait été placé sous surveillance : c'était l'un des trois individus incriminés à la suite de l'incendie provoqué sur le chantier de la victime.

C'était aussi celui qui possédait le profil qui correspondait le mieux au tueur, se dit Teresa. L'autre était une femme toute menue qui n'aurait pas pu prendre le dessus sur Valent. Le troisième, un homme d'âge moyen, était atteint de sclérose en plaques.

Une fois de plus, Hugo Knauss leur avait tu des informations essentielles pour l'enquête : quand Battaglia l'avait interrogé au sujet des trois suspects, il n'avait rien mentionné concernant le fait que deux d'entre eux ne pouvaient, par la force des choses, être le meurtrier. Elle ne comprenait pas si son attitude était due à une sorte de désinvolture ou si c'était au contraire un signe grave de l'obstructionnisme qui régnait dans cette petite commune de montagne. Dans les deux cas, elle n'était plus disposée à l'accepter.

Lusar avait trente-cinq ans et un physique entraîné par des années d'escalade et de ski hors-piste. Il avait un corps nerveux, sculpté par l'effort, la sueur et l'air de haute altitude. Les cheveux roux couleur cannelle encadraient un visage au regard bleu et plein de méfiance. Il n'avait pas l'air effrayé.

Elle l'observait depuis un moment, par la porte entrebâillée de la petite pièce dans laquelle il attendait. Ils ne lui avaient pas encore indiqué pour quel motif ils le retenaient, mais elle était certaine qu'il se l'imaginait sans peine.

Un pyromane qui rôdait autour de la maison de la victime. Des mains de grimpeur aux contours robustes et aux veines saillantes révélant une force extraordinaire. Le parfait suspect… Et pourtant, Teresa avait la certitude que la confrontation de ses empreintes digitales avec celles relevées sur le corps de Valent – qui coïncidaient aussi avec celles de la maison des Kravina – l'aurait disculpé. Cela ne signifiait pas qu'il soit innocent, mais seulement que ce n'était pas lui, matériellement, qui avait tué la victime.

— Fais-le sortir, ordonna-t-elle à Marini.

Il la dévisagea, stupéfait.

— Pourquoi ? protesta-t-il.

— Fais-le sortir et envoie-le dans la pièce où attend Marta Valent. Amène-la-moi, mais arrange-toi pour que ces deux-là se croisent.

— Les explications sont superflues, j'imagine.

— Si tu n'as pas compris, je te le répète une troisième fois : fais-le sortir.

Finalement, Marini obéit. Elle rejoignit De Carli et Parisi dans le bureau de Hugo Knauss. L'écran allumé transmettait les images de la caméra vidéo : la veuve

Valent faisait les cent pas en se rongeant les ongles. Elle était soucieuse parce que quelqu'un – un individu qui, peu de temps auparavant, avait constitué une menace pour la vie de son mari – avait essayé de s'introduire dans sa maison. Ou peut-être pas.

La porte s'ouvrit. Marini fit son apparition et, aussitôt après, Cristian Lusar. L'expression du visage de la femme se fit encore plus tendue, elle était presque terrorisée. Ses yeux se dérobèrent, puis, quand Marini l'invita à sortir, elle les baissa. Elle passa tout près de Lusar sans le regarder, les bras croisés. Une attitude de totale fermeture. Elle fourra les mains dans ses poches avec une certaine nervosité.

Elle ne sait pas où les mettre pour ne pas se trahir.

Lusar regarda Marta Valent, puis se tourna vers le mur.

Parisi s'appuya au dossier du siège de Teresa.

— Commissaire, vous avez vu ? murmura-t-il.

Teresa leva la main pour réclamer le silence. Elle avait remarqué le geste, mais la réponse à ce qu'elle voulait savoir résidait autre part.

— La proxémie, expliqua-t-elle aux deux agents en désignant l'écran. La science nous aide à comprendre la valeur de la distance que les individus maintiennent entre eux. Ces centimètres-là ont toujours une signification psychologique. Cette fois-ci, ils n'y font pas exception.

Elle les surveilla.

— Marta Valent et Cristian Lusar ne sont pas de parfaits inconnus comme ils prétendent l'être.

Les dix centimètres à peine que ces deux-là avaient laissés entre leurs corps et qui, à un certain moment, s'étaient annulés dans un effleurement à l'air involontaire suffisaient à le démontrer. Un espace nullement imposé par les circonstances, mais par la trajectoire inconsciente qu'ils avaient tous deux choisi d'emprunter pour échanger leurs places. Une distance qui peut se qualifier d'intime, qu'on réserve à une personne connue, de confiance, pas à un cambrioleur nocturne, et encore moins à un meurtrier potentiel. C'était la distance des bras qui s'étreignent et des souffles qui se mélangent.

Teresa se souvint de quelle manière la veuve faisait tourner son alliance autour de son annulaire, dans un geste obsessionnel, quand elle était allée la rencontrer chez elle. Cette alliance, elle le comprenait maintenant, était le sceau d'une union devenue aujourd'hui de pure façade.

Marta Valent la rejoignit peu après, accompagnée de Marini. Parisi et De Carli sortirent, et ce dernier ferma la porte.

— Vous êtes amants, n'est-ce pas ? lança Teresa à brûle-pourpoint.

L'autre ouvrit la bouche pour rétorquer, puis la referma. Elle en était à décider si elle devait mentir ou non.

— N'aggravez pas la situation, l'avertit le commissaire. Je suis déjà au courant.

Teresa comprenait à présent pourquoi, sur la photo qu'elle avait vue à la maison, Marta Valent était une jeune femme épanouie et heureuse, alors qu'elle était désormais devenue l'ombre d'elle-même. Lorsqu'elle avait remarqué ce changement, en observant ce cliché, elle l'avait crue malade. Elle venait de découvrir le nom de son mal-être : le sentiment de culpabilité.

Les yeux de Mme Valent brillaient de larmes.

— Ce n'est pas Cristian qui l'a tué, s'écria-t-elle en éclatant en sanglots. Et moi non plus.

— Comment puis-je me fier à vous ? Vous m'avez déjà menti.

— Il y avait mon fils et ma belle-mère à la maison, comment aurais-je pu vous le dire ?

— Vous aviez d'autres occasions, vous auriez pu m'appeler. Il suffisait de vous décider.

La jeune veuve manipulait entre ses doigts un mouchoir en papier complètement déchiqueté. Teresa lui en proposa un autre et la laissa pleurer sans retenue. Quand elle se fut calmée, elle considéra la policière avec résignation.

— Maintenant tout le monde va le savoir ? demanda-t-elle. Je me fais du souci pour mon fils.

Teresa espérait qu'il n'en serait rien.

— Je suis la seule à le savoir pour l'instant, dit-elle, sans bien comprendre pourquoi elle tenait à la rassurer.

— Vous allez me retenir ici ?

— Il me faut une déposition complète, je veux connaître tous les détails de votre relation. Du moins les éléments qui peuvent avoir trait à l'enquête, j'entends.

— Ce n'est pas nous qui l'avons tué !

— Je ne le mets pas en doute, Marta, mais je dois aussi établir que vous n'avez pas incité quelqu'un d'autre à s'en charger.

— Oh, mon Dieu !

— Un collègue va venir vous poser des questions.

— Et Diego ? Mon fils va bientôt sortir de l'école.

— Je croyais qu'elle était fermée pour quelques jours.

— Il y a une messe de suffrage à la mémoire de son père, organisée par les enseignants et par ses camarades. Il va paniquer s'il ne me voit pas à la sortie.

Teresa repensa au petit voleur de réglisse.

— Je vais y aller, moi, suggéra-t-elle. En toute discrétion, bien sûr.

29

Le trafic devant l'école élémentaire de Travenì était celui d'un centre-ville à l'heure de pointe. Les automobilistes se disputaient les places de stationnement les plus proches de l'entrée en éclaboussant au passage de neige sale les parents les plus anxieux, ceux qui, descendus de voiture, préféraient attendre sous leurs parapluies.

Teresa se demandait si la peur était le moteur de tant d'exaspération, ou simplement le mauvais temps. La température était remontée de quelques degrés et du ciel chargé tombait une pluie mélangée à de la neige fondue, incertaine.

Marini et elle attendaient devant le portail. Il tenait un parapluie aussi noir que son humeur ; elle avait les mains dans les poches et ne les en sortait que pour extraire de leur emballage des bonbons qu'elle enfournait lentement, consciente de la désapprobation de son collègue. Apparemment, le jeune inspecteur était un adepte de l'hygiène de vie, en plus d'être terriblement ennuyeux. Aujourd'hui, il avait l'air plutôt taciturne et Teresa n'éprouvait aucune satisfaction à le harceler.

— Tu ne m'es plus très utile quand tu es comme ça, glissa-t-elle au bout d'un certain temps.

— Pardon ?

— Laisse tomber.

Les enfants se ruèrent hors de l'école comme un troupeau à l'état sauvage lancé à la conquête du monde. Indifférents à la pluie et à la bouillie noirâtre qui maculait la rue, ils sautaient et se pourchassaient en hurlant. Ils avaient déjà oublié la raison pour laquelle ils étaient allés en classe ce matin-là : la messe pour le père défunt d'un de leurs camarades était désormais un souvenir classé.

Les enfants savaient se montrer impitoyables comme seule la nature pouvait l'être. C'était leur extraordinaire pulsion de vie qui les rendait ainsi. Cela semblait une aberration, mais pour Teresa il n'en était rien : ils savouraient chaque instant comme s'il s'agissait de la plus incroyable des aventures et ne pouvaient se permettre de gaspiller leur temps dans des formalités stériles qu'ils ne comprenaient même pas. Ils étaient vivants. Dès lors, que pouvaient-ils faire sinon vivre pleinement ?

Diego Valent fut parmi les derniers à sortir. Il n'était pas seul : il marchait à côté d'un autre enfant plus petit, l'air émacié. Ils bavardaient et, quand ils se saluèrent, Teresa vit Diego lui effleurer la joue de la main. Elle trouva ce geste inattendu, entre deux amis de cet âge. Il lui sembla que le petit Valent avait un instinct protecteur très marqué envers son camarade. Quand Diego remarqua le commissaire, il hésita, puis s'immobilisa.

Teresa se rendit auprès de lui, suivie de Marini qui s'efforçait de la garder sous son parapluie.

— Salut, Diego, lança-t-elle. Tu te souviens de moi ?

L'enfant les scruta tour à tour, elle et Marini, avec des yeux pleins d'anxiété, sans répondre. Il paraissait effrayé, à tel point qu'il s'était mis à trembler. Teresa s'accroupit près de lui pour être à sa hauteur.

— Ne t'inquiète pas, il n'est rien arrivé, le rassura-t-elle. Nous sommes venus te chercher pour te ramener à la maison. Ta maman a eu un empêchement et elle nous a demandés de nous en occuper. Ça te va ?

Il l'observa avec stupeur.

— T-t-tu n'es pas l-là pour le b-bon-b-b-bon ? demanda-t-il.

L'agitation aggravait son bégaiement. Teresa éprouvait l'envie de le serrer dans ses bras.

— La réglisse, c'était un cadeau pour toi, dit-elle. Tu as bien fait de la prendre.

Il sourit. Un bref sourire, mais c'était davantage qu'elle n'aurait pu espérer.

Elle lui tendit la main et il l'accepta.

— Qu'est-ce qu'il avait, ton ami ? demanda-t-elle en se dirigeant vers la voiture. Il avait l'air triste.

— O-Oliver p-pleure s-souv-ent, à-à l'éco-le.

— Ça ne lui plaît pas de venir ici ?

— L-le sur-surveillant est m-méchant avec lui.

Teresa s'arrêta. Elle se tourna vers Marini et comprit qu'il était stupéfait lui aussi de cette confidence inattendue. Pour Diego, il devait être normal de voir son ami dans cet état, ce qui signifiait que ce n'était pas la première fois.

— Méchant comment ? demanda-t-elle, mais elle regretta aussitôt sa question.

C'était une question d'adulte : très méchant ou pas très méchant, cela faisait-il vraiment une différence si l'enfant se sentait mal ?

Diego lui retira lentement sa main : c'était la confiance qu'il avait placée en elle qui s'effaçait. Il ne répondit rien et Teresa comprit qu'il ne répondrait plus, du moins pas aujourd'hui.

Un 4 × 4 noir surgit à grande vitesse et freina juste à temps, évitant, mais d'un cheveu, de renverser une petite et sa mère sur le passage piétons. De la musique à fort volume et des rires gueulards s'échappaient de l'habitacle. C'était un groupe de jeunes gens à peine majeurs, à en juger d'après leurs traits. Ils avaient orné le capot et une portière d'un mouchoir blanc. Un homme, un passant qui semblait surgi de nulle part, se précipita contre la carrosserie du 4 × 4 avec un hurlement guttural.

Le personnage avait l'allure d'un vieux montagnard d'une autre époque et seule était visible une longue barbe qui pointait de la capuche de sa pelisse. Il était grand et robuste, mais paraissait voûté sous le poids de ses habits. Les mains recouvertes de mitaines continuaient de frapper contre le métal. Deux jeunes sortirent du véhicule en lui hurlant des injures.

— Mais qu'est-ce qu'il fabrique ? s'écria Marini.

L'homme tapa une dernière fois de son poing puissant sur la carrosserie, puis il se retourna pour s'en aller, prenant le large au milieu des curieux qui s'étaient arrêtés pour assister à la scène.

Teresa tenta de le suivre des yeux.

— Je vais vérifier son identité, fit-elle. Toi, tu restes avec le gamin.

— Moi ?

— Oui, toi et personne d'autre.

Elle partit d'un pas rapide pour réussir à rester dans le sillage du bonhomme. Sous le grésil, la silhouette de l'inconnu formait une tache noire imposante, même à distance. Malgré sa corpulence, il semblait agile et le verglas qui recouvrait la chaussée ne le ralentissait pas. Pour sa part, elle avait l'impression de patiner sur le sol lisse.

Ils quittèrent le centre de Travenì en s'avançant sur la route qui conduisait à l'ancienne gare. Au-delà, c'était la forêt.

L'homme ne ralentit pas et elle se demanda où il pouvait bien aller. Elle accéléra l'allure. La pluie glacée avait redoublé d'intensité et quelques flocons commençaient à se mêler à l'averse liquide. Quand ils dépassèrent la voie ferrée, elle se décida à l'interpeller.

— Arrêtez-vous ! cria-t-elle pour couvrir le sifflement du vent.

Elle fut surprise de voir l'inconnu obéir sans se le faire répéter. Elle était convaincue qu'il ne s'était même pas rendu compte de sa présence, et maintenant, elle avait au contraire l'impression qu'il en était conscient depuis le début.

Elle s'arrêta elle aussi, le regard rivé sur le dos de l'homme, et son cœur, inexplicablement, se mit à battre plus fort.

Il ne s'était pas retourné, il demeurait immobile à quelques mètres de distance, les bras le long du corps. Il attendait. Il y avait dans cette scène et en lui un aspect inquiétant, quelque chose de bestial.

Elle déboutonna son blouson.

— Retournez-vous, je vous prie, ordonna-t-elle. Vous m'avez entendue ?

L'homme se jeta de côté et se mit à courir.

— Hé !

Après un instant de surprise, elle se lança à sa poursuite, en luttant contre son envie instinctive de sortir son pistolet de son étui. Elle le vit escalader une palissade, pas très loin devant, et continuer d'un pas rapide. Elle eut encore une fois l'impression qu'il jouait avec elle : il pouvait visiblement la semer facilement et, pourtant, par instants, il semblait presque l'attendre. Elle passa sous la barrière et se dépêcha pour le rattraper.

Ils continuèrent le long de la voie de l'ancienne ligne de chemin de fer. Les rails couraient parallèlement à des traverses disjointes, à moitié délogées par le temps et les intempéries. De part et d'autre de la voie ferrée, des bâtiments désaffectés de style habsbourgeois se faisaient face entre des cascades de lierre. La nature envahissait cet espace humain, le reconquérant mètre après mètre au fur et à mesure de la progression des racines et des petits arbustes. La forêt n'était pas loin, encore quelques années et elle aurait repris ce qu'on lui avait retiré quelques siècles plus tôt.

L'inconnu quitta le sentier de gravillons et, d'un bond, il franchit un canal d'écoulement pour rejoindre la route qui conduisait au village.

Teresa lâcha un juron, elle était épuisée. Elle dut s'arrêter pour reprendre sa souffle, le corps cassé en deux, les paumes sur les genoux. Elle le vit s'éloigner, mais toutes ses articulations l'imploraient d'abandonner.

Tu es vieille, lui signifia son corps.

Va te faire foutre ! lui répliqua-t-elle.

Elle se redressa et courut jusqu'au canal.

— Je te dis de t'arrêter ! cria-t-elle encore, mais le tapis de fougères s'ouvrit sous le poids de son corps, révélant une ravine.

Elle n'eut pas le temps de hurler. La sensation du vide lui ferma la bouche, elle agita les bras pour tenter de s'agripper à la végétation, mais tout s'éboulait, et elle avec. Elle sentit un élancement de douleur à la main droite et imagina sa chair se déchirer.

Soudain, une secousse inversa le sens de sa chute en lui coupant la respiration. Il y eut d'autres secousses et Teresa se sentit hissée. Elle se retrouva de nouveau sur la voie ferrée, étendue sur le ballast aux arêtes acérées.

Elle rouvrit les yeux et elle le vit. L'inconnu la dominait de toute sa stature. Le visage recouvert par sa capuche, la barbe longue et clairsemée descendant jusqu'à la poitrine. Elle pouvait être blanche ou blonde, impossible de le déterminer avec précision. Quelques aiguilles de pin restaient accrochées entre les poils.

Le commissaire tenta de se relever, mais une douleur dans le dos la força à se plier sur le flanc. Quand elle réussit enfin à s'asseoir, elle était seule. Il n'y avait plus aucune trace de l'inconnu. Elle se demanda s'il était retourné au village ou s'il avait cherché refuge dans les bois. Elle se dégagea les cheveux du visage et regarda autour d'elle, encore étourdie. Elle s'était peut-être cogné la tête. Elle procéda à un rapide inventaire de ses os et de ses membres, et il lui sembla être entière. Elle se souvint alors de cet élancement à la main, et l'examina : elle saignait abondamment de la paume. Elle lâcha un juron, se sentant vieille et sotte. Elle retira son écharpe et s'en entoura la blessure.

— Tu veux jouer les héroïnes et tu te retrouves le cul par terre, murmura-t-elle.

Elle appuya les coudes sur ses genoux. Elle ne se sentait pas encore capable de se relever. Elle se demanda pourquoi elle n'avait pas envoyé Marini. Il était plus jeune, plus agile, plus fort.

Plus adapté qu'elle à exercer ce métier ?

Elle refusait de s'imaginer derrière un bureau, à donner des ordres sans être en première ligne, à élaborer des théories et des profils sans les tester sur le terrain. Elle refusait de croire qu'elle n'était plus en mesure de se servir de son corps comme elle le jugeait bon.

Voilà pourquoi elle n'avait pas ordonné à Marini de poursuivre cet homme. Elle résistait au doute qui l'assaillait de ne plus être en mesure de faire la policière.

— Commissaire !

Marini fit son apparition à ses côtés sans qu'elle l'ait entendu arriver. L'inspecteur s'agenouilla et la prit par l'épaule.

— Tout va bien ? demanda-t-il.

Elle se libéra de l'emprise de sa main avec une grimace.

— Quelle question à la con, siffla-t-elle. D'après toi ?

Elle le vit hésiter.

— Vous voulez rester assise ou je vous aide à vous relever ?

— Tu peux m'aider en la bouclant.

Elle nettoya comme elle put la terre et les feuilles prises dans ses cheveux.

— Où est Diego ? s'enquit-elle. (Elle l'avait presque oublié, songea-t-elle avec un frisson.) Je t'avais demandé de rester avec lui.

— Je l'ai confié à une enseignante.

Elle jura.

— Tu as désobéi à un ordre. Recommence, et je te réexpédie aux archives.

Marini ne répondit rien.

— C'était cet homme ? Il vous a poussée ? Je vous ai vus courir, de loin.

Elle ne lui répliqua pas tout de suite. Il était difficile de lui confier ce qu'elle avait en tête.

— Non, ce n'est pas lui. Je crois plutôt qu'il m'a aidée, avoua-t-elle enfin.

— Vous croyez ?

Elle le fusilla du regard.

— J'ai un peu de mal à me représenter clairement la scène, avec ma tête qui est allée ricocher contre le sol.

Marini se releva et scruta la forêt.

— Pourquoi s'est-il enfui ? Il pourrait s'agir du tueur que nous recherchons ?

À son tour, elle se releva, plus lentement et avec beaucoup moins d'élégance. Au moins, la douleur dans le dos était passée.

— Si c'est le cas, pourquoi m'a-t-il aidée à ne pas m'écraser tout en bas ? répliqua-t-elle sèchement en se penchant pour contempler le fond de la ravine. Le tueur que nous cherchons est privé d'empathie. Il aurait simplement savouré la scène, sans bouger le petit doigt.

— Alors c'est juste un montagnard qui n'avait aucune envie d'être questionné, je suppose.

— Eh bien, le milieu environnant façonne l'esprit de ceux qui l'habitent et ces montagnes ne sont pas un lieu facile, mes lombaires viennent d'en faire la douloureuse expérience.

Marini s'éloigna de quelques pas en inspectant le terrain.

— Il n'y a pas de traces, observa-t-il. Il a dû marcher sur le ballast. Je vais faire procéder à des relevés, mais…

Elle le tança :

— Faire procéder ?

Il se rendit compte de sa gaffe et ferma un instant les yeux.

— Je ne voulais pas dire…

— Laisse tomber, Marini.

— Évidemment, les ordres, c'est vous qui les donnez.

— Évidemment, oui.

— Alors comment on procède ?

Elle épousseta son pantalon.

— Tu vas faire effectuer des prélèvements, le reprit-elle, en se dirigeant vers la route. Mais il faut tout que je t'explique à toi, hein ?

Quand ils eurent rejoint l'école, elle vit Diego saluer l'enseignante et se diriger vers eux.

— On y va ? fit-elle avec un sourire en lui tendant sa main valide.

Il examina avec curiosité ses vêtements sales, mais ne posa pas de questions. Il accepta pourtant sa main. Elle se rendit compte que sa manche était salie de blanc. Elle passa un doigt sur la tache.

— Qu'est-ce que c'est que cette substance ? demanda-t-elle à Marini.

Il haussa les épaules.

— Je n'en ai aucune idée.

— C-caca.

Ils se tournèrent tous les deux vers l'enfant.

— Il a raison, confirma Marini en reniflant la tache. Cela ressemble à des excréments d'oiseaux.

Teresa sourit à Diego et lui adressa un clin d'œil.

— La conclusion parfaite d'une poursuite parfaite, dit-elle en riant.

30

Lucia avait l'habitude de rester seule. Le silence ne lui faisait pas peur. La tristesse de cette matinée était due à autre chose : elle n'avait pas pu voir ses amis. Avant de s'en aller, vers l'aube, son père lui avait ordonné de nettoyer et de ranger la maison, et de ne sortir sous aucun prétexte. Il ne rentrerait pas avant un long moment, deux jours peut-être.

— Où est maman ? avait-elle demandé.

Il lui avait répondu qu'elle était partie. Lucia avait accepté cette vérité toute simple, parce qu'il était déjà arrivé que sa mère disparaisse ainsi et elle était toujours revenue.

Elle n'avait pas insisté, elle savait qu'il se serait mis en colère sinon. Elle comprenait quand c'était le moment de se taire, rien qu'à sa façon de la regarder. Et c'est ainsi qu'elle se transformait en une petite femme capable de se suffire à elle-même et que la maison devenait son palais.

Cette nuit-là avait été étrange. Après qu'un inconnu avait sonné à la porte, Lucia avait entendu son père fouiller dans tous les tiroirs et toutes les armoires de la maison. Dans la matinée, elle les avait trouvés ouverts et leur contenu déversé par terre. Il lui avait fallu des heures pour ramasser tous ces objets et les remettre à leur place.

C'était comme cela qu'elle avait trouvé le cadeau, sous un coussin lancé par son père dans le couloir.

Elle l'avait longuement observé avant de puiser en elle le courage de le prendre. Elle savait que c'était pour elle. Elle savait que l'inconnu l'avait laissé devant la porte de sa chambre. Il avait trouvé le moyen de la rejoindre, tandis que son père, comme pris de folie, était occupé à fouiller dans les autres pièces.

La poupée de chiffon la dévisageait, assise sous la véranda que Lucia nettoyait. Elle était étrange et c'était cela qui lui plaisait. Elle était différente de toutes les autres poupées du monde. Quelqu'un l'avait cousue avec de la ficelle, des points grossiers bien visibles dans la toile de jute. Les cheveux étaient tissés avec du crin de cheval et ils dégageaient l'odeur que l'inconnu avait laissée le long de la maison : celle d'un animal, âcre mais pas répugnante. C'était l'odeur de la nature et de ses cycles de vie et de mort. Sauvage, chaude. Lucia l'avait longuement respirée en s'interrogeant sur la raison de ce cadeau. Elle avait caressé l'habit confectionné avec des lambeaux de tissu et de fleurs de bleuet séchées : des pétales délicats d'un bleu profond qu'une main grande et bonne – c'était ainsi qu'elle l'imaginait – avait cousus pour elle sur la robe. C'était le même bleu qu'elle avait vu dans le regard de l'inconnu quand elle avait entrouvert sa porte et risqué un œil.

Le visage de la poupée avait deux yeux composés de baies violacées et rien d'autre. Son créateur n'avait pas pensé à la doter d'une bouche. Comme lui, elle n'avait aucune expression. Peut-être était-ce à cause de sa bizarre manière de parler, songea-t-elle. Elle l'avait entendu quand elle avait écouté en cachette.

Lucia avait pris un pinceau et dessiné sur le visage un sourire en forme de cœur. Rien qu'en l'observant, elle avait senti naître en elle le désir de voir son créateur sourire lui aussi, comme elle à cet instant.

Le vent changea de direction et gonfla l'habit de la poupée, apportant à Lucia son odeur. C'était comme un rappel.

— Je me dépêche, dit la fillette. Comme ça, on jouera après.

Elle frotta les montants de la véranda avec plus de vigueur. Le sang avait pénétré dans le bois et même la pluie et les rafales de la tempête n'avaient pu le laver.

31

Pour Massimo, retourner en ville devenait une expérience insolite, après plusieurs journées passées à Travenì, entouré d'une nature sauvage et solennelle. Le trafic du soir le désorientait et les phares des voitures le faisaient se sentir comme un animal égaré au milieu de la rue.

C'était à cause de la fatigue, se dit-il, des horaires de service qui s'enchaînaient sans interruption et ne lui laissaient qu'une poignée d'heures de repos.

Mais il n'en était pas si convaincu. C'était comme si son corps avait puisé dans l'altitude un nouvel équilibre et tentait de se réorganiser après sa redescente dans la vie quotidienne. Il s'était habitué à des hauteurs vertigineuses et aux grands espaces, à des vents qui vous arrachaient la peau du visage et à la tiédeur crépitante des feux de cheminée. C'était une réalité d'une violente beauté, qui secouait les sens endormis par une vie domestiquée.

Il rentra dans l'appartement loué qu'il avait du mal à considérer comme son domicile, juste le temps de prendre une douche et d'avaler un sandwich confectionné avec le peu d'ingrédients qu'il avait trouvés dans son réfrigérateur. Il enfila des vêtements confortables et des chaussures de sport, et ressortit à pied. La bibliothèque publique fermait tard dans la soirée. Il en profita pour se promener dans les rues du centre qu'il n'avait pas encore eu le temps de visiter. C'étaient celles d'un petit chef-lieu de province auquel ne manquait rien d'une vraie ville, même pas les côtés négatifs. Pourtant, tout était à l'échelle, redimensionné. À petites doses, on pouvait y survivre.

Il se sentait seul, mais libre. L'atmosphère de cette soirée d'hiver, avec les silhouettes décharnées des arbres qui se détachaient sur le ciel, était à l'image de sa vie en ce moment : dépouillée de tout ce qui désormais ne lui servait plus à rien, un tronc dénudé, gardien d'une sève prompte à générer de nouvelles pousses au moment opportun. Il n'était plus que le squelette de lui-même. Il avait tout laissé derrière lui, sa zone de confort faite d'habitudes, de maîtrise et de certitudes.

Teresa Battaglia l'avait compris. Le commissaire avait su lire en lui comme personne avant elle. Il avait été désagréable et un peu déprimant de se rendre compte qu'il n'était finalement pas quelqu'un de si compliqué.

Il ne savait pas pourquoi il continuait de penser à elle. C'était l'unité de mesure avec laquelle il finissait par évaluer toutes ses pensées et tous ses actes. Un tourment, mais aussi une prodigieuse impulsion. Il s'était rendu compte à quel point toute la brigade gravitait autour d'elle et il en comprenait à présent la raison : l'énergie. Les autres la percevaient en elle, et ils étaient attirés. Teresa Battaglia avait le don insolite de faire se sentir plus fort quiconque marchait à ses côtés. Même dans son cas.

Le commissaire et le sentiment d'inadéquation qu'elle réveillait en lui étaient les raisons de cette promenade par un froid glacial. Il avait l'intention de combler les manques qu'il estimait avoir par rapport à elle, et il s'y emploierait de la manière qu'elle lui avait elle-même suggérée.

Les locaux de la bibliothèque publique étaient situés dans un palais du XVIIe siècle, au milieu des marbres et des stucs immaculés. À l'intérieur, il faisait chaud et cela sentait le parfum des boiseries et des pupitres alignés au centre des salles. L'odeur du papier, le léger bruissement des pages que l'on tournait et les éclairages diffus offraient un anesthésique aux états d'âme, pensa-t-il.

Il avança entre les étagères des différentes sections, avec en main un papier qu'il consultait de temps à autre.

— Je peux vous aider ?

Il se retourna et découvrit une jeune fille au visage gracieux. Elle avait l'insigne des employés de la bibliothèque épinglé à sa chemisette.

— Je croyais que ce serait plus facile de m'orienter, ici, avoua-t-il.

— C'est pour ça que je suis là, répondit-elle. Entre les volumes, les revues et les supports multimédias, nous avons plus d'un million de textes.

Elle s'exprimait comme une actrice dans une publicité, mais elle était quand même mignonne. Elle ne portait ni alliance ni bague de fiançailles, remarqua-t-il.

Il lui sourit.

— Alors vous me sauvez la vie, la remercia-t-il, et il s'efforça de mettre une lueur de malice dans son regard.

La jeune fille changea d'expression, et Massimo n'eut aucun mal à la déchiffrer : elle était intéressée. Il pouvait l'être lui aussi. Il ne connaissait personne en ville. Il avait repéré un bar sympa à l'angle de la rue, il l'inviterait peut-être à boire un verre après le travail un de ces soirs, pourquoi pas.

— Tu n'es pas d'ici, hein ? demanda-t-elle en souriant de son étonnement. L'accent, expliqua-t-elle aussitôt.

Il fit une grimace, se prenant au jeu.

— Ça s'entend tellement ? s'étonna-t-il.

Elle secoua la tête et ses boucles claires dansèrent autour des lignes délicates de ses tempes.

— Non, pas tellement, le rassura-t-elle.

Il espérait qu'elle ne l'interrogerait pas sur son ancienne vie, parce qu'il n'était pas prêt à en parler avec une étrangère, et surtout pas à se sentir jugé.

La jeune fille eut un signe de tête vers la liste qu'il tenait encore en main.

— Elle me semble longue, remarqua-t-elle. Ne me dis pas que tu es un étudiant hors cursus, le taquina-t-elle.

Il rit.

— Pas du tout.

— Alors c'est pour le travail ?

Il hésita. Avait-elle vraiment envie de discuter de corps massacrés et même de globes oculaires que personne ne retrouvait ?

— Disons que je me documente, répondit-il.

Elle eut un battement de ses longs cils couleur d'or.

— Ah, alors parlons de ta passion, murmura-t-elle. Fais-moi voir.

Il n'eut pas le temps d'ajouter quoi que ce soit, car elle lui avait déjà pris le bout de papier des mains et parcourait la liste.

Le sourire de la jeune fille s'effaça. Il s'aperçut qu'ils ne s'étaient même pas présentés.

— Vous les avez dans votre fonds ? J'en ai trouvé la majeure partie sur Internet mais…

Elle ne le laissa pas terminer et ne commenta pas non plus. Son attitude devint plus expéditive.

— Installe-toi ici, je vais te les apporter.

— Je viens avec toi, suggéra-t-il. Il y en a beaucoup.

Elle le considéra avec encore plus de sérieux.

— Tu ne peux pas tous les emprunter. Il y a une limite aux prêts. Maintenant, si tu veux bien t'installer ici… j'irai plus vite seule.

Il devina alors la raison de sa soudaine réticence : *Tuer à mains nues*, *Fétiches de chair*, *Le Goût du sang*… C'étaient quelques-uns des titres qu'il avait sur sa liste.

— Je n'ai aucune intention de tuer qui que ce soit, assura-t-il, mais elle avait déjà disparu derrière une étagère.

Il éprouvait une sensation étrange, qui le mettait mal à l'aise. Cette jeune fille n'était rien pour lui, et pourtant, sa répulsion manifeste l'avait troublé. Il avait suffi de quelques titres de manuels de psychologie criminelle et de psychopathologie forensique pour la pousser à en conclure qu'il n'était pas un type digne de confiance. Peut-être le croyait-elle carrément dangereux.

Une fois encore, il pensa au commissaire Battaglia. Il savait qu'elle n'avait personne qui l'attendait chez elle, elle non plus. Il se demandait si la solitude lui pesait, si elle recherchait, comme lui, un regard encourageant au milieu de la foule qu'elle croisait chaque jour.

Peut-être que oui, mais elle ne cessait pas de lutter, quelle que soit la nature de la guerre secrète qui s'allumait dans ses yeux.

Il guetta en direction du couloir. Il n'y avait plus trace de la jeune bibliothécaire. Il l'imaginait occupée à chercher les volumes qu'il avait demandés, avec une expression agacée.

Il en conclut qu'il n'avait peut-être pas recherché la bonne compagnie ce soir. En ville, il y avait déjà une femme qui absorbait toute son attention et qui n'aurait sans nul doute pas été du tout horrifiée de sa curiosité. Mais il ne pouvait se présenter devant elle sans un petit cadeau. Une offrande à la déesse destructrice qu'elle était, pour en apaiser la colère et en gagner la bienveillance.

À cette pensée, il sourit. Il consulta la pendule : le jardin botanique était peut-être encore ouvert.

32

Le fil était translucide et résistant, composé d'un matériau qu'il n'avait encore jamais vu pousser en forêt. Les habitants du village s'en servaient pour capturer les animaux du lac et aussi ceux du fleuve. Les premières fois qu'il les avait observés, quand il avait vu les poissons brusquement extraits de l'eau se débattre, suspendus en l'air, il avait cru à un prodige. Puis il avait vu ce fil briller sous les rayons du soleil et il avait compris : il était privé de couleur, comme l'air du jour par temps clair.

Il l'humidifia entre ses lèvres pour mieux réussir à l'enfiler par le trou minuscule, et tira. Les os reliés entre eux s'entrechoquèrent. Noircis par le temps, ils ressemblaient à des bouts de bois desséchés. Il les avait nettoyés de leur poussière et avait poli les morsures des rats. Il les avait oubliés depuis trop longtemps, mais le silence de l'hiver réveillait en lui le besoin de ne plus être seul.

Il se sentait parfois comme un renard et croyait avoir besoin d'une compagne et d'une harde. L'animal fauve au pas léger possédait beaucoup de points communs avec lui : il s'adaptait aux situations les plus extrêmes, et survivait, hiver après hiver. Il n'était pas craintif, mais attentif. Il s'approchait des hommes et il en suivait souvent les pas, à la recherche de nourriture quand elle venait à manquer en forêt.

D'autres fois, il se croyait libre et solitaire comme le lynx. Ce félin était pourvu de griffes si tranchantes qu'elles pouvaient entailler le bois des arbres auxquels il grimpait sans effort. Il s'inspecta les mains. Les ongles pointaient de la peau si épaisse qu'elle ressemblait à de l'écorce. Ils étaient longs et durs. Tous les jours, il les affûtait avec une pierre à aiguiser, comme le faisaient les paysans avec les lames des faux dans les champs, l'été.

C'étaient des mains, les siennes, qui ne serraient plus celles des autres depuis des temps immémoriaux. Il effleura les ossements recomposés, grâce au fil, dans leur position originelle. Sous la pulpe de ses doigts, ils étaient soyeux et ils avaient un parfum de terre séchée. Il les tenait dans sa paume et ce fut comme de caresser à nouveau ce qui avait été jadis une main.

33

— Encore une tentative de m'amadouer ?

Teresa Battaglia observait fixement le café que Massimo venait de poser sur son bureau. Il ne se laissa pas intimider. Il commençait maintenant à comprendre que le commissaire aimait aboyer, mais il ne l'avait jamais vue vraiment mordre.

— J'aurais un espoir ? lança-t-il.

Elle lâcha son sac par terre et le repoussa du pied sous le bureau. Dire que le geste manquait de grâce était un euphémisme.

— Aucun, rétorqua-t-elle. Tu as mis du sucre ?

— Vous n'avez pas le droit d'en prendre.

— Enfin, qu'est-ce que tu veux, bordel, on peut savoir ?

Massimo jugeait sa façon de s'exprimer horrible.

— Vous n'êtes pas capable de formuler une question sans y ajouter une…

— Merde ! Je me suis tachée. Alors, qu'est-ce que tu veux ? l'interrompit-elle en cherchant un mouchoir qu'il lui tendit aussitôt.

Elle le dévisagea un instant, puis elle le lui prit des mains.

— Tu n'as aucune vie sociale ? lui jeta-t-elle à la figure.

— Qu'est-ce qui vous fait croire cela ?

— Simplement le fait que tu joues les chevaliers servants avec une vieille comme moi. N'oublie quand même pas que ce n'est pas moi qui décide des promotions, ici.

Il ne perdit pas de temps à répliquer. Désormais, il avait compris que c'était exactement ce qu'elle souhaitait : batailler un peu, les nerfs à vif, pour se décharger de toute cette tension. Il attendit qu'elle ait terminé son café.

— Je me demandais juste pourquoi vous avez dressé le profil d'un tueur en série alors que nous n'avons qu'un seul homicide, finit-il par dire. L'autre jour, cela ne m'était pas venu à l'esprit.

Teresa Battaglia semblait impressionnée, enfin. Pour la première fois, elle le considéra avec attention et non plus comme un imbécile. Elle se relâcha en s'enfonçant dans le dossier de son fauteuil.

— Tu as étudié, à ce que je vois, murmura-t-elle en cherchant un bonbon dans le tiroir de son bureau – elle le lui lança.

— Ce n'était pas ce que vous vouliez ? rétorqua-t-il en le rattrapant au vol.

Elle éclata de rire.

— Je ne veux rien. Cette affaire, je peux très bien la résoudre seule. C'était simplement un conseil pour t'améliorer.

Marini en conclut que c'était sans espoir : elle était incapable de se montrer aimable, ne fût-ce que quelques secondes.

— Eh bien je l'ai suivi. Alors, vous ne répondez pas ? insista-t-il.

Elle eut un geste vague de la main.

— Rituel. Mutilation. Mise en scène. Je dois continuer ? Cela ressemble… cela ressemble à un commencement.

— Le commencement de quoi ?

Elle le dévisagea, comme si c'était évident.

— D'une histoire de morts, compléta-t-il.

Massimo s'assit devant elle.

— Vous croyez qu'il tuera encore ?

Il la vit hésiter. Teresa Battaglia se demandait peut-être s'il était digne de ses confidences.

— Bien sûr que je le crois, avoua-t-elle finalement. Voilà pourquoi je ne ferme pas les yeux de la nuit et pourquoi je sursaute chaque fois que le téléphone sonne. Cela se reproduira.

Il s'attendait à cette réponse, et pourtant, elle n'en avait pas moins une résonance sinistre.

— Alors, qu'est-ce que nous faisons ici ? demanda-t-il.

— Et où voudrais-tu aller ? Organiser une battue sur vingt mille hectares de forêt ? Perquisitionner des centaines d'habitations et interroger un millier de personnes ? Parce que c'est de cela que nous parlons.

Il se sentait stupide d'avoir soulevé pareille objection.

— Il n'y a aucun moyen de l'éviter, admit-il.

— Peut-être que si, s'il commet un faux pas.

— Et il en commettra ?

— Tu me demandes de lire dans une boule de cristal et d'essayer de prédire l'avenir ?

— Je vous demande s'il est si fort que cela.

Elle secoua la tête.

— Il n'est pas fort, il est féroce. Mais y a-t-il vraiment une différence entre les deux ? Je n'en sais rien. Est-il fort, le loup qui dévore sa proie, ou est-il simplement lui-même ?

Il se souvint de la conversation entamée dans le bois derrière la maison des Kravina.

— Vous êtes en train de me dire que c'est dans sa nature et qu'il ne peut pas l'éviter, résuma-t-il. Ce n'est pas de bon augure, pas de bon augure du tout.

Elle sourit. Elle paraissait fatiguée, ou alors elle en avait simplement assez des bavardages de celui qu'elle considérait comme un néophyte, et encore, même pas un néophyte très capable.

— Peut-être ces individus-là perçoivent-ils le monde mieux que moi, fit-elle dans un murmure. Ils voient l'enfer que nous avons sous les pieds, alors que nous autres, nous ne voyons que les fleurs qui poussent sur la terre. Leur passé les a privés d'un filtre qui, au contraire, nous a été transmis. Cela ne signifie pas qu'ils aient raison de tuer, ou que je justifie leurs actes.

— Et alors, ça signifie quoi ?

— Que dans un lointain passé, ils ont souffert et que cette souffrance les a transformés, faisant d'eux ce qu'ils sont aujourd'hui. Et ça, je ne peux pas l'oublier.

C'était la première fois que cette femme tenait un propos à caractère personnel et laissait entrevoir son vécu, fût-ce de manière nébuleuse. Massimo se saisit de cette corde qu'elle venait de lui lancer depuis son monde, convaincu qu'elle s'en repentirait vite, et qu'elle allait la retirer aussitôt.

— Vous ne pouvez l'oublier ? Que voulez-vous dire par là ? demanda-t-il, craignant de pousser trop loin, mais incapable de s'arrêter.

Pour sa part, elle semblait immergée dans d'autres pensées.

— Parce que je suis comme eux, je vois ce qu'il y a au-dessous des fleurs. Je vois l'enfer, murmura-t-elle.

Ces mots-là se perdirent dans le silence. Le tic-tac de la pendule accrochée au mur derrière eux semblait indiquer que le temps des révélations touchait à sa fin.

Massimo comprit que c'était le moment de lui remettre le cadeau qu'il était allé se procurer exprès pour elle. Il le sortit de sa poche et le posa sur le bureau.

Il la vit plisser le front. Teresa Battaglia chaussa ses lunettes et approcha le visage de la petite branche aux feuilles pointues et coriaces, ornée de baies roses.

— Au Japon, ils appellent cela *nanten*, ou bambou sacré. Ils s'en servent pour les cérémonies dans les temples bouddhistes. Chez nous, ça s'appelle de la nandine domestique. C'est une plante à feuilles persistantes qui pousse dans les jardins.

Le commissaire releva les yeux vers lui.

— Ce n'est pas une plante de sous-bois, observa-t-elle.

Il opina, devinant ses pensées.

— Les yeux du fétiche viennent d'un jardin de Travenì, confirma-t-il. Si nous apprenons de quel jardin, peut-être saurons-nous aussi où le tueur a mis les pieds.

— Qui il a observé, continua-t-elle. Qui il a désiré.

34

Lucia n'aimait pas désobéir, mais il y avait une chose qui l'indisposait encore plus : rester loin de ses amis.

Elle avait reçu le signal secret pour les rejoindre au torrent : deux sonneries de téléphone suivies d'une pause et d'une troisième sonnerie. Ce signal était réservé aux urgences.

Elle s'était habillée et était sortie de la maison sans trop réfléchir à l'éventualité que son père rentre en son absence. Sur le pas de la porte, elle avait été accueillie par un paysage de conte de fées, qui avait elle ne savait quoi d'inquiétant : la neige était si dense qu'elle modifiait les contours du monde et le rendait méconnaissable. Elle entrait dans la bouche, s'y mélangeait avec un goût humide. Elle songea que si quelqu'un s'était caché dans cette blancheur, elle ne s'en serait pas rendu compte avant de sentir son souffle sur son visage.

Elle atteignit le centre de Travenì d'un pas rapide. Les rues étaient désertes et elle avait du mal à entrevoir les lumières dans les maisons et les cafés. Ce n'était pas un temps à touristes, et les habitants restaient enfermés au chaud. Elle continua dans la rue principale qui coupait le village en deux, jusqu'à la place où se dressaient l'église paroissiale et la tour médiévale. C'était là que les chevaliers avaient repoussé l'avance des Turcs. Quand la maîtresse le leur avait expliqué, Mathias lui avait demandé s'il y avait encore beaucoup d'ossements ensevelis dans la terre. La classe avait ri, l'enseignante lui avait répondu que certaines curiosités étaient morbides. Lucia ne savait pas ce que signifiait ce mot, elle avait dû demander à Diego. Mathias leur avait raconté que son père considérait aussi avec dégoût sa passion pour les corps vivants et morts, et qu'un jour il l'avait traité de psychopathe. Cela signifiait que son esprit ne fonctionnait pas correctement. Pourtant, Lucia ne voyait rien de malade en lui.

Mais aujourd'hui, la pensée des restes de cette très ancienne bataille sous ses pieds l'effrayait.

Elle pressa le pas en débouchant dans la rue qui, au centre, conduisait vers les lacs jumeaux de Flais et ensuite à la frontière. Elle s'arrêta bien avant, là où la route bifurquait aux abords de la gare de chemin de fer. Le sentier qui menait au monument du grenadier austro-hongrois était là, quelque part au milieu du brouillard.

Pour le repérer, Lucia se laissa guider par le son de ses pas. Quand elle entendit le craquement de la glace sous ses pieds, elle suivit tout droit jusqu'à la pente. Plus elle montait, plus la brume se dissipait. Le profil de la statue en bronze émergea de la couverture brumeuse comme une ombre gigantesque. De l'autre côté du promontoire, c'était l'orée du bois et le début du sentier qui descendait dans le ravin.

Entre les nuées de brume, Lucia aperçut une écharpe à la couleur indéfinissable enroulée autour du col de la statue et la peur s'évanouit comme un sortilège. Elle parcourut les derniers mètres en courant et arriva au sommet, sa propre respiration lui brûlant le fond de la gorge. À ses pieds, le monde formait un nuage bas.

Les ombres gagnèrent en netteté. L'une d'elles se déplaça et s'envola dans le dos du grenadier. D'autres restèrent aux limites de ce royaume fait de gris et d'évanescence, immobiles comme un cercle de gardiens autour d'elle.

Ce fut alors que le crépitement vibra dans l'air ambiant comme une rafale de petits cailloux lancés dans la glace, avant de se taire.

Lucia n'était pas seule. Elle se retourna, scruta le brouillard qui changeait continuellement de forme et de consistance. Le bruit augmenta encore, avant de cesser subitement. Il provenait de la statue, à quelques pas de là.

C'était un claquement. Un claquement de dents.

Elle examina plus attentivement la silhouette du monument et se rendit compte qu'une forme était recroquevillée à la base. Elle était voûtée, sale et maigre comme si elle s'était éloignée du monde depuis des semaines, et pas seulement depuis une journée.

— Maman ! cria-t-elle en courant vers elle. (Elle se blottit contre le corps de sa mère et l'étreignit ; il était froid et son odeur n'était plus la même.) Maman ? répéta-t-elle, mais sa mère ne répondit rien.

Elle continuait de claquer des dents.

Lucia lui écarta les cheveux de la figure. Ce fut à peine si elle s'aperçut avoir ouvert la bouche dans un hurlement muet. Elle avait perdu la voix, qui s'était liquéfiée en elle.

Quelques mètres plus bas, dans le ravin, ses amis crièrent à leur tour, mais elle n'eut pas le temps de se demander pourquoi.

35

Le centre médical de Travenì était sous la surveillance des véhicules de police. Teresa et Marini étaient à peine arrivés au village quand ils avaient reçu un coup de téléphone d'Hugo Knauss. Le policier les avaient avertis qu'on avait retrouvé une femme défigurée et en état de choc.

La victime de l'agression était la mère de Lucia Kravina. C'était cette dernière qui l'avait découverte et le mari restait pour l'instant introuvable.

Une ambulance d'un village de la vallée était arrivée sur place, mais vu la nature des blessures, le médecin responsable avait décidé de réclamer l'intervention de l'hélicoptère de secours et d'organiser son transfert en ville. Knauss, Marini et elle attendaient l'arrivée de l'appareil.

— Cette femme avait disparu de son domicile depuis la veille, mais il n'y a pas eu de dépôt de plainte, expliquait Knauss à Teresa. Le couple avait déjà fait l'objet d'un suivi des services sociaux par le passé, pour des problèmes de dépendance aux stupéfiants. Ils semblaient en être sortis. Du moins la femme.

— Et la fillette ? demanda Teresa.

— Le docteur Ian s'occupe d'elle.

Teresa se remémora le vieux médecin du village. Elle était soulagée de savoir que c'était lui qui se chargeait de la petite.

— La mère a dit quelque chose ?

— Rien. Quand je l'ai vue, elle était dans un état catatonique, et je devine pourquoi. Elle a dû voir l'enfer et regarder le diable dans les yeux.

Teresa était d'accord avec lui.

— Oui, Melania Kravina a vu le diable en face, acquiesça-t-elle. Voilà pourquoi il est si important de lui parler. C'est la seule à pouvoir nous permettre de faire un portrait-robot.

Knauss se gratta la tête sous sa casquette. On comprenait qu'il aurait préféré éviter cette conversation, de peur que Teresa n'ait vraiment l'intention d'importuner la victime.

— Elle est sous sédatifs, murmura-t-il. Le médecin qui lui a prodigué les premiers soins a expliqué qu'elle sera placée dans un coma artificiel dès son arrivée à l'hôpital. Pour plusieurs jours, ou même plusieurs semaines. Avons-nous tout ce temps devant nous ?

Non, ils n'avaient pas tout ce temps.

Le battement des pales de l'hélicoptère en approche se fit assourdissant. La place du village fut illuminée par des phares puissants et le grésil se mit à tournoyer en décrivant des spirales. Teresa suivit du regard la civière qu'on sortait de l'ambulance. Le visage de Melania Kravina était recouvert d'un masque antiseptique pour traumatismes faciaux, d'où pointait un respirateur relié à la bouche. Elle la vit disparaître à l'intérieur de l'appareil, qui s'éleva et prit son envol avant même que la porte de l'habitacle n'ait été refermée.

Elle se rendit compte que Marini l'observait.

— Vous saviez qu'il recommencerait, dit-il.

Ce n'était pas une question. Oui, elle le savait et, rien que pour cela, elle se sentait responsable.

— Il y a de nombreuses incohérences, remarqua-t-elle. Depuis le début, il agit comme un tueur en série, et pourtant il l'a laissée en vie. Pourquoi ?

— Elle a pu s'enfuir.

Elle le dévisagea un instant, pour déterminer s'il y croyait vraiment.

— Il lui a arraché des morceaux de nez et d'oreilles, rappela-t-elle à voix basse, pour ne pas être entendue des curieux qui avaient commencé à arriver. On n'échappe pas à une bête féroce de ce genre. Il est lucide, mais il laisse des traces. Il attaque comme un animal, mais il a fait preuve d'une minutie presque délicate dans le positionnement du corps de la première victime. Cette fois, en revanche, rien de tout cela. Roberto Valent était un homme de quarante-trois ans. La mère de Lucia, elle, était une jeune femme de vingt-cinq. Les tueurs en série choisissent leurs victimes en fonction de fantasmes très précis, et c'est pour cela qu'elles présentent toujours des caractéristiques communes évidentes. Mais ici, je ne constate aucun mode opératoire. Il n'y en a pas, ou plutôt il est enfoui si profondément qu'on ne peut même pas l'entrevoir. Il semble qu'il agisse au hasard, mais ce n'est pas le cas. Cela ne se peut pas.

— Pourquoi pas ? À cause des statistiques ?

Teresa décela une pointe de sarcasme dans sa voix, mais elle était si fatiguée que, lorsqu'elle lui répondit, ce fut d'un ton égal.

— Parce que l'inconscient emprunte des voix bien définies, Marini.

— Et si cette fois ce n'était pas le cas ? Si nous nous trouvions face à un esprit différent, d'une certaine manière ?

Elle l'écoutait à peine.

— Ce serait un esprit non humain, inspecteur. Si seulement il existait un élément en commun, un schéma reconnaissable…

— Il leur vole leurs sens.

— Comment ça ?

— La vue. L'odorat. L'ouïe. C'est ça qu'il a pris à ses victimes.

Elle en fut saisie. Elle n'avait pas entrevu la possibilité d'un tel lien. Elle se demanda vraiment si la théorie de Marini était en mesure d'expliquer ce qui se tramait à Travenì, si le monstre – c'était ainsi que les journalistes et les habitants du village commençaient à l'appeler – était à la recherche de quelque chose qu'il ne possédait pas : la capacité de *sentir.*

Ce serait une hypothèse terrifiante, si elle se vérifiait : une créature rôdait en ces lieux, capable d'engendrer un dessein meurtrier complexe autour d'un objectif précis. Cela signifiait qu'il ne s'arrêterait jamais, jusqu'à ce qu'on ait mis la main dessus.

Vue. Odorat. Ouïe. Il les leur a arrachés et il les a emportés avec lui. Qu'est-ce qu'il veut en faire ? Pourquoi en a-t-il besoin ?

Elle regarda Marini.

— Tu as peut-être eu une intuition convenable, admit-elle.

Il plissa les yeux.

— Une intuition… Dites plutôt un raisonnement assez subtil.

Elle ne l'entendait même plus, son esprit travaillait avec ferveur à retirer une image cohérente des nouveaux fragments qu'ils avaient enfin réussi à recueillir.

— Les sens. Des parties du visage. Identification ? énonça-t-elle en s'adressant plus à elle-même qu'à Marini.

— Je crois que « voleur de sens » constitue une définition bien plus proche de cette affaire, répondit-il, encore vexé.

— L'identification est la forme la plus primitive de l'attachement affectif, selon la psychanalyse. C'est l'amour primordial, rappela-t-elle.

Marini laissa échapper un rire amer.

— Donc il aime ses victimes, et c'est pour cela qu'il les dévore.

— Il n'aime pas ses victimes. Ce n'est pas ainsi qu'il fonctionne. Il désire quelque chose. L'identification est toujours ambivalente : orientée autant vers la tendresse que vers le désir de supprimer.

— Je ne vous suis pas.

— Pense au stade oral de la libido des enfants : selon Freud, ils incorporent l'objet désiré en le mangeant, et, ainsi, ils le suppriment.

Knauss les rejoignit, interrompant son raisonnement.

— Le docteur Ian m'informe que la petite peut parler.

Lucia avait du mal à se fier à eux. Il lui fallait du temps, un temps que Teresa réussit à abréger. Elle ne voulait pas l'agresser avec des questions qui l'épouvanteraient et la pousseraient à se renfermer encore plus en elle-même.

Elle la garda sur ses genoux jusqu'à ce que le corps de la fillette ait cessé de trembler. À ce moment-là, elle la fit se tourner.

— Ne t'inquiète pas. Tu peux me parler, ça restera un secret entre nous, la rassura-t-elle.

Elle savait que Lucia avait peur de trahir son père.

— Jure-le ! s'écria la petite.

Teresa ne se fit pas prier.

— Je te le jure, dit-elle, une main sur le cœur.

Alors Lucia lui raconta l'inconnu qui avait sonné à la porte de la maison la nuit précédente, le sang qui était apparu sous la véranda le lendemain matin et l'affolement de son père quand il avait mis la maison sens dessus dessous.

Teresa espérait que l'enfant ne saurait jamais que ce sang était probablement celui de sa mère. Elle suspectait le père d'avoir ordonné à sa fille de nettoyer la maison à fond pour faire disparaître des traces de quelque chose qui le préoccupait.

— D'après toi, qui est-ce qui a fait du mal à ta maman ? demanda-t-elle enfin.

Lucia n'avait aucun doute à ce sujet.

— Le fantôme qui vit dans les bois, fit-elle.

— Ah oui, le fantôme. Tu lui as déjà parlé ?

La fillette secoua la tête.

— Il m'observe, mais il ne s'approche jamais. Peut-être qu'il n'a pas envie de parler, parce qu'il n'en est pas capable. Sauf hier soir. C'est lui qui a sonné à la porte.

Teresa sentit un déclic se produire en elle.

— Le fantôme qui te regarde souvent depuis les bois est le même qui est venu chez toi hier soir ?

La petite hocha la tête.

— Et quelle allure a-t-il ? insista-t-elle. Tu peux me le décrire ?

— Il a un crâne à la place de la tête.

36

Un nouvel animal courait dans la forêt en rugissant férocement. La livrée était lisse et noire, les flancs ornés d'un crâne et de tibias croisés. Il brisait des branches et de petits arbustes, extirpait des pierres du terrain. Les nids détruits tombaient à terre avec un bruissement d'ailes effarouchées. Du ventre de la bête s'échappait une cacophonie de clameurs et de sons stridents.

Le 4 × 4 était lancé dans une course folle sur des sentiers à peine tracés. Là où il manquait d'espace, il se frayait un passage dans un nuage de diesel brûlé. Il traversa un gué en soulevant des murs d'eau et des gerbes de glace. Il progressait dans le sous-bois en rencontrant de temps à autre des signes de la nouvelle avancée humaine : des clairières ouvertes en abattant des arbres et en déracinant des broussailles, où étaient stationnées des machines de levage de terre. Elles ressemblaient à des pachydermes de métal endormis. Le projet de nouveau domaine skiable commençait à prendre forme, et cette forme était celle du déboisement.

Les quatre garçons à bord hurlaient et buvaient de la bière, ivres d'alcool et d'une exaltation sauvage.

— Plus vite ! cria l'un d'eux, la vitre baissée et un poing brandi vers le ciel.

Il se sentait comme un dieu colérique et exterminateur, fort d'une jeunesse qui méprisait toute limite et toute beauté.

Le véhicule grimpa la pente rageusement en dérapant et en relâchant des nuages de gaz. Les pneus arrachèrent la mousse et trouvèrent une prise sur le terrain. Le 4 × 4 donna de la bande et atterrit en rebondissant sur la route asphaltée.

Les garçons éclatèrent de rire et lancèrent des canettes de bière écrasées par la fenêtre. Le type au volant enclencha plusieurs vitesses, le moteur tourna plus vite. La route montait en décrivant des lacets qu'ils avalèrent à une vitesse folle.

À la sortie d'un virage, un obstacle les dévia de leur trajectoire et ils finirent contre le flanc de la montagne. Ils hurlèrent. Le 4 × 4 rebondit sur le sentier, décrivit un tour sur lui-même à quatre-vingt-dix degrés et s'immobilisa, moteur coupé.

Ce fut le retour du silence, seulement rompu par des respirations essoufflées.

— Qu'est-ce que c'était, putain ? demanda l'un des jeunes en cherchant à ouvrir la portière.

La tôle était pliée et il dut la pousser à coups d'épaule pour la faire céder. Il dégringola sur la chaussée, saoul, puis réussit non sans mal à se remettre sur pied. Du sang s'échappait d'une déchirure de son jean.

Les autres rirent, sauf l'un d'eux.

— Mon père va me tuer, bredouilla-t-il en ouvrant un pack de bières.

— Il faut que j'aille pisser, annonça un autre.

Quelqu'un les observait, immobile au milieu de la route, mais ils ne s'aperçurent pas immédiatement de la présence de la silhouette sombre, à la limite de leur champ de vision, imposante même dans cette nature grandiose. Ils se souvenaient à présent de ce qu'ils avaient entrevu un instant avant le choc : un homme, les bras tendus vers eux, dans un geste fait pour les arrêter, comme s'il était possible d'arrêter un train en pleine course.

Il était vêtu d'une espèce de manteau qu'ils se rappelaient avoir vu seulement sur de vieilles photos. Le visage, couvert d'un drap enroulé autour de la tête, formait une tache obscure là où il aurait dû y avoir la vie d'un regard humain.

Les garçons restés à bord du 4×4 réussirent à remettre le véhicule en marche et klaxonnèrent en hurlant à l'apparition de s'écarter. L'inconnu se boucha les oreilles, comme blessé par un fracas inattendu.

Le jeune homme sur la route éclata de rire.

— Mais t'es qui, toi, bordel ? demanda-t-il en crachant dans sa direction. Hé, je te parle !

Il s'approcha en essayant de lui décocher un coup de pied.

L'homme l'attrapa par le cou et serra. Le jeune se débattit en refermant les doigts autour d'une main énorme, dure et impitoyable. Il entendait à peine les hurlements de ses amis. Le bras qui le retenait prisonnier était fort, et la main qui lui comprimait la gorge ne l'était pas moins. Elle appuyait sur la peau du cou, sans hésitation, en obturant toute arrivée d'air.

Le drap qui masquait le visage de l'inconnu glissa de quelques centimètres, ce qui suffit à en révéler le secret.

Un crâne, voilà ce que c'était. Les paupières étaient peintes en noir et la peau en blanc. C'étaient les yeux d'un guerrier, songea le jeune homme en sentant s'échapper toute volonté de s'y opposer. Ils étaient hypnotiques, maléfiques. Il tendit une main vers ce visage, l'effleura et se rendit compte qu'il était réel. La bouche de l'inconnu s'ouvrit sur des dents fortes et larges, d'un ivoire qui faisait penser aux crocs d'une bête, et cette bête hurla, rageuse.

Le jeune homme sentit des larmes lui dégouliner sur les joues. Il savait qu'il allait mourir, que cet homme qui l'empoignait comme s'il n'était qu'une brindille voulait le mettre à mort.

Au contraire, l'inconnu relâcha son emprise sur sa gorge, et finit par le libérer. Il le secoua comme une poupée de chiffon, mais sans lui faire de mal.

Le garçon réussit enfin à respirer. En toussant et en pleurant, il osa lever encore une fois sur lui ses yeux brouillés de larmes. Il s'aperçut que l'autre scrutait son visage. Il semblait avoir entrevu quelque chose qui l'avait fait changer d'avis. Quelque chose qui le troublait profondément.

37

La voiture de Melania Kravina, la mère de Lucia, était garée sur une aire de stationnement de la départementale qui descendait des lacs de Flais à Travenì. C'était un serpent d'asphalte noir dans un paysage sidéral. Cette conque naturelle entre le village et les Alpes était l'un des endroits où l'on relevait les températures les plus froides de tout le pays. Les cristaux de glace recouvraient toute forme vivante ou minérale.

Avant de disparaître, la femme avait ramené une collègue chez elle. La neige tombée dans la nuit avait recouvert l'auto.

La Scientifique achevait ses derniers prélèvements, mais le responsable avait déjà indiqué à Teresa qu'on n'avait trouvé absolument aucune empreinte digitale. Cela ne signifiait qu'une seule chose : quelqu'un l'avait nettoyée.

— Le mari ? suggéra l'inspecteur Marini.

Teresa acquiesça, cherchant du regard des empreintes de pas que la neige avait effacées.

— Il a mis la maison à sac et a ordonné à sa fille de faire le ménage, dit-elle. Il est sorti en faire autant avec la voiture. Il savait où la trouver, parce qu'il connaissait le trajet que son épouse avait emprunté ce soir-là pour raccompagner sa collègue. Quelque chose le perturbait, et pas qu'un peu.

— Un secret.

La neige au bord de la chaussée était parcourue d'empreintes d'animaux de formes diverses. Ongulés, volatiles, rongeurs… La forêt se déplaçait comme un organisme quand personne ne l'observait. Toute forme de vie laissait des traces de son passage.

Sur l'asphalte, sous le verglas raclé par les techniciens, des signes de freinage récents étaient visibles.

— C'est ici que le tueur s'en est pris à elle, murmura Teresa en s'imaginant la scène. Il a surgi de l'obscurité. Elle a freiné et, pour l'éviter, elle a fini sur l'aire de stationnement. C'est ainsi qu'il approche ses victimes. Il n'y a aucune manœuvre de séduction.

Marini se baissa pour examiner les traces noires.

— De séduction ? releva-t-il.

— Il y a toujours un schéma, un cycle, dans la manière dont un tueur en série conduit sa danse avec sa victime, expliqua-t-elle. La première est la phase inaugurale : le tueur se retire peu à peu de la réalité vers un monde de fantasmes toujours plus définis, plus articulés, qui tôt ou tard le pousseront à l'action. La phase du ciblage constitue le début de la chasse, il se lance après sa proie : il l'a vue et il a commencé de la désirer. La troisième phase serait celle que l'on qualifierait de « séduction » : c'est l'approche de la victime. Dans ce cas précis, elle est absente. Il est passé directement à la suivante : la capture. Et ensuite l'agression. La dernière phase est totémique : le meurtrier cherche à prolonger le plaisir le plus longtemps possible.

— Et comment ? interrogea l'inspecteur en se relevant et en tapant ses semelles pour en faire tomber la glace.

— Il photographie le corps. Ou il le démembre. Il le conserve… Le tueur réunit ses trophées, car lorsque l'illusion que lui procurent ses fantasmes diminue, il se rend compte que tout est redevenu comme avant, et le sentiment d'omnipotence laisse place à la frustration, à l'inaptitude. C'est un cycle qui n'a jamais de fin. Il devra tuer de nouveau pour faire taire ses tourments.

— Mais il n'a pas tué Melania Kravina, fit remarquer Marini. Dans la pratique, ce n'est pas un tueur en série.

Teresa sourit.

— Tu te trompes. *C'est* un tueur en série. Simplement, il est encore en train d'apprendre.

Au milieu des arbres, quelqu'un réclama du renfort. Teresa et Marini le rejoignirent. L'espace d'un instant, ils restèrent tous silencieux. Le sang maculait la neige et une flaque d'eau glacée dans laquelle il était resté pris au piège. Melania avait été « dévorée » ici.

De Carli s'approcha de Battaglia.

— Commissaire, on a reçu un appel de Travenì. Un groupe de jeunes gens s'est présenté au poste de premiers secours suite à une agression. Ils sont sous le choc.

38

Teresa se rendit au centre médical de Travenì sans réussir à prononcer un mot. Elle avait la bouche pâteuse, pleine de ce qui ressemblait à de la peur. La peur de ne pas arriver à temps, si l'assassin avait décidé de tuer encore. Et cela se produirait, même s'il était difficile de savoir quand.

Quatre jeunes hommes étaient sortis presque indemnes d'un incident provoqué par celui qu'ils avaient qualifié de « fou ». L'un d'eux avait déclaré avoir frôlé la mort d'un cheveu. L'inconnu l'avait saisi par le cou presque jusqu'à l'étouffer, mais ensuite, qui sait pourquoi, il l'avait laissé filer. Le jeune s'appelait David et c'était le fils d'Hugo Knauss.

À peine arrivée, Teresa voulut aussitôt interroger les amis du jeune homme qui avait été hospitalisé. Ils s'étaient rassemblés dans une petite salle d'attente, sous la surveillance de Knauss.

Teresa se dirigea vers lui.

— Je suis navrée, fit-elle. Comment va votre fils ?

L'autre la remercia d'un signe de tête.

— À ce stade, c'est plus de peur que de mal, répondit-il.

Elle remarqua que son sourire avait disparu. Elle se demanda s'il éprouvait de la honte, en plus de son inquiétude : il était le chef de la police locale et son fils était le petit voyou du coin.

— Si vous voulez rester auprès de lui..., suggéra-t-elle.

— Je préfère trouver le responsable, commissaire.

Elle acquiesça et se tourna vers les jeunes gens. Ils étaient à peine sortis de l'adolescence. *Ils sont terrorisés*, constata-t-elle. De petits frimeurs devenus victimes. Pour eux, une expérience inédite, bouleversante. Elle observa leurs visages, les étudia. La peur dilatait leurs pupilles et leur tordait la bouche. Mais elle percevait autre chose en eux, qu'elle ne réussit pas à définir tout de suite. À la différence de la terreur qui d'ordinaire immobilise, c'était un sentiment qui les agitait, déstructurait leurs mouvements, leur faisait se tordre les mains et se manifestait dans leurs échanges incessants de coups d'œil craintifs. Ils cherchaient à recomposer le groupe.

Elle s'interrogeait : qu'est-ce qui pouvait être aussi perturbant, au point même de dépasser la peur ? La réponse lui vint spontanément. Elle en avait peut-être été affectée elle aussi, par le passé.

Le sentiment de culpabilité, trancha-t-elle.

Elle se souvint de les avoir déjà vus, devant l'école de Diego, à bord du 4 × 4 qui avait failli renverser une fillette. Ces despotes qui en venaient facilement aux mains s'étaient transformés en petits garçons apeurés.

— Je suis le commissaire Battaglia, se présenta-t-elle. Ce sont mes collaborateurs.

Le regard des jeunes était suppliant. Elle en devinait le motif : ils avaient bu et l'alcootest qu'ils avaient subi était positif.

À présent, ils paraissaient sobres. La peur avait éliminé toute trace d'ébriété.

Elle avait lu leurs dépositions, recueillies quand ils étaient encore en état de confusion. Elle ne voulait pas retarder l'enquête avec des questions dont elle connaissait déjà les réponses. Les événements étaient clairs et une inspection des lieux par la police, déjà en cours, permettrait de procéder à des vérifications. Elle souhaitait seulement approfondir un aspect, et c'était un besoin si impérieux qu'elle sentait accélérer les battements de son cœur.

— Son visage. Comment était son visage ? questionna-t-elle, les yeux fixés sur son auditoire qui puait l'alcool et l'angoisse.

Leurs déclarations à ce sujet étaient discordantes. Elle aurait pu les séparer et les entendre en tête à tête, mais elle estimait que cela aurait été contre-productif. Ils avaient besoin du groupe, parce qu'aucun d'eux, isolément, n'aurait supporté cette tension.

Interroger un témoin était un art qui requérait de la maîtrise de soi, afin de ne pas suggérer d'idées qui auraient pu éloigner, et non rapprocher, de la découverte de la vérité. Elle attendit patiemment que l'un d'entre eux ait le courage de prendre la parole. À côté d'elle, elle sentait Marini frémir d'impatience. S'il avait pu, le jeune inspecteur aurait effacé la distance entre lui et les témoins, il les aurait empoignés par leurs blousons et secoués comme des pruniers pour en faire tomber quelques informations.

— Moi, je l'ai pas vu, affirma finalement l'un d'eux.

Il avait encore une voix de petit garçon et un appareil dentaire qui jurait avec son blouson de cuir, sur lequel était cousu un faciès démoniaque.

— Il avait le visage couvert, expliqua un autre, encouragé par le premier pas que venait d'accomplir son camarade.

— Comment cela, couvert ? insista Teresa.

Il mima le geste de se bander la tête.

— Un tissu clair, attaché comme ça autour du visage et de la tête. Qui lui descendait sur les épaules.

— Un bandage ?

— Non. Ça ressemblait à…

— Un turban, compléta le premier.

— Mais non, pas un turban, intervint le troisième. C'était une espèce d'écharpe, enroulée autour de la tête. Et qui laissait les yeux découverts, dit-il en mimant à son tour le geste de mettre cette écharpe.

Ses camarades confirmèrent.

— Vous êtes sûrs ? demanda-t-elle.

— Oui, s'exclamèrent-ils tous ensemble.

La description lui faisait penser à un chèche, le couvre-chef traditionnel des Touaregs.

— Mais à un certain moment, la bouche était aussi découverte, précisa le petit jeune à l'appareil dentaire. Et on aurait cru… On aurait cru qu'il voulait mordre David, je le jure !

Il éclata en sanglots, mais aucun de ses amis ne le consola. Ce fut le chef Knauss qui posa une main sur son épaule et l'attira vers lui.

Teresa réfléchit à cette description, au profil physique qui s'esquissait peu à peu, cherchant à en interpréter les détails encore bruts. Un homme au visage bandé, un manteau long jusqu'aux mollets. Les pieds protégés par d'épaisses chaussettes et de gros souliers. Impossible de déterminer son âge. Elle était perplexe.

L'inconnu qu'elle avait poursuivi le long de l'ancienne voie ferrée lui revint à l'esprit. Elle ne pouvait pas catégoriquement affirmer que le profil coïncidait. Elle n'aurait pas davantage été capable de le décrire avec certitude, peut-être à cause de la précipitation, ou peut-être parce qu'elle ne pouvait plus se fier à sa mémoire.

— Cela correspond à quelqu'un que vous auriez déjà vu à Travenì ? demanda-t-elle à Knauss, plus par habitude que dans l'espoir de l'entendre répondre par l'affirmative.

Le policier secoua la tête.

— Non, jamais vu.

— Sûr ?

— J'ai encore une bonne vue, commissaire.

— Ce n'est pas de votre vue dont je doute, chef.

Knauss lâcha un soupir agacé, comme si sa poitrine se dégonflait de toute la tension accumulée.

— J'ai mon fils couché dans un lit d'hôpital, lui rappela-t-il. J'estime que cela constitue une garantie suffisante de ma collaboration.

Elle n'en était pourtant pas si convaincue, mais elle s'abstint de le lui signifier, pour le moment.

— Très bien. (Elle adressa un signe à Marini.) Allons écouter votre fils.

Le jeune homme était en effet allongé sur un lit, sa jambe blessée soutenue par un suspenseur. À côté de lui, le docteur Ian terminait son bandage. Quand il vit Teresa et Marini, le praticien sourit.

— Comment va-t-il ? lui demanda-t-elle.

— Quelques points de suture et un antalgique. D'ici deux heures, je le renvoie chez lui.

Il fixa la bande avec une épingle de nourrice et prit congé d'un signe de tête.

Teresa s'approcha de David, qui pendant tout ce temps était resté la tête tournée vers la fenêtre. Il ne l'avait pas une seule fois regardée.

— Je suis…

— Je sais qui tu es, l'interrompit-il. Tout le village le sait.

Elle prit un siège et s'installa près du lit. Marini resta sur le seuil.

— C'est douloureux ?

— Quoi, la jambe ? Non.

Le garçon présentait des hématomes au cou, mais elle était persuadée que ce n'était pas la cause de sa douleur.

— Ce n'est pas facile d'échapper à la mort et de demeurer intact à l'intérieur, concéda-t-elle. Quelque chose se brise.

Il finit par tourner la tête vers elle.

— Qu'est-ce que tu en sais, toi ?

Elle ne répondit pas, consciente de la présence de Marini dans son dos. Elle se tourna et lui fit signe de sortir. Il réagit d'un coup d'œil, entre la déception et la contrariété. Elle pouvait comprendre sa réaction, mais elle n'avait ni le temps ni l'envie de lui expliquer que, dans leur métier, il fallait aussi savoir quelquefois se mettre en retrait. Elle attendit que la porte se referme avant de se concentrer de nouveau sur David.

— Alors, qu'est-ce que tu en sais, toi ? répéta ce dernier.

Il avait flairé la blessure de Battaglia et n'avait pas l'intention de lâcher prise.

Elle s'assit sur le lit. Le matelas se creusa sous son poids, les rapprochant l'un de l'autre. Elle sentit la main du garçon lui effleurer la jambe, mais elle ne s'écarta pas. Et lui non plus.

— Moi aussi, j'ai risqué de mourir, il y a très longtemps de cela, confia-t-elle. Je sais comment tu te sens.

Il l'étudia longuement.

— Un accident ? questionna-t-il.

Elle fit la moue et secoua la tête.

— Un accident qui avait des bras et des jambes très costauds, répliqua-t-elle. Et qui frappait dur.

— Qui c'était ? Un type que tu devais arrêter ?

— Mon mari.

Le jeune homme l'observa. Il était impressionné, peut-être dubitatif. Elle se demanda s'il finirait par décider de se fier à elle.

— Et ça s'est terminé comment ? glissa-t-il à voix basse.

Elle sourit.

— Très mal. Mais je suis toujours vivante.

Il baissa les yeux.

— Ce que tu ressens en cet instant a pourtant un bon côté, ajouta-t-elle. Cela permet de tout voir dans sa dimension véritable.

— Tout quoi ?

— Les joies de la vie, comme ses drames.

Il tourna de nouveau la tête vers la fenêtre, suivit la neige qui tombait.

— Le docteur Ian m'a dit que j'ai eu de la chance, l'entendit-elle reprendre, mais moi je n'y crois pas. Ce n'était pas de la chance.

— Et c'était quoi, alors ?

Ce fut au tour du garçon de se taire.

— C'était quoi, David ?

— C'est lui qui a décidé. Ce n'était pas de la chance. Si je suis vivant, c'est parce qu'il m'a épargné. Rien qu'à son expression, je me voyais déjà mort, mais ensuite quelque chose a changé.

— Quoi ?

Il haussa les épaules. Elle perçut son émotion. Une émotion puissante, une énergie qui venait de saturer l'atmosphère de la pièce.

— J'ai pleuré, murmura-t-il. J'ai pleuré, et il m'a laissé vivre.

Elle ne s'attendait pas à une confession de ce genre.

— Pourquoi es-tu si convaincu que c'est pour cette raison qu'il t'a épargné ? s'étonna-t-elle.

— Parce qu'il m'a dévisagé, il regardait mes larmes et… Et il a changé, quelque chose en lui a changé, et c'est grâce à ça que je suis en vie.

Elle ne savait quoi penser, mais elle était sûre d'une chose : David croyait profondément à ce qu'il venait de lui confier.

Elle lui posa sur les genoux le rapport comportant la description fournie par ses amis.

— Cela correspond ? voulut-elle savoir.

Personne ne pouvait y répondre mieux que lui. Elle le vit lire le rapport avec attention, puis s'en détourner.

— Oui.

— Tu as quoi que ce soit à ajouter ?

— Il a les yeux bleus, ou peut-être verts. Nom de Dieu, je ne m'en souviens pas ! (Il se prit la tête entre les mains.) Je l'ai bien regardé, et pourtant je n'arrive pas à me souvenir !

Il paraissait secoué. Elle lui tapota la main.

— Ne t'en fais pas, dit-elle. C'est le choc. Tu avais autre chose à penser, sur le moment. À ton avis, il a quel âge ?

— Trente ans, peut-être quarante. Son visage était peint.

— Tu te souviens d'autre chose ? C'est important, David. Tu es le seul à l'avoir vu de près.

— Non, je ne suis pas le seul. Toi aussi, tu l'as vu, rectifia-t-il. Devant l'école. Il était habillé autrement, mais c'était lui, j'en suis certain.

Elle pensa au montagnard qui s'était jeté contre le 4 × 4 en frappant à coups de poing contre la carrosserie, la poursuite dans le bois. C'était donc bien lui.

À présent, elle comprenait avec quoi elle avait sali sa parka. L'homme utilisait des excréments pour se peindre le visage.

— Mais c'est seulement le moyen, pas l'intention, murmura-t-elle toute seule. Il se teint le visage pour lui donner l'apparence d'un crâne.

39

Les projecteurs illuminaient la forêt comme une aube précoce et surnaturelle. Un oiseau s'était mis à lancer des appels dans l'atmosphère ponctuée de rares flocons de neige.

Sur le sentier, les traces laissées par le 4 × 4 étaient encore visibles. Un éclat de verre tombé des phares brisés marquait l'emplacement exact de l'impact contre la roche.

Les empreintes de chaussures confirmèrent les mouvements décrits par les jeunes. Ceux de l'inconnu, à première vue, semblaient concorder avec les traces laissées sur la scène de crime du meurtre Valent.

— C'est peut-être lui, souffla Marini.

Elle n'en était pas convaincue. Elle remarqua le commissaire principal et le substitut du procureur Gardini, à l'extérieur de rubalises qui délimitaient la scène. Elle les salua d'un signe de tête.

— Ils l'ont effrayé. Pourquoi ? réfléchit-elle à voix haute.

— Il s'est attaqué à eux sous le coup de la colère, parce qu'il a été surpris, envisagea Marini.

Elle n'était pas d'accord. D'après le récit des garçons, il semblait que l'inconnu ait tendu les mains devant lui, comme si son geste visait à arrêter la progression du véhicule. Il voulait protéger quelque chose.

— Non. Il a attaqué pour se défendre, parce qu'il s'est senti menacé, répliqua-t-elle.

— Vous croyez qu'il vit dans ces bois ?

— C'est possible, d'après toi ?

— Non, pas dans l'isolement complet.

— Je veux les relevés cadastraux de toutes les granges de la zone. Il s'en sert peut-être comme base.

Une harde de chevreuils traversa le sentier en quelques bonds agiles et puissants, sous leurs yeux. Un membre de la brigade poussa un cri de surprise. C'était un spectacle fascinant et de mauvais augure : il ne s'agissait pas d'un comportement naturel.

— Quelque chose les a effrayés et les a poussés à descendre dans la vallée, remarqua Knauss, formulant à voix haute les pensées de tous.

Elle scruta l'obscurité au fond des arbres.

— Il est ici. Il nous observe. Une fois de plus, murmura-t-elle.

De nouveau, la pénombre et la forêt le protégeaient. Il était impensable de se lancer dans une chasse à l'homme.

— Et demain qui sait où il sera.

40

Le seul pub de Travenì s'appelait *L'Orso Addormentato*. L'Ours Endormi. Il occupait l'étage en entresol d'un édifice d'époque médiévale, qui donnait sur la place principale. On descendait quelques marches taillées dans la pierre pour entrer dans la salle aux murs aussi larges qu'un torse sous un plafond voûté, émaillé d'un crépi épais et irrégulier. Les parois de roche à nu abritaient des reliques d'un passé rural et sylvestre. Les seules fenêtres étaient des rectangles étroits et hauts décorés de vitraux polychromes aux tons vifs. Aux bulles d'air qu'on y entrevoyait, Teresa en déduisit qu'ils étaient anciens, ou qu'il s'agissait de reproductions fidèles. Même en plein jour, elle doutait que la lumière du soleil pût arriver tout en bas, si ce n'était sous la forme d'un arc-en-ciel aux couleurs criardes. Au-dessus du bar en bois de pin était suspendue une collection de chopes de bière de formes et de dimensions variées. Dans un coin, une tête de diable aux cornes énormes et recourbées observait les clients de ses yeux jaunes et mauvais. Elle avait une crinière de poils noirs et des dents acérées.

Teresa fixait le diable des yeux, enfoncée dans un siège inconfortable, avec entre les mains une pinte de bière dans laquelle elle avait à peine trempé les lèvres et un bol de cacahuètes qu'elle fourrait en bouche de temps à autre, sans trop de conviction. De Carli et Parisi étaient engagés dans une partie de billard, Marini les observait juché sur un tabouret. Les autres types de la brigade arrivés en renfort depuis la ville occupaient deux tables plus à l'écart et c'étaient les seuls qui avaient réussi à manger quelque chose. Hugo Knauss et ses hommes se chargeaient de la patrouille, ce soir-là.

Le bar était à moitié désert. Elle savait que c'était en partie sa faute, et le patron devait le penser lui aussi, à en juger par les coups d'œil qu'il lui lançait. Elle lui rendait la pareille et c'était toujours lui qui sortait perdant de ce duel de regards. Elle ne comprenait pas pourquoi il s'obstinait à persévérer.

Un brouhaha et un mouvement d'agitation annoncèrent l'entrée de nouveaux clients. Le petit groupe de quatre se dirigea vers Battaglia. L'un d'eux, en particulier, avait un air belliqueux qui l'agaça sur-le-champ. Elle le connaissait, elle l'avait déjà rencontré à deux ou trois reprises, et elle savait aussi quel était le motif de son désagrément.

— Bonsoir, monsieur le maire, le salua-t-elle quand il s'arrêta devant sa table.

— Un tueur en série ? tonna l'homme sans répondre à son salut. Vous imaginez ce que cela signifie, pour le village ? C'est la ruine.

Il tremblait de rage. Elle ne se laissa pas impressionner. Elle comprenait ce qui le préoccupait, mais le communiqué de presse diffusé par le commissaire était une initiative imposée par des impératifs d'ordre public.

— Nous n'avons jamais rien mentionné de ce genre, protesta-t-elle, mais nous ne pouvons dissimuler la dangerosité de la situation.

L'homme s'appuya des deux mains sur la table et se pencha vers elle avec agressivité.

— Vous voulez savoir ce qui est vraiment dangereux ? demanda-t-il, le visage écarlate. Un étranger qui vient ici nous dire de quoi nous devons avoir peur !

D'un coup, elle leva les yeux de sa pinte de bière pour fixer ceux de l'homme.

— Et l'étranger, ce serait moi ? ironisa-t-elle, mais elle connaissait déjà la réponse.

Pour les gens de la vallée, le reste du monde était un ailleurs rempli de pièges et peuplé d'incapables et d'escrocs sans scrupules. Leur petit monde incarnait une perfection à protéger même au prix de leur vie, mais cette perfection, elle avait pu le constater, commençait à pâtir de quelques lézardes. Elle laissait entrevoir un visage tout sauf bienveillant.

— Travenì n'a pas besoin de vous et de vos leçons, siffla l'homme. Nous avons survécu depuis des siècles sans l'aide des gens de la ville. Et nous continuerons.

Elle attrapa une cacahuète dans le bol et l'enfourna dans sa bouche. L'arachide avait un goût rance, mais c'était peut-être seulement sa bile qui commençait à remonter.

— Vous savez comment faire pour survivre ? répéta-t-elle. Allez le dire à la veuve Valent alors, parce que apparemment son mari, lui, n'a pas compris.

Le maire l'invectiva et, d'un geste plein de colère, renversa ce qu'il y avait sur la table. La chope heurta le dallage dans une gerbe de mousse et de bière et se fracassa en morceaux tandis que les cacahuètes roulaient entre les chaises et les bancs.

Elle se leva d'un bond et, d'un seul coup d'œil, interdit à sa brigade d'intervenir.

— Ne vous permettez plus jamais de faire une chose pareille, martela-t-elle. Encore un geste de violence et je perdrai toute patience à votre égard. Suis-je bien claire ?

Quelque chose dans sa voix ou peut-être dans son expression dut faire comprendre au maire qu'il valait mieux s'en tenir là. Elle pouvait se montrer bien plus dure que les gens ne pouvaient l'imaginer au premier regard. S'il y avait une chose qu'elle ne tolérait pas – ou plus –, c'était la violence.

L'homme sembla se calmer, mais il avait encore le souffle court. Les amis qui l'accompagnaient lui ceinturèrent la poitrine, et lui chuchotèrent de s'en aller.

— La saison de ski vient à peine de commencer et les vacances de Noël approchent, reprit-il sans desserrer les dents. Un préjudice pareil à notre réputation, c'est synonyme d'hôtels vides et de pistes de ski désertes.

Il cherchait à expliquer son geste. Il battait partiellement en retraite. Elle le laissa se défouler.

— D'ici peu, ce sera la soirée du 5 décembre. Travenì fêtera la nuit de la Saint-Nicolas, les figurants costumés en diables descendront au village du haut de la montagne. C'est une fête importante, on reçoit des centaines de visiteurs de la vallée, mais que restera-t-il de cette manifestation s'il n'y a personne pour y assister ?

Elle l'écouta avec patience. Les préoccupations du maire étaient fondées, mais la mission des enquêteurs consistait à protéger les gens et à décourager les touristes trop curieux.

— Un homme a été assassiné en plein jour, sur l'un des sentiers fréquentés par les randonneurs, rappela-t-elle. Cet homme était fort, et pourtant, il n'a pas réussi à se défendre. Il n'a même pas eu le temps d'essayer. L'auteur du meurtre l'a énucléé avec les doigts et nous n'avons jamais retrouvé ses globes oculaires. Une femme a été agressée alors qu'elle rentrait du travail à son domicile. À elle aussi, il lui manque une partie du visage.

Un silence s'était abattu dans le pub.

— Vous savez ce que cela signifie ? poursuivit-elle. Que l'agresseur l'a mangée, ou alors qu'il l'a emportée avec lui. Dans les deux cas, je crois que votre diable est déjà là, mais en chair et en os cette fois. Du coup, je m'interroge, monsieur le maire, ce village a-t-il l'intention de collaborer, ou attendra-t-il un autre malheur avant de se décider ?

Le regard du maire et des hommes qui l'accompagnaient glissa vers le masque infernal à côté des becs de la pompe à bière pression. Cette fois, ils voyaient d'un autre œil son rictus décharné.

— Personne n'a jamais songé à refuser de collaborer, se défendit le premier magistrat.

Elle secoua la tête.

— Vous voyez des intrus partout, alors que nous sommes simplement là pour vous aider à trouver le responsable. Vous vous enfermez dans votre communauté en croyant la sauver, mais vous ne faites que la condamner.

Le maire ne réagit pas. Lui et les autres, encore en colère peut-être, mais certainement gagnés par la peur, s'en allèrent sans ajouter un mot.

Teresa se rassit au milieu du verre brisé et des cacahuètes éparpillées. Le patron, les yeux baissés, s'empressa de venir nettoyer la table et le sol. Une jeune fille lui apporta une nouvelle chope pleine à ras bord et, non sans un certain embarras, lui précisa que c'était offert par la maison.

Peu à peu, le brouhaha reprit, mais plus sourd. Elle but une gorgée de bière. Ce fut seulement à ce moment qu'elle remarqua l'homme assis à une petite table, dans l'angle opposé de la salle. Le docteur Ian leva sa chope, faisant mine de porter un toast, à quoi elle répondit. Elle le vit se lever et la rejoindre en apportant avec lui son chapeau et sa boisson.

— Je peux ? demanda-t-il.

— Bien sûr.

Il s'installa.

— Ne le prenez pas mal, fit-il. Le maire est un brave homme, aux manières discutables, certes. Dans le coin, moins de tourisme, pour beaucoup de familles, cela signifie ne plus pouvoir boucler ses fins de mois. Ici, on ne vit pas de grand-chose d'autre.

— Je n'aime pas effrayer les gens, docteur, et encore moins me montrer alarmiste, mais cette fois je n'ai pas pu l'éviter. La peur est souvent ce qui fait la différence entre vivre et mourir. Elle peut sauver des vies.

— Oh, je le sais. Le peur naît dans la région la plus primitive de notre cerveau, celle que nous avons en commun avec les reptiles. Des millions d'années d'évolution et le centre de cette région du cerveau est encore ici, dans un tout petit corps en forme d'amande, reprit-il en se tapotant la tête du bout de l'index. Dieu devait juger cette région fondamentale, puisqu'il ne l'a jamais modifiée.

Elle sourit. Elle trouvait bizarre qu'un homme de science, en parlant d'anatomie, en appelle à Dieu et non à l'évolution.

— Il y a encore quelques dizaines d'années, ce village était isolé et les gens étaient habitués à se battre seuls, ne serait-ce que pour avaler deux repas chauds par jour, lui rapporta le praticien. C'étaient des paysans, mais surtout des bûcherons qui vivaient de la chasse et de l'abattage des arbres. Il n'était pas rare que durant les hivers les plus rigoureux, les femmes avortent ou abandonnent sur le parvis du couvent situé en bas dans la vallée un nouveau-né trop frêle pour survivre. C'étaient des temps désespérés. Heureusement, c'est un lointain souvenir, mais je crois que la faim est restée dans l'ADN des habitants.

— Je ne pensais pas que la situation était si dramatique, admit-elle.

— Et pourtant, si. Les moyens de communication modernes ont aidé à vaincre la misère et récemment le tourisme a amélioré la vie de beaucoup de monde. Mais ils n'acceptent pas tous ces changements.

— Vous faites allusion au groupe de militants qui boycottent le nouveau domaine skiable ?

Il acquiesça.

— Les périodes de transition ne sont jamais faciles.

Elle fit pivoter la chope entre ses mains.

— À propos d'enfants, je voudrais vous poser une question.

— Allez-y, je vous en prie.

— La première victime, Roberto Valent, était-il un père plutôt froid ?

Ian se rembrunit.

— Non, absolument pas, s'empressa-t-il de répondre. Pourquoi cette question ? Serait-il apparu un élément qui…

Elle secoua la tête. Elle ne savait pas pourquoi cette idée lui était venue à l'esprit.

— C'était juste une hypothèse, docteur, qui n'a même pas d'importance par rapport à l'enquête. Je voulais seulement me faire une idée plus précise de qui était Valent.

— Roberto était un homme estimé dans sa profession et un mari exemplaire. En ce qui concerne ses relations avec son fils, je dirais qu'elles étaient excellentes. Diego est un enfant parfait.

Elle commençait à comprendre que les critère de jugement du docteur Ian n'étaient pas les mêmes que les siens.

— « Parfait », répéta-t-elle en hochant la tête. Exactement comme le souhaitait son papa.

— Roberto faisait aussi du volontariat, vous le saviez ?

Elle ne releva pas et lui demanda plutôt si quelqu'un au village avait manifesté des signes de déséquilibre mental, qui se seraient aggravés, en particulier ces derniers mois. Il fit non de la tête.

— L'isolement peut conduire un esprit à vaciller, commissaire, mais tuer, c'est une autre affaire. J'ai vu naître presque tout le monde, ici, au village, et je suis sûr qu'aucune de ces personnes ne pourrait aller jusque-là.

Son regard s'arrêta sur le crucifix qu'il portait autour du cou. Elle évita de lui rappeler que les assassins étaient des fils de Dieu, tout autant que les saints, et qu'il en venait au monde partout, y compris à Travenì.

41

— Reste où tu es.

Parisi lui avait parlé sans lever le nez vers lui, tout en continuant sa partie de billard avec De Carli. Il gagnait sans trop forcer son talent, mais son collègue n'était pas disposé à céder et, de temps en temps, il marquait un point digne de ce nom.

Marini se demanda comment Parisi avait pu deviner ses intentions vu qu'il n'avait pas esquissé un geste. Le policier parut percevoir sa perplexité.

— Elle sait très bien se débrouiller seule, glissa-t-il avec un sourire. Si tu vas la voir maintenant, tu vas juste la foutre en rogne.

Massimo observa Teresa Battaglia. Elle venait à peine de sortir d'un affrontement avec le maire qui avait fait tourner toutes les têtes dans sa direction. Il avait été sur le point de la rejoindre pour faire comprendre à cet homme despotique qu'elle n'était pas seule.

— Je n'ai pas bougé, souligna-t-il. Comment sais-tu que j'allais y aller ?

Parisi haussa les épaules. Il prit le temps de marquer encore quelques points.

— Parce que tu n'es pas le premier. On est tous passés par là. Mais ce n'est pas de ça dont elle a besoin. (Il lui lança un regard.) Si nous-mêmes nous la traitons comme si elle était faible, on ne peut pas s'attendre à ce que ceux qui ne la connaissent pas agissent différemment.

— Pour une femme, c'est plus difficile, convint De Carli. Elle doit continuellement prouver qu'elle ne va pas s'effondrer et qu'elle a la poigne pour nous tenir tous sous son autorité.

Massimo but une gorgée de bière.

— Avec moi, elle ne court pas le risque que je la sous-estime, s'amusa-t-il. Elle me roule dessus comme un char d'assaut.

Parisi éclata de rire.

— Tu es son chouchou, ça se voit. Avant de finir par se souvenir de comment je m'appelais, elle m'a ignoré pendant presque deux ans.

— C'est sans doute parce qu'il lui apporte des bonbons, se moqua De Carli.

Massimo fit une grimace.

— C'est une femme, se défendit-il. D'habitude, elles apprécient ce genre de choses.

— Au contraire ! s'écria Parisi. Avec elle, c'est exactement ce que tu dois éviter. Tu ne dois pas la considérer comme une femme, mais comme une personne, autrement, pour elle, c'est déjà une façon de la discriminer, tu saisis ?

Concernant tout ce qui gravitait autour du commissaire Battaglia, Marini ne saisissait pas grand-chose.

— Il ne m'était encore jamais arrivé de me sentir macho et sexiste à cause d'un geste attentionné, protesta-t-il.

Les deux collègues échangèrent un coup d'œil et rirent.

— Elle, c'est ton commissaire, lui rappela De Carli. Complètement asexuée. Une entité supérieure qui pourrait te compliquer énormément la vie si elle le voulait et, entre parenthèses, elle n'hésiterait pas une seconde.

— Je m'en suis rendu compte. Elle n'a aucune famille ?

Massimo vit l'expression de ses collègues changer. Une pensée oppressante qui venait de les troubler.

— Elle en avait une, répondit De Carli, mais son collègue le fusilla du regard.

Massimo ne comprenait pas leur réserve.

— Et… ? insista-t-il.

Parisi marqua encore un autre point.

— Ça ne s'est pas bien terminé, murmura De Carli. Laisse tomber.

— Qu'y a-t-il ? poursuivit-il, encore plus interloqué. C'est une discussion taboue ? Si c'est fini et qu'elle est seule, il doit y avoir une raison. Elle devrait peut-être reconsidérer sa manière de se comporter avec les autres.

Parisi posa la queue de billard sur la table.

— Le commissaire Battaglia a une famille. C'est nous.

De Carli l'imita.

— Même si nous ne lui dirons jamais, nous serons toujours là pour elle.

Massimo fut surpris de leur réaction. Il tourna la tête en direction du commissaire. Il se demandait ce qu'elle avait fait pour gagner un tel dévouement. Elle ne semblait pas consciente des réactions qu'elle suscitait autour d'elle, ou peut-être ne s'en souciait-elle pas. Quoi qu'il en soit, elle lui faisait l'effet d'une personne seule. C'était cela qui le frappait plus que tout le reste, parce qu'il sentait que ce n'était pas une condition subie, mais obstinément voulue, et Parisi comme De Carli protégeaient son secret. Ils lui avaient laissé entendre qu'il valait mieux ne pas poser de questions, qu'il ne fallait pas s'engager dans cette voie. Massimo se demanda une fois encore ce qu'il était advenu de sa famille. Au-delà des plaisanteries caustiques et de son caractère intraitable, il avait entrevu en elle un côté profondément humain et sensible. Il s'en était rendu compte quand il l'avait vue aux prises avec le petit Diego Valent, et ensuite chaque fois qu'elle avait posé le regard sur une victime. Comme avec ce garçon qu'ils venaient à peine d'interroger, à l'hôpital. Une profonde empathie. Et on la sentait blessée.

Parisi lui posa une main sur l'épaule.

— Une autre bière ? proposa-t-il avec un sourire.

Marini accepta.

— Un jour, tu comprendras, lui assura De Carli en se concentrant de nouveau sur la partie.

— Quoi ?

— Pourquoi nous tenons tant à elle. Tu comprendras, toi aussi.

42

Forêt de Travenì-Aberlinz, 1988

Le soleil de la fin d'après-midi réchauffait les poutres penchées de l'étable et libérait des parfums de bois vieilli, un mélange de miel et de foin. La forêt était d'un vert éclatant, vif et chatoyant, ondoyante sous une brise tiède. Des points lumineux voltigeaient entre les brins d'herbe : c'étaient des insectes en pleine activité et des pollens impalpables. Le chant des oiseaux était une mélodie qui, de l'aube au coucher du soleil, alternait avec celle des grillons.

L'enfant apprenait le monde à travers une brèche entre les poutres porteuses des cloisons. Elle s'était ouverte avec le temps, suite à l'alternance des étés chauds et des hivers rigoureux. Les petits doigts pointaient de l'autre côté de la barrière et dansaient dans l'air, à l'air libre. Les animaux de la forêt avaient appris à le connaître et ne le redoutaient plus. Ils s'approchaient parfois pour le lécher et l'effleurer de leur pelage. Il recherchait alors ce contact frémissant et sentait battre sous leur peau un cœur similaire au sien. La première fois, il en avait été surpris, un soir, deux printemps auparavant. Il avait appuyé de tout son corps contre la cloison pour allonger le plus possible le bras à travers le trou. Une paume posée sur la poitrine du cerf et l'autre sur la sienne, il avait reconnu la vie. Il l'avait sentie palpiter avec la nuit, accompagnée des hululements de hiboux et du grondement du terrain. Il était resté ainsi, à observer le ciel, avec l'animal immobile qui broutait tout près de lui, de l'autre côté de la barrière.

Il connaissait désormais le mouvement des étoiles et de la lune, la géographie du monde au-dessus de sa tête, la danse du temps et des saisons, l'alternance de la vie et de la mort, dans les bois.

À travers ce trou, il avait vu naître les animaux et les avait aussi vus s'endormir pour toujours, se consumer et se fondre avec la terre. Il avait observé quand les femelles choisissaient leur mâle et il s'était demandé d'où lui-même venait.

Il s'enroula le fil autour du doigt, fit un nœud et l'enfila dans la fente. Il plaqua l'oreille contre les planches et écouta le léger trottinement des lézards qui venaient se réchauffer au soleil. Il fallait du temps pour choisir le moment adapté, mais il en avait beaucoup et il avait appris au contact des renards à se montrer patient. Il tira sur le fil et le lacet se referma autour du lézard. Il l'attira vers lui à travers la fente. La petite bestiole se démenait entre ses mains, presque sans rien peser. Il le serra avec délicatesse tout en allongeant le bras vers l'angle le plus obscur de la pièce.

La créature qui lui tenait compagnie depuis quelque temps se terrait toujours là, où la lumière ne pouvait l'atteindre. Le monde extérieur l'épouvantait, mais il n'y avait aucune raison. Il la protégerait, comme il avait vu faire les mères avec leurs petits.

Il l'appela avec un petit cri feutré, mais elle ne sortit pas de son refuge. Il essaya de lancer un petit morceau de nourriture dans sa direction, mais cela non plus ne put la forcer à quitter la pénombre.

Alors il posa le lézard par terre et le fit courir en tous sens, attaché à son fil. Finalement, quelque chose bougea avec un bruissement.

Une petite main surgit de l'obscurité.

43

Avec l'autorisation du commissaire principal, Teresa avait fait transférer la brigade au poste de police de Travenì. Coordonner les enquêtes depuis le village permettrait d'économiser du temps et des ressources. À la vérité, pourtant, elle sentait qu'il allait bientôt se produire quelque chose d'autre. La mort n'en avait pas encore fini avec ces lieux, elle en avait la certitude.

Elle avait aéré la chambre et préparé le lit avec les draps et les couvertures que le chef Knauss leur avait distribués. Après une douche chaude, elle s'était fait une injection d'insuline et avait installé le peu d'effets personnels qu'elle avait apportés de la ville.

Par la fenêtre, les lampadaires de la cour illuminaient la chute de neige la plus abondante qu'elle ait vue ces dernières années. Elle resta un long moment à regarder la descente des gros flocons, en y puisant une paix qu'elle n'avait plus ressentie depuis longtemps. Elle se souvenait des hivers de son enfance, des maisons recouvertes presque jusqu'aux toits par des monticules moelleux modelés en forme de vagues par le vent, des descentes de la colline sur sa luge, des batailles de boules de neige et du poids tendre des cristaux qui se posaient sur son visage levé vers le ciel.

Ces dernières heures, elle s'était souvent interrogée sur l'opportunité de continuer à suivre l'affaire. Elle sentait qu'elle n'était plus en mesure de pousser son corps jusqu'aux extrémités que requéraient ce genre d'investigations. Ce corps, il continuerait de la servir malgré tout : malgré ses exigences déraisonnables, ses valeurs physiologiques à la limite, la fatigue et la peur. Les muscles endoloris, le froid, la chaleur, le manque de sommeil. C'était elle qui ne voulait plus lui réclamer tout cela.

Mais la décision ne tenait pas qu'à elle. Les voix des victimes l'accompagnaient à tous les instants de la journée et, dans la noirceur de la nuit, elles s'élevaient avec plus de force. Elles ne lui permettraient jamais de se reposer, tant que le coupable ne serait pas démasqué et que ce cercle de mort ne serait pas brisé.

Comme une guerrière épuisée, elle ferma les rideaux sur ses souvenirs et sur ses besoins. C'était comme de rassembler ses armes et de se relever. Elle sortit un cahier qui serait son journal. Elle l'avait acheté ce matin, et il était encore emballé. Elle déchira l'enveloppe, l'ouvrit et en caressa les pages.

Elle devait réorganiser son quotidien, se montrer encore plus méthodique, gardienne d'elle-même. Elle noterait les moments saillants de sa vie : en commençant par le passé, par cette nuit même, elle arriverait un jour dans le futur, parce qu'elle voulait aussi consigner les rêves non encore réalisés, les aspirations, les projets et tout ce pour quoi il subsistait encore une place dans sa vie, au-delà de ce que le destin voulait bien lui accorder. Au cours des journées à venir, elle comptait aussi mettre sa mémoire à l'épreuve et comprendre si elle avait perdu le moindre élément de tout ce qui était arrivé. Elle ne voulait pas se résigner à l'idée d'être malade.

Sur la première page elle écrivit le nom qu'elle n'avait pas encore eu le courage de prononcer : la maladie qui peut-être – peut-être – avait commencé de l'agresser un peu trop tôt.

L'écrire lui coûtait un effort, celui d'avoir à l'admettre dans son existence. À présent, elle en faisait partie, c'était un personnage de son histoire, mais ses lèvres se refusaient encore à donner vie à ces sonorités, comme si laisser ces mots dormir entre les pages pouvait en suspendre la condamnation. C'était un sortilège auquel elle aurait voulu croire de toute son âme.

Deux coups à la porte réclamèrent son attention. Elle referma son journal, mais le rouvrit aussitôt et barra ce nom avec des gestes fébriles. Elle n'était pas encore prête à le regarder dans les yeux. Elle alla ouvrir et découvrit Marini appuyé au montant de la porte. Il lui sourit, avec un paquet de biscuits dans les mains. Cela finissait par devenir un vice.

— Vous n'avez rien mangé, fit-il.

Elle lui prit le paquet et lut l'étiquette. Elle aurait dû s'y attendre.

— Ils sont pour diabétiques, protesta-t-elle.

— Si vous ne les aimez pas, je les reprends.

Elle les conserva.

— Je te donne quartier libre et toi, au lieu de t'occuper de tes affaires, tu vas m'acheter des biscuits ?

Il ne répondit rien.

— Quand cesseras-tu de rechercher mon approbation ? Je ne suis pas ta mère, dit-elle sans animosité aucune.

Elle commençait à le trouver attendrissant. Horripilant, mais attendrissant.

— Vous êtes ma supérieure. Et vous êtes forte, répliqua-t-il.

— Ah, alors maintenant, voilà que j'ai été promue. Hier encore, j'étais une cartomancienne de baraque de foire.

— Je n'ai jamais pensé ça.

— Vraiment ? Eh bien, peut-être que tu aurais dû : l'enquête est au point mort.

Elle n'oublierait jamais le sourire qui se dessina sur les lèvres de Marini : il annulait d'un coup des jours entiers de fatigue et de tension.

— Nous avons un nom, commissaire. Il coïncide avec le profil que vous avez dressé.

44

Lucas Ebran, trente-neuf ans. L'homme habitait avec sa mère dans un hameau de la vallée, sur la route qui conduisait à Travenì. À l'âge de treize ans, il avait incendié les toilettes de l'école et, récemment, il s'était disputé avec ses voisins. Ceux-ci étaient convaincus qu'il avait tué leur chat. Leur chien aussi avait disparu après avoir été aperçu en sa compagnie, et on ne l'avait plus jamais retrouvé. Ils soupçonnaient Ebran parce qu'il était étrange, affirmaient-ils, et ils avaient fini par craindre les regards hallucinés et les silences avec lesquels il accueillait leurs saluts.

— Épisode de pyromanie et suspicion de violence sur animaux. Excellent travail, Parisi, le félicita Teresa.

— Son père était chasseur, continua l'officier de police. Il s'est suicidé en se tirant un coup de fusil dans la bouche quand le fils était adolescent. C'est Lucas qui a découvert le corps à la cave.

Elle tenta d'imaginer le traumatisme que cela avait dû représenter, à une période de la vie aussi délicate que celle où l'on affronte l'entrée dans l'âge adulte, mais où les émotions intérieures et les appréhensions sont encore celles d'un enfant. Elle le voyait descendre l'escalier qui menait à la cave, sentir l'odeur de la mort, ouvrir la porte sur l'obscurité et découvrir le corps gisant de son père.

— Quel travail fait-il ?

— Il est sans emploi actuellement. Il connaissait la première victime, commissaire : il avait travaillé comme maçon sur le chantier de la station de ski. Il a été licencié deux semaines avant la mort de Valent parce qu'il était incapable de s'acquitter de ses missions de manière fiable, même les plus élémentaires.

Elle sentit un fourmillement lui parcourir le corps. C'était une excitation qu'elle devait tenir sous contrôle.

— Sa psychose ne le lui permet pas, fit-elle, l'esprit ailleurs.

Parisi continua.

— Il a été vu à maintes reprises rôdant en lisière de la forêt. Il espionnait les maisons. Un habitant a pris peur, il croyait que l'autre avait l'intention de venir harceler sa fille adolescente. Nous sommes à sa recherche.

Elle savait que toute la brigade l'observait, en attente de sa réponse. Elle devait prendre une décision qui allait changer la vie d'un homme. Ebran pouvait aussi bien être un assassin sans pitié qu'un inadapté qui vivait en marge de la société, mais totalement inoffensif.

Peut-être le chat avait-il été empoisonné par quelqu'un d'autre et le chien s'était-il enfui. Peut-être Lucas Ebran avait-il été un adolescent difficile parce qu'il souffrait de l'abandon du père, et il détestait ses voisins parce qu'il sentait tout le poids de leur jugement. Il observait les familles parce qu'il les enviait et il aurait voulu un peu de cette chaleur pour lui-même, et les adolescentes parce qu'elles étaient belles et qu'il n'avait jamais eu de petite amie.

Rien n'interdisait de penser qu'Ebran était un peu de tout cela sans être un meurtrier. Pourtant, Battaglia ne pouvait se permettre d'avoir des doutes. Elle avait horreur de se voir aussi intransigeante, et l'unique moyen de se supporter était de se répéter que, si elle ne faisait rien, quelqu'un allait peut-être mourir et vivait les derniers instants de son existence dans l'ignorance absolue qu'il était à deux doigts de la perdre.

— D'accord, fit-elle. D'ici cinq minutes, vous m'appelez le substitut du procureur. Dans l'intervalle, moi, je résous un problème.

45

Elle retrouva Hugo Knauss dans la cuisine, il se préparait un thé. La bouilloire gargouillait sur la cuisinière et le sachet était déjà prêt sur la table, avec une rondelle de citron dans la soucoupe.

— Posez cette tasse et tournez-vous, ordonna-t-elle sèchement.

Il fut si surpris qu'il obéit.

— Quelque chose ne va pas ? s'étonna-t-il.

La lumière lui sculptait le visage. La peau brunie et mangée par le froid, il évoquait un masque ligneux, œuvre d'un artiste farceur : les oreilles trop grandes, le nez trop petit, les yeux trop rapprochés…

Elle ne se laissa pas abuser par l'expression affable. Elle était certaine qu'il n'aurait pas perdu ce faciès souriant même face à la plus grande tragédie. C'était sa marque de fabrique, une sorte de pli dans la trame du visage. Il fallait qu'elle le remette à sa place, sur-le-champ, ou cet homme perdrait tout respect pour sa position.

— Quelque chose ? Grosso modo, tout ce que vous avez fait depuis notre arrivée, rétorqua-t-elle. Lucas Ebran : ce nom vous dit *quelque chose* ?

Knauss baissa un instant les yeux avant de répondre : il savait qu'il avait commis une erreur. Restait à comprendre s'il l'avait commise avec la volonté d'entraver le cours de l'enquête ou pas.

— Ebran, soupira le policier en éteignant le gaz. Ça ne peut pas être lui.

Elle avait envie de le gifler. Il n'avait pas compris la question.

— Le problème n'est pas Ebran. Enfin, peut-être pas. Le problème, chef Knauss, c'est que je dois pouvoir me fier à mes collaborateurs. Je dois être sûre que les yeux et les oreilles de ceux qui travaillent avec moi me sont acquis, et avec vous, je ne le suis pas. Vous devinez pourquoi ?

Elle inclina la tête et attendit la réponse.

L'autre s'humecta les lèvres, son regard erra dans la pièce, comme s'il cherchait les mots justes. Il n'y en avait pas. Elle n'était pas là pour obtenir des explications ou recevoir des excuses. Elle était là pour rétablir la hiérarchie, un ordre déplaisant, certes, mais nécessaire. Parfois, elle se sentait comme un vieux cerf qui défiait les plus jeunes à coups de cornes à seule fin de conserver son territoire et la tête de la harde. À ceci près qu'elle était née femme et qu'elle n'avait même pas une si grande envie que cela d'encorner les autres. Elle trouvait ça exténuant et inutilement ennuyeux, mais si cela lui permettait de mieux faire son travail, alors elle était prête à frapper, avec plus de force que n'importe qui d'autre.

— Alors ? le pressa-t-elle.

Il soupira de nouveau. Peut-être commençait-il à comprendre qu'il ne l'écarterait pas si facilement de son chemin.

— Cela ne se reproduira plus, promit l'autre. Je vais tout vous expliquer.

Elle opina, mais bien que son fils soit impliqué dans cette affaire, elle n'était pas du tout sûre que Knauss se range véritablement dans le bon camp.

— David a fini à l'hôpital parce qu'il a très probablement croisé le tueur que nous recherchons et vous êtes encore occupé à vous livrer à un bras de fer avec moi, martela-t-elle. Si votre fils est vivant, c'est un pur hasard. Retenez bien ceci, chef, la prochaine fois que l'envie vous viendra de diriger cette enquête à ma place.

Elle le vit déglutir, la bouche sèche.

— Ebran est un malheureux, dit-il, et sa mère est malade.

— Et son père est mort, et il n'a pas d'amis, chantonna-t-elle. (Elle s'approcha de lui, et leva le menton pour planter ses yeux dans les siens.) Je m'en fiche si vous croyez que, pour cette seule raison, il ne peut être l'homme que nous traquons. Je m'en fiche que vous soyez un incompétent. Mais ne venez plus entraver mon enquête.

Il donnait l'impression de ne même plus respirer.

— Je n'ai jamais rien voulu entraver, se défendit-il.

Elle ne recula pas d'un millimètre.

— Vous me taisez encore une information importante de ce genre ou vous prononcez encore un mot de travers et je vous jure que je vous éjecte de l'affaire.

46

Le monde n'avait plus de sons, hormis le crépitement sourd de la neige fraîche qui s'ajoutait à celle qui était déjà tombée. La nuit avait transformé les premiers flocons timides en une tempête silencieuse. C'était un hiver imposant. La forêt formait une vaste étendue de cristaux, de terriers bien chauds qui accueillaient des animaux roulés en boule, et de branches lestées de lourdes masses blanches qu'elles secouaient de temps à autre en ployant jusqu'à terre. Quelques bêtes erraient encore en quête de nourriture, avec leur paire d'yeux iridescents dans l'obscurité, le pelage blanchi et des glaçons accrochés aux poils du museau. De la vapeur s'échappait par bouffées de leurs naseaux.

Il observait le bois depuis sa cachette au pied d'un épicéa centenaire, les mains plaquées contre son corps à la recherche de chaleur. Il attendait, patiemment.

Il était en chasse d'une proie qu'il suivait depuis des semaines. Il avait étudié ses habitudes, les trajets qu'elle effectuait, ceux de ses semblables qu'elle rencontrait. Il savait que cette nuit, tôt ou tard, elle passerait par là et il s'était préparé à l'accueillir. Même la tourmente ne la détournerait pas de son intention : elle était routinière.

Peu après, il la vit arriver. Les lumières du véhicule de métal dont elle se servait pour se déplacer pénétrèrent au cœur de la forêt et illuminèrent son repaire un instant, quand les phares s'engagèrent dans le premier virage.

Il se leva et il en suivit la trajectoire, accroupi dans le sous-bois. Le véhicule avançait au ralenti. L'obscurité l'avait surpris dans un passage difficile, où la montagne se faisait rude et la glace si épaisse qu'elle ne fondrait pas avant le printemps, et l'engin avançait avec difficulté, ballotté, en relâchant dans l'air ambiant des gaz à l'odeur âcre.

La proie était nerveuse. Il le comprenait même à cette distance, rien qu'en scrutant son profil tendu. Les yeux étaient enfoncés, plissés, tentant de trouver une concentration qui leur faisait défaut. Les lèvres semblaient comme rentrées dans la bouche. La proie était mal à l'aise, probablement même épouvantée. Elle se sentait exclue d'un lieu où lui, au contraire, régnait en maître. Elle était déjà sienne.

Au troisième virage, comme prévu, l'engin de métal s'arrêta. Il stationna un long moment au centre de la route, sans qu'il ne se produise rien, puis la portière s'ouvrit et la proie descendit. Au contact de l'air glacial, il la vit s'emmitoufler dans ses habits et mieux caler son béret sur sa tête en tapotant dessus du plat de la main.

Devant elle, illuminée par les faisceaux de lumière jaune, une silhouette sombre attendait, renversée sur le flanc. La neige ne l'avait pas encore recouverte et sa fourrure hirsute luisait dans la nuit.

La proie s'approcha de la carcasse du sanglier qu'il avait pris soin de déposer sur la chaussée peu de temps auparavant, à cet emplacement précis. Elle réfléchissait peut-être déjà au moyen de la charger et de l'emporter, pour se nourrir de sa viande.

Il l'observait, prêt à l'attaquer. En se déplaçant dans son dos, il sortit du sous-bois. La neige étouffait le bruit de ses pas. Il s'imaginait que c'était comme de marcher sur les nuages.

Ses mains tremblaient. Le cœur, en revanche, restait calme. Il n'y avait pas de tension, il n'y avait pas d'urgence. Uniquement le besoin de lui ôter la vie, comme l'hiver ôtait celle des fleurs et de l'herbe.

À quelques pas de ce corps qui dégageait une mauvaise odeur, il s'immobilisa. Il attendit que la proie se rende compte de sa présence et lève sur lui ces yeux qu'il avait appris à connaître ces derniers temps. Des yeux qu'il n'avait jamais vus chez aucun animal, uniquement chez ceux de son espèce : ils lui faisaient penser à l'eau sale du fleuve après une crue. Ils étaient troubles, traîtres, boueux.

La proie penchée sur la carcasse redressa l'échine. Elle s'était enfin rendu compte qu'elle n'était pas seule. Elle tourna la tête, scruta entre les bourrasques de neige la silhouette qui barrait son champ de vision, entre le véhicule et elle. Elle se remit debout. D'après son expression, elle n'avait pas encore compris.

Elle ne comprenait pas que celui qui méprise la vie devra tôt ou tard le payer de la sienne.

Elle ne comprenait pas que celui qui tourmente les plus faibles trouvera tôt ou tard plus fort que lui sur sa route.

Et surtout, elle ne comprenait pas qu'elle était déjà morte.

47

Où en suis-je ? Je me perds même quand j'ai encore toute ma tête. Je n'imagine pas ce que ça sera quand surviendra la véritable confusion (j'ai décidé de l'appeler ainsi). Je suppose que la fatigue de ces dernières heures aggrave mon état, au lieu de stimuler les synapses et de tenir en éveil les cellules cérébrales qui me restent, celles qui ne sont pas moribondes. Celles qui sont déjà mortes, je n'en tiens aucun compte.

Ce journal ne devait pas être un Mur des Lamentations, et pourtant j'ai l'impression de devenir une vieille pleureuse, en plus d'être une emmerdeuse.

Alors, où en suis-je ? Ah oui, au stade crucial.

Lucas Ebran : principal suspect.

Après des journées de lumière métallique et de nuits précoces, ce matin-là, les toits et les rues des villages de la vallée brillaient sous un soleil éclatant. La tempête de neige semblait avoir purifié toute chose. Il n'y avait plus trace de grésil sale et détrempé sur les bas-côtés, de fenêtres maculées de pluie et de nature pourrissante dans les caniveaux. Tout était immaculé et recouvert de formes arrondies. Tout dégageait un parfum de glace et de bûches qui flambaient dans les cheminées.

Quand Teresa et Marini arrivèrent devant la maison de Lucas Ebran, la voiture du chef Knauss était déjà garée dans l'allée. Le policier s'était autorisé à les précéder pour ne pas perturber la mère, âgée et malade. Il était convaincu d'être mieux à même de trouver les mots pour lui expliquer la situation. Au téléphone, peu de temps avant, il avait déjà annoncé à Teresa que Lucas ne se trouvait pas au domicile et que la mère ne savait pas où il était.

Dès qu'elle descendit de voiture, Teresa remarqua quelqu'un à la fenêtre du pavillon voisin. L'ombre se retira immédiatement.

— Les voisins sont du genre curieux, observa Marini.

Elle évita de jeter encore un œil dans cette direction.

— Ils veulent se sentir en sécurité, commenta-t-elle. Ils brûleraient n'importe quelle sorcière sur le bûcher, rien que pour se libérer de la peur.

Ce fut Hugo Knauss qui ouvrit la porte de la maison des Ebran. Après la confrontation qu'ils avaient eue quelques heures auparavant, le policier avait du mal à soutenir le regard de Battaglia. Elle ne lui faisait plus confiance. Son attitude hostile risquait de s'avérer dangereuse. Elle l'avait aussi remarquée chez la veuve Valent. Travenì formait une communauté protectrice envers ses habitants et méfiante vis-à-vis de l'extérieur. Cette communauté s'était refermée sur elle-même. Personne ne répondait volontiers aux questions des enquêteurs. Dans la mesure du possible, les gens d'ici évitaient tout contact avec eux, fût-ce un simple coup d'œil. Ils préféraient protéger un assassin plutôt que de se sentir sujet d'observation et objet du jugement de ceux qu'ils considéraient à tous égards comme des étrangers.

Ce n'était que maintenant que Teresa s'était rendu compte de la manière dont la population traitait les touristes : comme un mal nécessaire auquel il ne fallait pas laisser entrevoir ce qu'elle pensait de la situation. Elle avait compris qu'elle ne recevrait aucun soutien et aucune collaboration de ce noyau très ancien, inviolable, forgé par des siècles d'isolement. Elle avait ordonné à Parisi d'enquêter sur les rapports de force au sein du village, sans en informer Knauss. Il leur fallait trouver le maillon faible, celui qui serait disposé à parler : un exclu, comme eux, qui, soit du fait de son mécontentement, soit en raison de son désir d'attirer l'attention, serait en mesure de leur révéler les péchés du village. Elle connaissait ce genre de communautés, elle avait déjà eu affaire dans le passé à des cas similaires, et elle savait qu'elles comportaient toujours en leur sein un individu marginalisé qui ruminait sa colère et son envie de vengeance. Ils finiraient par le trouver. Ce qu'elle voulait, c'était un nom, un profil compatible : le criminel connaissait les lieux, et ces lieux devaient le connaître.

La mère d'Ebran était plus âgée qu'elle ne s'y était attendue, ou peut-être était-elle simplement usée par une vie difficile. Le corps en surpoids était engoncé dans un fauteuil défraîchi et taché. Les jambes gonflées qui saillaient de la robe laissaient penser à une maladie en cours d'évolution. Les cheveux décoiffés retombaient sur un visage dénué d'expression. La femme semblait épouvantée et en colère, et c'est à peine si elle répondait aux questions de Knauss.

La réaction était invariablement la même : elle ne savait rien, elle ne comprenait pas. Elle récriminait contre Parisi, qui l'observait.

— Vous venez ici chercher mon fils, alors que le village est plein de secrets ! Des gens qui remplissent l'église le jour et qui la nuit occupent le lit de quelqu'un d'autre ! Hypocrites ! Allez donc compter les enfants bâtards de Travenì ! Il y en a des centaines !

Teresa détournait le regard, par pudeur, afin de ne pas offenser cette créature en difficulté par une curiosité morbide. Elle éprouvait de la peine pour elle et de la peur pour elle-même. Elle craignait que, d'ici peu, l'image que cette femme offrait d'elle puisse devenir aussi la sienne.

— Fais en sorte qu'elle cesse, glissa-t-elle à Marini.

Des mots qui résonnaient comme une prière. Elle s'en rendit compte et sortit de la pièce.

Le reste de la maison était comme le salon : oublié, figé dans un passé lointain, peut-être celui de l'espérance et de la félicité, quand la famille était complète.

La chambre de Lucas était celle d'un adolescent : de vieux posters aux coins râpés, fixés aux murs, une guitare appuyée dans un coin, le lit défait et des vêtements qui traînaient sur le sol, à l'abandon.

Elle sentit la présence de Marini dans son dos. Aucune voix n'était plus audible du salon.

L'inspecteur enfila une paire de gants et ramassa une chaussure.

— Pointure quarante-cinq, observa-t-il. C'est compatible avec les empreintes du tueur.

Sous le lit et dans l'armoire, ils trouvèrent des piles de magazines pornographiques.

— Ce garçon apprécie les pratiques violentes, releva-t-il en feuilletant quelques pages.

Teresa lui arracha la revue des mains et la jeta sur le lit.

— S'il était si facile d'en déduire un profil psychologique, tu y arriverais toi aussi, siffla-t-elle.

Pour une raison qui lui échappait, elle se sentait triste pour eux, pour la mère et pour le fils qui, à un certain stade de leur vie, s'étaient laissés partir à la dérive. Elle s'efforça de rester lucide et distante.

— Le fait qu'à son âge il recherche certaines satisfactions sur papier et pas avec une femme bien réelle est assez symptomatique, dit-elle. Je ne crois pas qu'il ait jamais eu de relation sentimentale. Il vit avec une mère qui est l'image même de la décrépitude physique et mentale. Et il est très probable qu'il n'ait aucun ami.

— Cela fait des années que je n'avais plus vu de magazines de ce genre. Il ne sait pas que c'est plus commode et plus économique d'aller fureter sur Internet maintenant ?

À cet instant, elle se rendit compte de l'absence d'appareils électroniques, dans toute la maison. Il n'y avait pas d'ordinateur, pas de portables et encore moins de télévision. Cet endroit semblait ressorti du passé, d'au moins une vingtaine d'années en arrière.

Teresa indiqua la date de publication imprimée sur la couverture.

— Elles appartenaient sans doute à son père.

Les meubles et les bibelots attestaient d'une situation économique difficile. Il y avait une bibliothèque pleine de livres sur la faune de la région. Il y en avait aussi sur la commode. Ebran était fasciné par les animaux sauvages, à ce qu'il paraissait. Une carte géographique du monde était affichée au mur, où divers points étaient marqués au stylo-feutre. La mélancolie qu'elle en éprouvait lui fit lâcher un soupir.

— Tous les voyages qu'il n'aura jamais pu effectuer… murmura-t-elle.

Elle sentit les yeux de Marini posés sur elle.

— Vous avez l'air de ressentir de la compassion à son égard.

— Cela s'appelle de l'empathie.

— Il pourrait être le tueur.

— Oui, il pourrait.

— Et ça, pour vous, ça ne signifie rien ?

— Bien sûr que si. Que tout tueur en série, avant de franchir le point de non-retour, a d'abord été un être humain qui a souffert. Très souvent maltraité. Et forcément très seul.

Le portable de Marini sonna. Il s'entretint brièvement avec la centrale de Travenì avant de raccrocher.

— On a signalé la disparition d'un homme. Il s'appelle Abramo Viesel, l'informa-t-il. Hier soir, il ne s'est pas présenté chez sa sœur où il était attendu pour dîner, et son téléphone reste injoignable depuis des heures. La sœur est bloquée par la neige et elle est inquiète. Elle affirme que ce n'est encore jamais arrivé.

Battaglia écarta les rideaux de dentelle jaunie et regarda par la fenêtre. Dans le jardin recouvert d'un manteau blanc pointait une touffe de feuilles fuselées et des baies rouges.

48

Abramo Viesel travaillait à l'école de Travenì, où il était surveillant. Il était divorcé, sans enfants. Une fois par semaine, il dînait chez sa sœur, Caterina, qui vivait avec sa famille dans un chalet juste à l'extérieur du village, dans une plaine assez isolée.

Pour parvenir jusque-là, Battaglia et Marini avaient dû attendre l'arrivée d'un chasse-neige. Ils suivaient l'engin au pas sur la route qui serpentait en une succession de virages en épingles à cheveux difficiles à négocier. Depuis qu'ils s'étaient mis en route, Marini n'avait pas prononcé un mot, concentré sur sa conduite. Teresa observait le paysage. À peine avaient-ils entamé la montée qu'ils avaient été engloutis par les nuages bas qui ceinturaient la montagne comme une couronne. Le monde avait de nouveau changé : ce n'étaient que limbes suspendus entre la brume, la glace et l'absence de lumière.

Après quelques virages, le chasse-neige s'arrêta. Par sa vitre baissée, le conducteur attira leur attention en levant le bras. Ils immobilisèrent leur voiture et descendirent. L'air était dense, chargé de minuscules particules d'eau. Ils respiraient les nuages.

L'homme indiqua une forme immobilisée au milieu de la chaussée. À une centaine de mètres devant eux, deux feux clignotants trouaient le brouillard.

— Enfermez-vous à l'intérieur et ne descendez sous aucun prétexte, ordonna Marini au conducteur de l'engin. L'autre n'eut pas à se le faire redire deux fois.

Teresa et lui sortirent leurs armes de leurs étuis et commencèrent à s'approcher. Le moteur de la Jeep était allumé, les gaz d'échappement se mélangeaient à la brume.

Ils avancèrent en vérifiant les ombres à leur hauteur, sursautant quand de la neige tombait d'une branche trop chargée.

— Il y a quelqu'un à l'intérieur, souffla Marini.

De l'arrière du véhicule, on pouvait discerner la tête d'un homme couverte d'un chapeau. La plaque d'immatriculation concordait avec celle qu'ils recherchaient.

L'inspecteur appela Abramo Viesel par son nom, mais la silhouette à l'intérieur de l'habitacle demeurait immobile.

Teresa désigna la neige sous la portière côté conducteur. Elle était rougie. Des gouttes de sang en tombaient encore. Elle ferma un instant les yeux.

Trop tard, une fois de plus, comprit-elle.

Marini ouvrit la portière et lâcha un juron. Le corps était installé derrière le volant, les mains ligotées à ce dernier avec de la corde.

— La peau est couverte de sang, mais les vêtements sont propres, remarqua-t-il.

Le commissaire sentit trembler sa main qui tenait encore le pistolet. Elle abaissa son arme.

— Ce n'est pas de la peau. Il la lui a retirée. Et ensuite, il lui a remis ses vêtements.

Elle dut s'éloigner pour se reprendre, se maîtriser. Elle observa la scène. Les phares éclairaient un monticule sur la route. Dans un rayon de deux mètres, le sol avait perdu sa blancheur immaculée. La neige ressemblait à une boule de glace à la fraise. À cette comparaison spontanée, elle sentit la nausée monter en elle : ce qui teintait cette neige, c'était de l'hémoglobine. Du sang. C'était là que le criminel avait célébré son rite.

Elle se baissa et balaya la couche de poudreuse. Un pelage d'animal pointa du monticule.

— C'est peut-être comme ça qu'il les incite à s'arrêter, s'écria-t-elle d'une voix forte pour que Marini l'entende.

Il la rejoignit. Il avait les traits tirés et le regard inquiet. Elle dégagea le reste de neige et retourna la carcasse, non sans mal. C'était un sanglier.

— Les pattes sont attachées par une corde, observa-t-il. Il l'a pris au piège. Il ne l'a pas tiré au fusil. Et l'os du cou est fracturé… La force qu'il faut pour faire ça…

Elle acquiesça.

— Notre tueur n'aime pas les armes. Il tue et chasse à mains nues.

— C'est infiniment plus coûteux en énergie.

— Et risqué. Ne jamais sous-évaluer la force dont est capable une victime acculée au désespoir. Mais peu leur importe.

— Leur ?

— Ceux de son espèce. Ils sont fascinés par le sang. Ed Kemper tronçonnait les cadavres de ses victimes pour jouer avec leurs organes internes.

— J'ai le droit de vomir ?

— Oui, mais pas sur mes pièces à conviction, inspecteur.

— Vous pensez que l'auteur de ces actes se livre aussi à ce genre de rituels ?

— Comment ça ?

— Je ne vois pas la peau de la victime. Il l'a aussi emportée avec lui ?

Elle soupira. Elle était fatiguée, abattue. Pas de trace en elle de la rage qu'elle aurait tant voulu éprouver.

— Appelle la centrale, ordonna-t-elle. Fais venir la Scientifique.

Elle se releva non sans lassitude et remarqua par terre, à l'écart et loin des traces, un caillou ensanglanté. Abrité par les branches d'un épicéa, il n'était pas recouvert de neige. Le meurtrier avait pu s'en servir pour assommer la victime, en la frappant à la nuque, peut-être.

Elle revint vers le corps, s'approcha pour inspecter la tête. Elle jeta un œil sous le chapeau en feutre, sans rien toucher : il avait aussi procédé à l'ablation du cuir chevelu.

Un souffle léger lui chatouilla le visage. Un souffle tiède. Sans comprendre, elle demeura interdite, les yeux écarquillés. Quand l'idée se fit jour dans son esprit, elle se sentit défaillir.

— Il est vivant ! hurla-t-elle.

49

Bergdorf, 12 novembre 1978

Journée d'observation n° 94

À première vue, les sujets sont sains, ils ne présentent pas d'affections ou de pathologies graves, et pourtant ils continuent de manifester les symptômes de ce que mon collègue René Spitz appelait « dépression anaclitique ». Je définirais leur état comme une sorte d'état de veille léthargique.

Il est intéressant de souligner cependant qu'un seul individu a eu une réaction partiellement différente. Le sujet, à l'inverse des autres, fait preuve d'une réactivité très vive, même en l'absence de stimuli. Il a beau être privé lui aussi de toute mimique faciale, en deux occasions, l'opératrice a pu qualifier son regard de « conscient ».

Comme je m'y attendais, il a commencé par refuser tout contact physique en se montrant agressif face à toute tentative d'approche. L'opératrice est convaincue qu'il exerce sur les autres une certaine influence négative.

Même privée de fondement scientifique et influencée par certaines superstitions, cette intuition renforce indirectement ma théorie : il présente en lui la « composante alpha primitive ». Pour reprendre le terme de Freud, c'est un « Père » : le mâle puissant, l'individu doté d'une force extraordinaire, qui lui permet de prendre l'ascendant sur la multitude et de soumettre la horde primitive, la forme la plus primordiale de société humaine.

Le « Père » est pourvu d'une aura mystérieuse qu'on peut qualifier de magnétisme animal. Comme un hypnotiseur, il suggestionne avec le regard. Dans l'hypnose, à bien y réfléchir, il y a une dimension inquiétante : le fait de prendre sans demander, d'entrer sans être invité.

En fait, le sujet examiné possède ce que Freud appelait le mana.

Poussé par les considérations émanant de l'opératrice, j'ai observé le comportement des individus qui lui sont liés.

Ce que je peux affirmer, pour le moment, c'est que l'état des individus les plus proches du mâle Alpha se dégrade moins vite que celui des autres, comme si une sorte de communication leur avait permis de dépasser leur isolement et d'atteindre une force supérieure (celle du « Père » ?).

À ce stade, il est légitime de se ranger aux observations finales de Spitz : les inter-actions sociales sont essentielles à la survie des humains.

À ceux qui objecteront que le sujet est trop jeune pour manifester les attitudes d'un « Père », je réponds en citant Freud :

« L'homme primitif survit en nous, de sorte que n'importe quel groupe humain peut reconstituer la horde primitive. »

C'est ce qui est en passe de se produire.

50

Le commissaire Battaglia avait voulu suivre l'ambulance qui conduisait Abramo Viesel à l'hôpital, jusqu'en ville. Massimo avait insisté pour l'accompagner en lançant la voiture à une vitesse folle dans le sillage des sirènes mugissantes. Durant le trajet, ils n'avaient pas prononcé un mot, ni l'un ni l'autre. Il feignait d'être absorbé par sa conduite, et elle de suivre le paysage par la fenêtre en mangeant les bonbons qui irritaient tant l'inspecteur. Il ne comprenait pas qu'elle puisse prendre sa santé à ce point à la légère. Elle les mettait en bouche lentement, l'un après l'autre, et il était sûr qu'elle le faisait exprès pour lui donner tout le temps de protester. Et pourtant, Massimo ne pipait mot. Le malaise qu'il ressentait était trop profond pour laisser place à autre chose que le silence. Il connaissait les pensées du commissaire, et la soupçonnait d'en faire autant avec les siennes. Enfin, quelque chose les réunissait, mais c'était un élément tragique : ils avaient été témoins d'une violence qui annihilait l'âme. Ils avaient partagé la noirceur la plus profonde et ils en étaient restés le ventre noué et le cœur plus lourd.

Ils arrivèrent aux urgences quand les ambulanciers sortaient déjà la civière, avec une énergie frénétique. Peu après, les portes automatiques engloutirent Viesel, avant que le calme ne se rétablisse.

— Va-t'en, Marini, décréta le commissaire.

Massimo ouvrit la bouche pour protester, mais elle ne lui en laissa pas le temps.

— Je reste ici. Toi, tu rentres chez toi te reposer deux heures. Je t'appellerai.

Ce n'était pas une proposition, c'était un ordre – même s'il était formulé d'une voix si lasse qu'elle était à peine audible.

Massimo la regarda se diriger vers l'entrée, épuisée dans son corps comme dans son esprit. Visiblement, quelque chose en elle avait commencé de céder. Il devait y avoir au fond de son être une fêlure intérieure qui la faisait vaciller. Malgré tout, pourtant, elle restait debout.

Il retourna à la voiture, démarra le moteur et se rendit compte qu'il n'avait aucune envie d'aller s'enfermer dans cet appartement qu'il ne réussissait pas encore à considérer comme son domicile.

Il erra dans le centre, sans but, en espérant que conduire le détende. Au contraire, le trafic et les piétons inattentifs ne firent qu'exacerber sa nervosité. Arrêté à un feu rouge, il se rendit compte qu'il n'était pas loin de la bibliothèque municipale.

Pourquoi pas ? se dit-il.

Quand le feu repassa au vert, au lieu de continuer tout droit, il tourna.

Il avait dévoré les volumes qu'il avait déjà pris en prêt en se privant d'heures de sommeil et en profitant de ses courtes pauses du déjeuner et du dîner. Il s'était étonné de les avoir trouvés intéressants. Il voulait continuer cette plongée dans le psychisme d'un assassin, parce que cela lui permettait un peu de comprendre le travail de Teresa Battaglia : ce qu'elle pensait, pourquoi elle le pensait.

À cette heure-ci, la bibliothèque était surtout fréquentée par beaucoup d'étudiants. Massimo se fondit au milieu d'eux et ne chercha pas les yeux de la jeune fille qui, la fois précédente, l'avait étiqueté comme un déséquilibré. Il alla tout droit vers la section qui l'intéressait et commença à parcourir les titres.

Il se demandait si le commissaire Battaglia était elle aussi venue ici, des années avant lui, le nez levé sur les rayonnages de livres, animée de ce feu intérieur qui la poussait à vouloir tout savoir, à aller chercher toujours plus loin. Il l'imaginait ainsi, les branches de ses lunettes entre les lèvres et la frange rouge sur les yeux, ondoyante, un peu bouffante.

— Pardon.

Il se retourna. C'était elle, la bibliothécaire, et cette fois elle l'observait avec un sourire.

— Bonjour, la salua-t-il.

— Pardon, répéta-t-elle en se mordillant la lèvre.

Il haussa les épaules.

— Pardon de quoi ?

— De t'avoir pris pour un maniaque et un meurtrier.

Il rit.

— Qui te dit que tu ne t'es pas trompée ? la provoqua-t-il.

— Je t'ai vu à la télévision, au journal régional.

— Ah. Et les maniaques et les meurtriers ne passent pas à la télé ?

Elle rit à son tour.

— Tu aurais pu me dire que tu étais policier.

Il fit mine de peser la question.

— Eh bien tu ne m'en as pas vraiment laissé le temps, répliqua-t-il.

Il la vit baisser les yeux un moment. Le sentiment de culpabilité.

Oh, merde, je commence déjà à parler comme le commissaire.

Il ne savait pas s'il devait s'en satisfaire ou s'en préoccuper.

— Je m'appelle Sara.

— Massimo.

— J'espérais que tu reviendrais, parce que je voulais me racheter, confia-t-elle en lui retirant des mains le volume qu'il était en train d'étudier. Celui-ci ne te conviendra pas.

— Non ?

— Non.

Il la vit passer en revue les autres titres sur les rayonnages. Elle semblait savoir ce qu'elle cherchait. Quand elle trouva le bon livre, elle se dressa sur la pointe des pieds pour l'attraper.

— Celui-ci, dit-elle en le lui tendant.

Il l'examina d'un œil critique.

— *Les Chemins de l'esprit et ses déviances*, lut-il. *Manuel de psychologie.*

— Il vient de rentrer l'autre jour. J'ai tout de suite pensé à toi.

— Étrange. Il n'est pourtant pas question de cadavres taillés en pièces et de victimes de sévices.

Sara le regarda de travers, mais le sourire prit rapidement le dessus.

— Pour capturer un tueur, vous devez d'abord comprendre comment il raisonne, non ? remarqua-t-elle.

— Hum. J'ai déjà entendu ces mots-là.

— Et ça, c'est mon numéro.

Il consulta le petit bout de papier qu'elle avait posé sur le livre, puis ses joues qui avaient viré à l'écarlate. Il la trouvait délicieusement rétro.

C'était l'un de ces moments où Teresa se demandait comment elle faisait pour aimer son travail, souvent un poste d'observation peu confortable de l'âme humaine et de la cruauté dont celle-ci était capable. Elle ne comprenait pas pourquoi les gens craignaient la mort et non la vie. Vivre était un acte féroce, une lutte fratricide qui laissait toujours quelques victimes sur le champ de bataille.

Abramo Viesel luttait lui aussi, dans l'une des chambres de l'hôpital. Teresa avait tenu à rester jusqu'à ce qu'un médecin vienne évaluer l'état du surveillant – critique.

La salle d'attente du bâtiment médical était étouffante. Le commissaire avait ouvert une fenêtre et se tenait debout, face au parc, en quête d'air et de silence.

— Café ?

Elle se retourna. Marini était revenu. Il n'avait pas obéi : il avait sur lui les mêmes vêtements et la même fatigue que lorsqu'ils s'étaient quittés.

— Non merci, dit-elle.

— Alors maintenant, que faisons-nous ?

La réponse était évidente : ils devaient trouver l'assassin et arrêter la traînée de sang qu'il laissait derrière lui. Avec des mots, il était facile d'expliquer ce que serait l'action la plus juste. Dans la réalité, en revanche, le tueur continuait de frapper et ils n'étaient pas en mesure de l'en empêcher.

Teresa dirigea de nouveau son regard vers le parc.

— La mère de Lucia Kravina, le gamin du 4 × 4 et maintenant Viesel… Je ne comprends pas pourquoi il a laissé la vie sauve à trois victimes, réfléchit-elle à voix haute.

— Quatre.

Ils se retournèrent tous les deux vers Parri. Le médecin légiste les salua d'un signe de tête, s'approcha de Teresa, se permit de lui effleurer brièvement le bras de la main, et ses yeux s'attardèrent sur son visage.

— Comment vas-tu ? s'enquit-il.

Teresa sourit. Elle savait, venant de lui, que ce n'était pas une question de pure forme. Il en profitait pour se livrer au passage à un diagnostic de son degré de fatigue.

— Tu ne vas pas me demander si j'ai assez mangé et assez dormi ces dernières vingt-quatre heures, si ? répliqua-t-elle en se dérobant.

Parri l'étudia un peu mieux par-dessus la monture de ses lunettes.

— Tu es en train de t'user, lâcha-t-il, lapidaire.

Elle remarqua la stupeur de Marini face à cette franchise impitoyable, mais elle y était habituée. Son ami s'était toujours préoccupé d'elle. Elle se rappelait encore une phrase qu'il lui avait soufflée une nuit, tant d'années auparavant, devant le cadavre d'une victime auprès de laquelle elle n'avait pas pu arriver à temps : « Ce travail, tôt ou tard, t'infligera une blessure de trop. »

Elle se dit que cette blessure de trop venait peut-être de lui être infligée. Elle vérifia son reflet dans la vitre.

— À quoi l'as-tu compris ? demanda-t-elle en scrutant ses yeux cernés. À mon allure de merde ?

Parri éclata de rire, mais son regard portait aussi les signes d'une préoccupation sincère.

— J'allais t'appeler. Les résultats des examens sur le corps de Roberto Valent sont arrivés.

Elle se fit plus attentive.

— Qu'indiquent-ils ?

— Il est décédé d'un arrêt cardiaque, deux heures après la mutilation, je dirais. Il a eu un infarctus.

Elle le dévisagea, surprise.

— Cela signifie qu'il est resté à côté de lui pendant tout ce temps.

— Oui, c'est incroyable.

— Il ne tue pas. Il n'en a jamais eu l'intention. La mort n'est qu'accidentelle.

Parri opina.

— Qu'est-ce que cela te suggère ? reprit-il.

— Qu'il refuse de reconnaître l'acte qu'il vient de commettre… Mais ce n'est pas cohérent. Les tueurs en série ne se rendent pas compte de la gravité de leurs actes. Ils perçoivent les victimes comme des objets. Ils n'éprouvent pas d'empathie, un trauma subi dans l'enfance les a empêchés de développer la leur. Et ils ne manifestent pas de repentir, parce que pour eux tuer est une nécessité.

— Un tueur en série atypique, suggéra Marini.

Teresa était désorientée et cherchait à le cacher.

— Le refus de l'acte violent n'est pas compatible avec le profil psychologique d'un tueur en série, remarqua-t-elle. L'issue ultime de leurs agissements consiste à donner la mort. C'est pour eux l'unique moyen de se soulager et de faire taire leur souffrance.

— La seule qui pourrait éclaircir la situation, c'est peut-être la femme, la mère de Lucia Kravina, observa Parri, mais je ne crois pas qu'ils se décideront rapidement à la sortir de son coma artificiel.

Marini jeta un œil à Battaglia.

— Vous m'avez raconté l'histoire d'Igor Rosman et de sa collection de pieds, lui rappela-t-il. Et si notre criminel agissait de même ?

Aussitôt, elle considéra les faits sous un angle neuf.

— Il ne collectionne pas d'extrémités humaines mais autre chose, répondit-elle. Il leur a prélevé leurs yeux…

— Le nez, les oreilles.

— Et maintenant la peau. Qu'est-ce qu'il prélèvera la prochaine fois ?

Marini lui tendit sa veste et enfila la sienne.

— Nous n'avons pas encore retrouvé Lucas Ebran, dit-il, et nous sommes aujourd'hui le 5 décembre, la Saint-Nicolas. À la nuit tombée, nos figurants costumés en diables vont descendre dans les rues de Travenì. C'est la nuit idéale pour tuer en toute tranquillité.

51

C'était la nuit d'hiver au cours de laquelle le village changeait de visage, comme lorsque la lune était masquée par une ombre qui l'envahissait peu à peu, même si le ciel demeurait limpide.

Il avait cherché cette ombre, sans la trouver. Il avait regardé vers la montagne et plus bas, dans la vallée. Il avait scruté la voûte céleste et la terre qu'il sentait sous ses pieds. Rien. Alors il avait compris que cette obscurité venait de plus loin, de l'insondable.

Il sentait aussi une petite part de cette obscurité à l'intérieur de lui-même. Elle grandissait à chaque fois qu'il ôtait une vie, et il en ressentait du froid. Elle s'agitait comme un animal prisonnier, mais dès qu'il tentait d'écouter ce qu'elle pouvait avoir à lui dire, elle s'effaçait.

Il s'inspecta les mains. L'odeur du sang lui monta aux narines. Il se demanda la raison de ce malaise. Autour de lui, la vie et la mort dansaient ensemble, tous les jours, comme un papillon et une phalène à l'heure où le coucher du soleil se muait en crépuscule.

Cette nuit-là, les habitants du village verraient leurs peurs en face, déguisés en mi-hommes mi-bêtes. Ils se pareraient de longues cornes qu'il n'avait jamais vues dans la nature et de peaux d'animaux, brandissant des bâtons et des torches. Les visages deviendraient écarlates, jusqu'à être effrayants. Cette nuit-là, ils seraient comme lui.

Il endossa la peau de chèvre, la serra à la taille avec une lanière en cuir. Il se coiffa la tête de son couvre-chef : les cornes de cerf majestueuses projetèrent sur les murs l'ombre d'un arbre dénudé.

Il trempa les doigts dans l'assiette creuse puis se les passa sur la peau. Il vit son visage blanchir, reflété dans le plat en étain.

Il resta ainsi un moment, les yeux dans ces yeux qui étaient les siens, puis il prit le livre qui, depuis quelque temps, avait retenu son attention. À l'intérieur, il y avait des mots, des mots qu'il ne comprenait pas au début mais qui évoquaient à présent des images précises dans son esprit. Il l'avait ramassé au village, abandonné. Il feuilleta quelques pages, s'arrêta sur celle marquée d'une feuille de chêne.

Il ouvrit la bouche à plusieurs reprises, comme un petit oiseau qui essaie de battre des ailes avant de se jeter dans le vide. Puis les mots s'écoulèrent de ses lèvres.

— Oui ! Telle v-vous se-rez, ô la r-reine des grâces, après les derniers sa-crements, quand vous irez, sous l'herbe et les floraisons grasses, moisir parmi les ossements.

Il considéra le crâne à côté de lui. À présent, ce crâne avait des yeux et un visage, mais il lui manquait encore la chaleur de la vie.

Il avait capturé un lézard rien que pour lui, pour qu'il ne se sente pas seul durant son absence et pour que la nuit ne l'épouvante pas. Il l'avait guetté entre les fissures les plus profondes et l'avait réveillé de sa léthargie. Il ne se blottissait pas comme les autres animaux qui s'endormaient pendant l'hiver, parce que son corps n'avait pas besoin de rechercher la tiédeur. Le petit reptile avait toujours le sang froid, même l'été.

Il l'avait attaché à la main de son compagnon avec un fil. Avant de s'en aller, il avait effleuré la tête minuscule du reptile et la caresse était aussi venue toucher les phalanges. L'espace d'un instant, les ossements cliquetèrent et il espéra que cela réveillerait cette existence, comme il avait pu réveiller le lézard, mais il attendit en vain.

52

Suis-je encore capable d'exercer ce métier ?

Ce n'est pas la fatigue du corps qui m'effraie. Je suis habituée à traîner cet ami-ennemi sur les routes de la planète, à en supporter les lamentations même quand elles me font serrer les dents de douleur.

Ce ne sont pas mes pieds gonflés qui me font honte, mes mains qui parfois donnent l'impression de ne plus posséder aucune prise ou les yeux qui confondent les mots et qui se brouillent.

C'est l'éclipse de l'esprit qui me prive de sommeil, parce que je ne suis rien d'autre que mes pensées, mes souvenirs, et les espoirs liés à mes rêves. Je ne suis rien d'autre que ces émotions et que ma dignité.

Mais voilà que je gâche encore ces pages à cause de tourments qui ne valent pas l'encre avec laquelle je les écris.

Où en suis-je ? À présent, je me le demande souvent.

Je note le 19 dans l'ordre du jour : mesures de sécurité à Travenì pour la fête de la Saint-Nicolas. C'est la nuit des Krampus. Qui sait si notre diable ne va pas se manifester. Moi, je suis prête. Je l'attends.

Travenì avait suspendu son deuil et endossé la tenue des grandes occasions : les rues étaient décorées de luminaires argentés qui reproduisaient la forme des cristaux de neige et de fils de lumière qui couraient d'un édifice à l'autre de la rue principale. Les fenêtres et les terrasses étaient ornées de décorations de Noël. Derrière chaque vitre brillait une chandelle allumée, comme le voulait la tradition. Sur la place de l'église, on avait dressé un sapin gigantesque d'où émanait un parfum de poix. Entre chien et loup, il avait été éclairé de milliers de lumières, et une comète brillait à la cime.

On alluma les braseros. Les buvettes s'illuminèrent et diffusèrent dans l'atmosphère des arômes de vin chaud et de marrons grillés. Les clameurs des voix, d'abord timides, se firent joyeuses, encouragées par quelques gorgées d'alcool et l'arrivée des premiers touristes. Un haut-parleur diffusait les notes des chants de Noël. Le fumet de plats chauds et succulents s'échappait du pub et des auberges. Les rues se remplissaient d'une foule pacifique.

Les craintes du maire s'étaient révélées infondées, en conclut Teresa. Il s'était produit ce qu'elle redoutait le plus : l'horreur avait attiré la foule au lieu de la repousser. En cette soirée, Travenì ne verrait pas seulement l'entrée en scène d'un spectacle de masques infernaux et de clarines mais celle d'une autre protagoniste encore plus séduisante : la peur excitante de savoir que parmi les visages de ces gens, il y avait aussi celui d'un assassin. Pour Teresa, c'était un mécanisme psychologique difficile à comprendre, mais elle l'avait déjà constaté par le passé.

Elle se repassa mentalement les procédures de sécurité mises en œuvre afin de barrer toutes les issues du tueur et de l'empêcher de fuir. En théorie, ces mesures avaient prouvé leur efficacité, mais dans la pratique, cela serait-il aussi le cas ? Les agents étaient au milieu de la foule, pour la plupart en civil. Elle avait choisi de coordonner les opérations depuis la rue. Elle voulait être là, parmi eux, respirer le même air que le meurtrier, observer les victimes potentielles avec les mêmes yeux que lui. Elle savait qu'il viendrait, c'était une occasion trop belle à laquelle son ego n'aurait pu renoncer : celle de mesurer l'effet qu'il exerçait sur la population, et les masses qu'il avait attirées.

Elle espérait que cela suffirait, pour cette soirée, à satisfaire son besoin de toute-puissance, afin que le monstre en lui ne réclame pas d'autres sacrifices.

— Commissaire, je peux vous parler ?

Battaglia fit volte-face, cueillie par surprise. Le chef Knauss la considérait d'un air affligé. Elle savait déjà ce qui en était la cause : le déploiement en ville des renforts qu'elle avait elle-même réclamés. Une fois de plus, elle avait ainsi remis en cause son rôle et son autorité.

— Pourquoi n'êtes-vous pas à votre poste ? fit-elle, cherchant à s'en débarrasser et se tournant vers le spectacle de la fête qui s'animait.

— À votre arrivée ici, vous aviez précisé que nous pouvions nous adresser à vous pour tout type de problème et je suis seulement…

Elle l'interrompit.

— Qu'y a-t-il ?

Le policier baissa le nez sur le bout de ses souliers, les mains sur les hanches, avec cette horrible habitude de mastiquer un chewing-gum la bouche ouverte.

— Je suis né entre ces montagnes, commença-t-il, tout comme la majeure partie de mes hommes. Nous connaissons cette contrée mieux que personne, et aussi ses habitants. Nous sommes habitués à régler les choses entre nous, depuis toujours. Nous sommes…

— Vous êtes exceptionnels, chef, j'en suis convaincue, l'interrompit Teresa, mais cette affaire n'est pas à votre portée.

Il resta interdit, comme si une telle franchise le laissait incrédule.

— Vous allez donc me faire l'amabilité de rejoindre le poste qui vous a été assigné et d'y rester ces deux prochaines heures au moins, continua-t-elle. Et vous allez vous assurer que vos hommes en fassent autant.

Knauss cessa de mâchonner.

— Je ne suis pas sous votre commandement, rétorqua-t-il.

Elle le fusilla du regard.

— Vous avez raison, parce que si vous l'étiez, je vous aurais déjà couvert d'injures, ici, devant tout le monde, à cause du temps que vous me faites perdre et de celui que vous volez à une potentielle victime.

Il devint muet.

Elle lui indiqua une scène qui se déroulait dans son dos. Deux hommes de la brigade de Knauss tentaient avec un maigre succès de faire décamper un groupe de militants – celui-ci avait dressé sans autorisation une table pour la récolte de signatures contre l'aménagement du nouveau domaine skiable. Les esprits s'échauffaient.

— Vous connaissez vos ouailles, avez-vous dit, le provoqua-t-elle. Jetez-vous dans la mêlée et tâchez de résoudre ce problème, alors.

Knauss cracha son chewing-gum et tourna les talons sans répliquer.

Elle consulta sa montre. Il ne restait que peu de temps avant le début de la représentation, mais quand elle vit qui se dirigeait vers elle, elle comprit, épuisée d'avance, que la soirée allait être très longue.

— Bon sang, qu'est-ce qu'ils ont tous, ce soir ? maugréa-t-elle.

L'homme la rejoignit en serrant dans sa main un papier qu'elle n'eut aucune peine à reconnaître. Elle l'avait elle-même rédigé et fait signer au commissaire principal.

— C'est vous que nous devons remercier pour ceci, commissaire ? l'apostropha-t-il.

— Bonsoir, monsieur le maire.

L'homme ignora son salut en lui pointant le papier.

— Qu'est-ce que c'est que cette sottise qui nous interdit d'éteindre les illuminations publiques ?

Elle ne le regarda même pas.

— Une décision de sécurité publique, monsieur le maire, insista-t-elle.

— Et d'après vous, comment je m'y prends pour faire descendre les figurants et allumer des feux de joie avec le village entier illuminé comme en plein jour ?

— Je suis sûre que ce sera un spectacle de toute façon très pittoresque et que personne n'y trouvera rien à redire. Maintenant, si vous permettez, je travaille.

L'homme déchira l'ordonnance en miettes et disparut dans la foule. Teresa se sentit soulagée.

La radio accrochée à son ceinturon crépita.

— Ici, rien à signaler, indiqua la voix de Parisi.

Il surveillait la zone située devant le parvis de l'église entre les stands et les étals de friandises des marchands ambulants.

Ils n'avaient pas encore mis la main sur Lucas Ebran. L'homme avait tout bonnement disparu. Sa mère avait expliqué que cela arrivait parfois, mais elle était incapable de leur dire où se trouvait son fils quand il s'absentait du domicile plusieurs jours de suite. Dans l'habitation, on n'avait pas relevé d'autres d'empreintes que celles de la femme. Tout semblait porter à croire qu'Ebran était seulement un personnage imaginaire, qu'il n'existait pas réellement, et pourtant, les voisins affirmaient l'avoir vu les espionner derrière ses fenêtres à peine plus de deux semaines auparavant.

Tout ce qu'ils détenaient de lui, pour le moment, c'était une vieille photo floue. Ils devraient s'en contenter pour l'identifier au milieu de centaines de visages coiffés de casquettes et entourés d'écharpes.

Elle vit Marini de l'autre côté de la rue. Ils échangèrent un signe entendu lorsque sonna la cloche de l'église. Au douzième coup, les lumières du village s'éteignirent et un murmure d'émerveillement avec peut-être juste une pointe de frayeur s'éleva de la foule.

Teresa lâcha un juron et appela aussitôt Parisi à la radio.

— Trouve le responsable ! ordonna-t-elle. Débrouille-toi, mais rallume-nous ces éclairages !

Elle coupa la communication. Selon toute apparence, le maire avait transformé son ordre en simple suggestion.

Travenì resplendissait à la lueur tremblante des flambeaux et des chandelles. Un spectacle épatant, au cœur des Alpes, et un scénario irrésistible pour un prédateur en chasse de quelques proies.

Marini la rejoignit.

— Et maintenant ? demanda-t-il.

— Et maintenant nous attendons.

Elle ne savait pas quoi répondre d'autre. Elle gardait les yeux rivés sur la foule : des familles, des couples d'amoureux, des bandes de jeunes et des groupes de touristes. Et pourtant, il devait être là, quelque part. Il les observait, probablement.

Une procession de nonnes défila devant la foule. Tête baissée sous le voile, seul dépassait le menton, et elles tenaient un lumignon dans leurs mains jointes. Silencieuses, en rang, elles disparurent dans l'église.

— Et celles-ci, d'où viennent-elles ? demanda Teresa dans la radio.

— Ce sont les sœurs du couvent de Rail, précisa Knauss. Elles prient afin que les démons ne prennent pas le dessus. Vous voulez aussi contrôler leur identité ? demanda-t-il sur le ton de l'ironie.

— J'y songe. Le cas échéant, je vous enverrai vous en occuper.

Une sonnerie de cor retentit dans la vallée.

— Ils arrivent, signala Marini.

Le cône de ciel obscur et étoilé serré entre deux collines, derrière l'église, s'illumina d'un halo rougeâtre, qui crût en intensité jusqu'à ce que se révèle de quoi il s'agissait : un défilé de torches brandies par des silhouettes sombres et courbées. La procession des diables avança, puis les figurants s'éparpillèrent dans l'amphithéâtre naturel.

La colline s'incendia, flamboyante de bûchers primitifs aux flammes animées de danses païennes. Une longue ligne de feux éclata à l'horizon, entre une fumée noire qui montait vers le ciel et une étendue de neige damée. Les diables descendirent dans le village, sous la pluie de cendres et les flashs des appareils photo.

Krampus. C'était leurs noms. Battaglia avait entendu dire que cela signifiait « griffes ». Elle le trouvait approprié aux agressions sanglantes qui avaient entaché la vallée ces derniers jours.

C'étaient des masques effrayants. Les détails et les finitions étaient si ressemblants que l'on aurait pu s'imaginer être en enfer. Un enfer rural, à la fascination primitive. Les diables-boucs de Travenì étaient vêtus de culottes et de tuniques d'une laine épaisse au-dessus de laquelle ils portaient une peau d'animal longue jusqu'aux chevilles. Des clochettes accrochées autour de la taille annonçaient leur arrivée. Les mains brandissaient des bâtons et des verges avec lesquels ils faisaient mine de frapper le public. Leurs visages étaient terrifiants, ornés de cornes recourbées et pointues, d'yeux qui brillaient dans l'obscurité et de crocs prêts à vous déchiqueter.

Quelques enfants éclatèrent en sanglots, aussitôt consolés par leur mère. D'autres, au contraire, frappèrent dans leurs mains d'excitation.

— Ils semblent si réels, murmura Marini, fasciné. C'est impressionnant.

— Échos de cultes païens de la fertilité, précisa Teresa en haussant les épaules, liés au solstice d'hiver, et qui ont survécu au christianisme. Selon la légende, la nuit de la Saint-Nicolas, les Krampus rôdent à la recherche des enfants méchants. Ils étaient les serviteurs du saint, n'obéissant qu'à lui, et à lui seul. Une manière comme une autre de ne pas s'exposer aux foudres de l'Inquisition.

Marini se tourna vers elle.

— C'est extraordinaire, vous réussissez toujours à tout réduire à la réalité la plus terre à terre, dit-il.

Elle ne détacha pas les yeux de ce qui n'était pour elle que de simples figurants. Elle était incapable de les voir autrement.

— Je perçois là une pointe de sarcasme, marmonna-t-elle.

— De ma part ? Non, non. J'apprécie sincèrement.

— Ça suffit, Marini.

Quand les démons se mêlèrent à la foule, le calme laissa place à une euphorie désordonnée.

— Que fabrique Parisi ? tempêta Teresa. Pourquoi les lumières ne se rallument-elles pas ?

Elle était sur les nerfs. Elle se demandait si l'assassin ne se cachait pas sous ces masques, et s'il n'était pas déjà en train de cibler sa prochaine victime. Battaglia et son équipe avaient examiné les profils de tous les figurants, ils les avaient contrôlés tandis qu'ils se préparaient pour la cérémonie, mais maintenant elle avait l'impression de les voir pour la première fois.

La place était un véritable tourbillon et elle commençait à se sentir aspirée. Visages, odeurs, bruits, lumières… tout cela tournait trop vite, se confondait. Elle ferma les yeux.

Elle craignait de ne pas réussir à mener sa mission à son terme. Rien que ces dernières heures, elle avait eu la sensation de vieillir de plusieurs années.

Garde ton calme, se répéta-t-elle. *Respire.*

Le suspect était là, dehors, au-delà des peurs qui la rendaient aveugle. Pour le débusquer, il lui fallait dépasser ses propres limites. Elle chercha à se souvenir de son visage, se le représenta avec netteté dans sa mémoire. Elle en étudia les détails, jusqu'à les rendre familiers.

Dès qu'elle se sentit prête, elle rouvrit les yeux. Elle ne commit pas de nouveau l'erreur de se laisser submerger par la nécessité impérieuse de le démasquer. Elle opéra avec méthode, en tenant son regard en laisse : elle choisit des points de repère, contrôla d'abord les hommes qui s'étaient arrêtés aux buvettes et aux angles de la place, parcourut des yeux les attroupements de ceux qui stationnaient devant les bars. Ensuite, elle subdivisa cette marée humaine en mouvement en flux distincts et se mit à scruter un par un ceux qui passaient devant elle.

De la méthode, songea-t-elle. *J'ai seulement besoin de méthode.*

Et ce fut ainsi que, parmi des centaines de visages, elle découvrit celui qu'elle recherchait.

Lucas Ebran était différent de la photographie que Teresa s'était procurée à son domicile. Il n'avait rien du somatotype ectomorphe : ce n'était plus la silhouette grande et mince à la démarche gauche à laquelle elle s'était attendue. Le temps l'avait dilatée, laissant pourtant le visage intact. Le corps semblait gonflé, sans être gras. C'était une étrange combinaison de jeunesse et de déchéance. Les cheveux crasseux retombaient sur un visage glabre, au teint quasi transparent. Le manteau râpé qu'il portait était tendu à l'abdomen et aux épaules et semblait le gêner.

Il était agité. Teresa le comprit aux mouvements désordonnés et aux coups d'œil fébriles qu'il jetait dans tous les sens. Quelque chose menaçait son équilibre, peut-être l'excitation de tous ces corps qui l'entouraient et la nécessité de tuer encore. Il rôdait entre les stands de la place, effectuant chaque fois le même parcours. Il était méthodique, il cherchait quelque chose ou quelqu'un.

Elle l'observait depuis le petit escalier rejoignant la partie de la chaussée qui allait s'élargissant devant la tour médiévale. Elle le vit scruter les visages des gens, guetter leurs regards.

— Mais qu'est-ce qu'il fabrique ? demanda Marini à côté d'elle.

— Il descend.

Le défilé des Krampus atteignit son point culminant quand les diables se mirent à pourchasser et à bousculer les enfants les plus courageux qui s'approchaient d'eux en les défiant. Ils créaient des attroupements et une pagaille qui rendaient difficile de suivre les mouvements d'Ebran.

— Je vais m'approcher, fit Teresa. Toi, tu restes ici et tu ne le perds pas de vue.

Elle le suivit à quelques mètres de distance. Elle entrevoyait son visage au milieu de la foule, par intervalles. Il disparaissait de son champ de vision, puis émergeait quelques pas plus loin, devant elle ou sur le côté. Elle se demanda jusqu'où les mènerait son manège.

Il y eut des détonations assourdissantes au milieu de la foule et, le temps d'un instant, ce fut la panique. Entre hurlements et bousculades, il y eut une cohue pour sortir de la place. Écrasée, elle finit par nager à contre-courant.

— Quelqu'un a lancé des pétards, annonça De Carli dans la radio.

Marini descendit au milieu de tout ce monde et tenta de rétablir l'ordre en expliquant à haute voix l'incident qui venait de se produire, mais il fallut tout de même quelques minutes avant le retour au calme.

Entre-temps, elle avait perdu le suspect de vue.

— Je ne le vois plus, signala-t-elle dans la radio entre deux jurons.

— Moi, je crois que si, répondit Marini. Il se dirige vers l'église. Il s'en va. Je crois qu'il a volé quelque chose. J'aperçois un renflement sous son manteau et il tient l'objet fermement contre lui.

Elle se dressa sur la pointe des pieds pour vérifier dans la direction indiquée, mais il y avait encore trop de monde autour d'elle.

— Suis-le ! J'arrive dès que je peux, s'exclama-t-elle.

Elle appela des renforts et ordonna de ne laisser personne sortir du village. Les barrages avaient déjà été installés plusieurs heures auparavant. Elle chercha de nouveau Marini.

— Tu l'as rattrapé ? demanda-t-elle.

— Presque. Il est derrière l'église.

— Ne cours pas. Ne lui fais pas peur. J'arrive.

Grâce à l'intervention d'Hugo Knauss et de ses hommes, la foule se dispersait et elle réussit à rejoindre Marini. Lucas Ebran marchait une dizaine de mètres devant eux. Le pas était rapide, il était pressé. À deux reprises, il se retourna pour contrôler la rue dans son dos.

— Il nous a repérés, avertit Teresa.

Ebran se mit à courir. Marini fonça et fut sur lui en seulement quelques secondes. Il l'attrapa par le col de son manteau et l'homme trébucha, tombant à genoux. Il avait les iris hallucinés. Elle le vit jeter un rapide coup d'œil sur son ventre gonflé. Le manteau trop serré dissimulait quelque chose.

— Commissaire !

De Carli les rejoignit, hors d'haleine.

— Un enfant a disparu, annonça-t-il. Il a été pris dans sa poussette, à un moment où la mère était distraite.

Teresa observa Ebran et le renflement peu naturel de son ventre. Elle ouvrit le manteau et, sur l'instant, n'eut aucune réaction.

— Je les ai trouvés par terre, prétendit-il.

Il avait volé un appareil photo et un sac à main. Il n'y avait pas trace de l'enfant.

53

Teresa se réveilla en hurlant, le souffle court et le cou raide, comme tout le reste du corps. Elle avait sous les yeux les pages du journal ouvert, coincé sous sa joue. Elle releva la tête, le cœur encore palpitant au creux de sa poitrine. Une crampe lui traversa les muscles du dos : elle s'était endormie en position assise. Elle eut du mal à déglutir, la gorge et les lèvres sèches. Elle mourait d'envie de boire un verre d'eau.

Il lui fallut quelques instants pour comprendre où elle était. Elle regarda autour d'elle, l'esprit confus : la salle de réunion du commissariat de Travenì était vide, les lumières sombres. Elle reconnut la casquette du chef Knauss perchée sur le porte-manteau et la parka de Marini qui pendait à un cintre juste à côté.

Horrifiée, elle consulta sa montre. Il était vingt-deux heures passées de quelques minutes et elle s'était endormie presque une demi-heure. Quelqu'un lui avait posé sa veste sur les épaules.

Elle eut une réaction de colère envers elle-même pour ce moment de faiblesse impardonnable et de honte à cause de ce qu'auraient pu en penser ses hommes. Elle contrôla le journal resté ouvert et se sentit rougir. Si quelqu'un en avait lu le contenu et en avait déduit son état physique et mental, le préjudice aurait été irréparable. Non sans soulagement, elle vit pourtant que la page ouverte ne contenait que quelques lignes notées à la va-vite, et relatives à l'affaire.

Avec un soupir, elle se passa les mains sur le visage, qu'elle sentit trempé. Elle se rendit compte avec stupeur qu'elle avait pleuré. Tout à coup, elle se rappela le cauchemar qui l'avait réveillée et sentit monter la nausée, ainsi que les larmes.

— Mon Dieu…, murmura-t-elle, épuisée.

Ses mains descendirent vers son ventre, cherchèrent ce contact très ancien qui ne s'était jamais effacé et qui l'intimait de ne pas oublier.

Comment aurait-elle pu ?

Dans son rêve, elle avait senti son enfant remuer à l'intérieur d'elle. Il répondait à ses caresses délicates, il se pelotonnait dans sa tiédeur. C'était une sensation réelle, comme si quelqu'un lui effleurait vraiment la peau. Elle aurait donné tout ce qu'elle avait pour que ce soit vrai.

Son rêve s'était transmué en cauchemar quand la sensation que quelqu'un était présent, là avec eux, et voulait lui ravir l'enfant, était devenue oppressante. À ce moment-là, elle s'était réveillée en hurlant.

Elle se leva, l'angoisse était encore trop forte pour qu'elle réussisse à respirer correctement. Elle sécha ses dernières larmes avec la paume de la main et respira à fond. Ce n'était pas le moment de se laisser vaincre par un passé maudit, marqué par le plus grand des malheurs.

Il y avait de l'effervescence dans le couloir, elle venait de s'en rendre compte. Des éclats de voix enfiévrés, puis des pleurs qui éclatèrent d'un coup l'arrachèrent aux derniers lambeaux de son sommeil. Elle savait à qui appartenait cette voix, éraillée à cause du désespoir. C'était la mère de l'enfant kidnappé.

Elle plaqua le front contre le mur et ferma les yeux. Ces hurlements étaient un déchirement qu'elle ressentait au fond de son cœur. Ils la mettaient au supplice sans lui laisser le temps de se défendre. C'étaient les mêmes que ceux qu'elle avait poussés dans son cauchemar.

L'enfant qu'on avait enlevé n'était pas le sien, mais celui d'une autre femme. Qui était là, qui était désespérée, qui aurait préféré mourir – Teresa le savait d'expérience – plutôt que de perdre l'être qu'elle avait mis au monde.

Ce fut seulement à ce moment-là qu'elle vit sa main bandée. Incrédule, elle la leva en l'air, à hauteur de ses yeux. Elle n'avait aucune idée de la manière dont elle avait pu se faire cette blessure et cet oubli figea son sang dans ses veines.

On frappa à la porte. Le panneau s'ouvrit lentement et Marini passa la tête à l'intérieur. Quand il la vit réveillée, l'expression de son visage se relâcha.

— Commissaire, le substitut du procureur est arrivé.

54

— Le profil de Lucas Ebran coïncide parfaitement avec celui du meurtrier, constata Gardini en feuilletant le rapport de Teresa.

Dès que le substitut du procureur avait appris l'arrestation du suspect et l'enlèvement du nouveau-né, il s'était précipité à Travenì.

Pour le moment, Battaglia avait décidé de garder le silence. Elle savait que les mots qu'elle avait elle-même écrits laissaient penser qu'ils étaient près, très près, de la résolution de l'affaire.

Ebran connaissait les techniques de la chasse au collet, parce que son père les lui avait enseignées. Il savait écorcher un animal et les gens l'avaient souvent vu tourner autour des maisons, espionner les filles et les familles. C'était un marginal. Il entretenait sans doute une profonde frustration, alimentée par l'état d'indigence dans lequel il vivait et par l'infirmité physique, qu'il tentait constamment de dissimuler en gardant les mains sous la table. Teresa suspectait une personnalité psychotique, mais pour en être certaine elle aurait dû réclamer une expertise psychiatrique.

Les jeunes gens qui avaient vécu l'incident en forêt avaient affirmé que cela pouvait bien être lui, l'inconnu qui avait agressé leur ami. Mais toute identification formelle était rendue aléatoire par le maquillage, les vêtements qui masquaient sa véritable corpulence et l'état mental profondément altéré où les avait précipités l'accident.

Quand David Knauss avait vu le cliché d'identité judiciaire d'Ebran, il n'avait pas pu masquer ses doutes.

— Ses yeux me disent quelque chose, avait-il décrété, mais il admettait lui aussi ne pas pouvoir en être certain.

Il ne réussissait pas à se remémorer les détails, à se forger une idée claire des circonstances dans lesquelles il avait probablement échappé à la mort. Pourtant, un autre aspect le perturbait. En s'entretenant avec lui, Battaglia l'avait compris : il s'était rendu compte que son agresseur n'était peut-être pas le guerrier mythologique qu'il s'était imaginé. Elle soupçonnait le jeune homme d'avoir développé une espèce de syndrome de Stockholm. Il était reconnaissant à son agresseur de lui avoir « laissé la vie sauve », et il estimait lui être redevable.

— Lucas Ebran a un profil qui correspond à celui de notre tueur de façon flagrante, mais ce n'est pas le tueur, murmura Gardini en lisant les dernières conclusions de Battaglia.

Son expression trahissait à la fois sa déception et son malaise.

— Ce n'est pas lui, c'est évident. C'est juste un inadapté, précisa alors Teresa.

Les mains d'Ebran étaient abîmées par de profondes cicatrices, suite à l'incendie qu'il avait allumé à l'école quand il était adolescent. Voilà pourquoi ils n'avaient pas pu relever ses empreintes digitales à son domicile :

il n'en avait plus. La pulpe de ses doigts était lisse et tuméfiée, durcie par le temps et par l'usage.

Ils avaient perdu du temps et il n'y avait pour l'instant aucune trace du petit. Personne n'avait vu d'individu sortir le bébé de la poussette et l'emporter avec lui. Pourtant, un indice était resté entre les couvertures : des marques blanches.

La nouvelle, une heure plus tôt, de la mort d'Abramo Viesel avait rendu la journée de Teresa encore plus difficile.

Elle contemplait la forêt millénaire qui entourait le village.

— Il ne se sert pas des routes, remarqua-t-elle. Les barrages routiers sont inutiles.

— Nous allons entamer les battues, assura Gardini.

Elle ferma les yeux et laissa libre cours à ses pensées. Elle vit devant elle des milliers d'hectares de bois, de gorges et de précipices. Il était là, avec le petit. Pas dans une maison, pas à Travenì.

Qu'est-ce que je fais, maintenant ?

Elle sentit son corps secoué d'un tremblement intérieur. Dans la pièce voisine, il y avait les parents et le frère de l'enfant kidnappé. Elle n'avait pas encore souhaité les rencontrer, elle avait préféré lire leurs dépositions. Ils étaient comme un objet incandescent qu'on approche de la peau. Elle les sentait la brûler à distance et craignait que sa lucidité n'en souffre. Il n'y avait qu'une chose qui soit pire que donner la chasse à un assassin, et c'était donner la chasse à un ravisseur d'enfants.

— Teresa, tout va bien ? s'inquiéta Gardini.

Elle ne répondit pas, prisonnière qu'elle était d'un enfer personnel.

Il est encore en vie, se répéta-t-elle. Elle avait besoin de le croire, même si, dans sa propre existence, elle ne s'était jamais fiée à l'espérance. Elle se rendit à peine compte d'avoir de nouveau posé la main sur son ventre, là où, dans son rêve, elle avait senti une vie remuer, où il lui arrivait encore de sentir sa cicatrice la brûler. Ce n'était pas possible, et pourtant, c'était le cas. Cet attachement qui n'était jamais venu au monde refusait de mourir, il demeurait invincible et s'opposait à la rationalité, au temps et aux lois physiques de l'univers.

Elle était certaine que la mère du bébé enlevé éprouvait la même souffrance. Ses hurlements l'avaient tourmentée, ses pleurs l'avaient bouleversée. Maintenant, toutefois, elle comprenait que ce n'était pas une marque de résignation, mais un appel, un moyen de préserver le lien avec son petit et de les inciter à le retrouver. C'était sa facette la plus instinctive qui s'émouvait pour elle et Teresa ne pouvait se permettre d'avoir peur.

Elle regarda Gardini.

— Il me faut davantage d'hommes, décréta-t-elle.

— Tu les auras.

— Et l'armée. Il y a des montagnes à passer au crible.

Il opina, le visage soulagé, détendu.

— Je m'active sans tarder, promit-il. Je vais appeler Ambrosini. Nous devons consulter le préfet.

Restée seule, elle respira à fond. Les prochaines heures allaient être décisives.

— J'ai les cartes, annonça Marini en entrant. Toutes les granges de la région y sont notées, jusqu'à la frontière.

Il les posa sur la table et les déroula. Battaglia n'avait pas besoin de les consulter pour savoir que les équipes de recherche allaient être contraintes de se disséminer sur une zone bien trop vaste pour réussir à la couvrir en quelques jours.

Ils avaient besoin d'un indice pour orienter ces opérations de reconnaissance, sans quoi ce serait comme de lancer une pièce de monnaie dans l'océan pour ensuite compter la récupérer dans un filet de pêche.

— Combien y en a-t-il ? demanda-t-elle.

— Un peu plus d'une centaine.

— Et celles qui sont inhabitées ? Concentrons-nous sur celles-là.

— C'est la majorité.

— Nous aurons besoin de drones. Vois avec les types du commissariat central quand ils peuvent arriver.

— Je vais les appeler tout de suite.

Ils se parlaient comme si les questions qui se posaient et leurs réponses ne devaient en rien entamer leur détermination. Cependant, ils savaient l'un et l'autre que c'était le moment d'ignorer toute forme d'appréhension. Si un seul membre de la brigade avait manifesté sa perplexité sur la réelle possibilité d'aboutir, la contagion du doute aurait gagné les autres et affaibli la chaîne qui allait devoir au contraire s'étirer dans la vallée, par-delà les montagnes, jusqu'à l'enfant, et le ramener chez lui. Teresa avait besoin de chacun d'eux, de chaque maillon.

Elle se tourna vers Marini.

— Nous le trouverons, trancha-t-elle.

Il acquiesça : un geste brusque, définitif. Il avait compris.

Elle attrapa son journal. Elle devait continuer de prendre des notes, même si elle considérait parfois cela comme une entrave, presque comme une perte de temps. Mais c'était nécessaire si elle voulait comprendre vers où s'orientait son esprit, et à quelle vitesse elle devait se montrer méthodique, s'imposer des règles et les respecter. Ce n'était que grâce à ces notes qu'elle avait réussi à se rappeler comment elle s'était blessé la main. Elle refusait de croire qu'elle en était déjà arrivée au point d'oublier sa propre vie et elle se répétait, avec une force qui n'était rien d'autre que du désespoir, que la cause véritable résidait dans son état d'épuisement de ces derniers jours.

Au moment où elle s'était réveillée en sursaut, elle s'était sentie perdue, mais elle n'avait pas compris si c'était seulement la fatigue qui la rendait vulnérable. Peut-être son corps lui réclamait-il de ralentir le rythme et de s'accorder le temps nécessaire pour vivre, en dehors de son travail.

Elle resta avec son carnet en main, les yeux rivés sur les dernières réflexions qu'elle y avait inscrites. Ce n'était guère que des gribouillis, notés entre la veille et le sommeil.

Elle ne s'en souvenait pas. Elle n'avait aucun souvenir de ces mots-là. Les lire lui faisait un effet étrange, comme s'ils appartenaient à une autre, qui vivait en elle. Cette autre avait voulu l'aider.

— Quelque chose ne va pas ? s'inquiéta Marini.

— Beaucoup de choses, sauf celle-là, justement, ironisa-t-elle en sentant poindre un sourire.

Les battements de son cœur s'étaient accélérés. Pour la première fois, ce à quoi elle était confrontée ne lui faisait pas peur.

— Les enfants, dit-elle.

C'étaient les derniers mots qu'elle avait écrits avant de s'endormir.

— Je ne comprends pas.

Elle non plus, elle n'avait pas compris, sur le moment, en lisant, mais à présent elle percevait peut-être la corrélation que son inconscient avait saisie, dans son état de demi-sommeil.

— À ce qu'il semble, cette nuit, je me suis lancée dans quelques raisonnements, l'informa-t-elle en refermant son journal. La première victime est le père de Diego Valent. La deuxième est la mère de Lucia Kravina. Diego et Lucia sont camarades de classe, je suppose.

— Je crois qu'à Travenì il n'y a qu'une classe par année scolaire. Vous suspectez un lien ? Pour ce qui est du jeune homme agressé dans la forêt, en revanche, il n'y a aucune corrélation.

— Abramo Viesel est le surveillant de l'école. Diego m'a raconté qu'il était méchant avec son ami.

— L'enfant qui a été kidnappé a un frère aîné. Il s'appelle Mathias. Il a aussi le même âge que Diego et Lucia, ajouta Marini.

— Un hasard ? Peut-être, oui, dans un petit village comme celui-ci.

— À bien y réfléchir, David Knauss est aussi connecté aux enfants, d'une certaine manière : il a failli les renverser à la sortie de l'école avec sa voiture.

Il disait vrai, mais Teresa ne pensait pas qu'il fasse partie de la chaîne.

— L'agresseur n'a mutilé les organes sensoriels que de la première, de la deuxième et de la quatrième victime, rappela-t-elle. Il est clair que la rencontre avec le fils de Knauss était un imprévu. Cela ne fait pas partie de sa vision.

Elle se rendit à la fenêtre, rouvrit l'agenda. Le referma. Son esprit s'activait, avec frénésie.

— Un tueur en série peut rester dormant des années. À un certain stade, pourtant, un élément – la perte de son travail, un abandon, une humiliation – déchaîne sa folie meurtrière, qui n'est jamais une pulsion violente, réfléchit-elle à voix haute. Il y a toujours un long processus, mais l'absence d'un mobile au sens orthodoxe du terme et, inversement, le fait qu'il y en ait un autre à caractère psychopathologique, rend difficile de le repérer.

— Nous devons peut-être nous interroger, dans le cas de notre meurtrier, sur le facteur déclenchant qui a provoqué cette série d'homicides, raisonna Marini.

Elle se retourna, stupéfaite.

— Inspecteur Marini, je vous entends enfin vous exprimer en policier, se moqua-t-elle. Tu as étudié le sujet ?

Il lui jeta un coup d'œil offusqué.

— Vous arrêtez, oui ?

Depuis la porte, De Carli appela Battaglia.

— Commissaire, nous avons retrouvé le père de Lucia Kravina. Il avait franchi la frontière. Ils l'amènent ici.

Dante Kravina était un gars de la montagne doté de tous les vices d'un type de la ville. Durant l'interrogatoire, il avait raconté à Teresa qu'il s'était échappé parce qu'il avait des antécédents pénaux pour trafic de drogue. « Je ne voulais pas finir au trou à cause de quelques grammes », avait-il prétendu, comme si le fait de laisser sa fille livrée à elle-même n'était pas bien plus grave.

— Vous avez obligé Lucia à nettoyer la maison pour supprimer toute trace de drogue ?

— Oui.

— Et vous avez agi de même avec la voiture de votre épouse.

— Oui.

— Vous ne vous êtes pas inquiété pour elle ?

Il haussa les épaules, le regard perdu.

— Qu'est-ce que j'aurais pu faire ?

Quantité de choses, pensa-t-elle. *Aller chercher sa femme, lui épargner d'errer seule dans les bois, en état de choc. Prendre soin de sa fille et la protéger.*

— Dites m'en plus sur l'homme à qui vous avez ouvert la porte, l'autre soir, préféra-t-elle lui demander.

— J'étais pété. J'ai pas compris grand-chose. J'ai vu qu'il avait le collier de Melania dans sa main. J'ai cru qu'elle avait eu un accident et j'ai pensé au fait que dans la maison et dans la voiture, il y avait de la défonce. Il fallait que je fasse tout disparaître.

— Vous croyez que cela pouvait être quelqu'un que vous connaissez ? Devez-vous de l'argent à quelqu'un, une dose que vous n'avez pas encore payée, peut-être ? voulut-elle savoir.

— Non, la drogue n'a rien à faire là-dedans. Cet homme-là… je ne sais comment vous dire ça. Cet homme-là semblait venir d'un autre monde.

— Décrivez-le-moi.

— J'étais pas clair, je vous l'ai déjà dit. Je sais juste qu'il était pâle et qu'il me fixait avec des yeux écarquillés. Je n'ai jamais vu un visage pareil : il n'avait aucune expression. Une figure immobile, comme une tête de mort.

Ces derniers mots déclenchèrent une connexion chez Teresa.

— Comme un fantôme ?

— Oui. Il ressemblait à un fantôme.

Elle revoyait les personnages de toute cette histoire. Ils tournaient dans son esprit en même temps que des mots qui commençaient à revêtir un sens, si on les plaçait côte à côte. Elle se repassa les péripéties de ces derniers jours comme un film. Il y avait là divers protagonistes, tous en interaction, consciente ou non, pour conduire à l'épilogue, qui restait encore à écrire.

Les victimes. L'école. La communauté. La forêt. L'étranger au visage peint. Et enfin, eux. Teresa chargea De Carli de poursuivre en ce sens et de rédiger le rapport. Elle prit Marini à part.

— Sa fille, Lucia, elle parle tout le temps d'un fantôme dans les bois, elle aussi, souligna-t-elle.

— Vous croyez qu'elle le connaît ?

Elle croyait bien plus que cela. Elle venait enfin de découvrir le lien, l'articulation entre l'assassin et la victime. Il ne s'agissait pas d'un mobile, et encore moins d'un trouble psychologique. C'était une composante qu'elle n'avait encore jamais vue à l'œuvre et que, pour le moment, elle ne réussissait pas à définir, si ce n'est comme une « logique de la horde ».

— Je crois que ce que les victimes ont en commun, ce sont eux, dit-elle finalement. Les enfants.

55

L'enfant pleurait. C'était un appel désespéré et incessant, comme celui d'un petit merle tombé du nid. Déplumé, revêtu seulement de sa peau, il ouvrait son bec encore mou et rose dans le vide. Rien ne pouvait le détourner de son but : à peine venu au monde, il savait déjà que, quelque part, sa mère faisait de même. Elle le cherchait et s'il avait cessé de vagir, elle ne l'aurait jamais retrouvé. La frimousse minuscule rougissait sous cet effort, et sous l'effet de la peur atavique d'avoir été séparé de sa source de vie.

Devant lui, l'homme admirait cette lutte pour la survie, la plus puissante à laquelle il ait jamais assisté. Il effleura les joues pleines et tendres du petit, il toucha les gouttes d'eau qui perlaient de ses yeux, et se reconnut en lui. Il retira sa coiffe de crin où pointaient deux cornes et s'essuya le visage jusqu'à le nettoyer de toute sa peinture. L'enfant le regardait entre deux sanglots, encore désespéré, mais avec une étincelle de curiosité dans les prunelles.

Il l'enveloppa d'une peau d'agneau et le tint au chaud contre sa poitrine. Il lui effleura une main qui se referma à ce contact. Les doigts minuscules se resserrèrent autour des siens, et sa prise était étonnamment forte.

L'enfant se remit à hurler, et cette fois il l'imita. Du coup, il le vit ouvrir grands les yeux et le fixer. Ils continuèrent un petit moment à échanger des sons, mus tous deux par le besoin de comprendre qui était l'autre.

L'enfant se calma peu à peu, vaincu par le sommeil. L'homme continua de veiller sur lui, à l'écoute de sa respiration et du petit cœur, de ses battements accélérés contre sa poitrine.

Pour la première fois depuis longtemps, il n'était plus seul.

56

Diego et Lucia étaient assis l'un à côté de l'autre. Oliver, à droite de Diego. Mathias était resté debout, entre la porte et eux.

C'était lui le chef, comprit aussitôt Teresa Battaglia. Il les protégeait en se plaçant entre eux et l'inconnu. Il se sentait investi de la responsabilité du groupe, même maintenant qu'on avait enlevé son frère. Il avait pleuré et peut-être en avait-il honte, mais il n'avait pas renoncé à son rôle. Ils avaient tous subi une blessure profonde ces derniers jours, et pourtant, tous réunis, ils paraissaient sereins. Peinés, mais nullement perdus.

Ils ne semblaient pas non plus effrayés par cette sortie nocturne au poste de police. Il était presque deux heures du matin et leurs visages ne présentaient aucun signe de sommeil. Hugo Knauss leur avait préparé des tasses de chocolat chaud en faisant apporter une boîte de friandises sur la table de la petite salle. Il en manquait presque la moitié et la policière jugea que c'était bon signe.

Elle les salua et ils lui répondirent, intimidés. Elle oublia les chaises et s'assit sur le bureau, les jambes ballantes. D'un coup d'œil, elle invita Marini à s'asseoir par terre. D'abord interloqué, il obéit, les jambes croisées.

Battaglia avait longuement réfléchi aux mots à employer, mais à la fin, elle avait décidé que la sincérité serait l'unique moyen de gagner leur confiance.

— J'ai besoin de votre aide, annonça-t-elle. Je dois trouver qui a fait du mal à vos parents et qui a emmené le petit frère de Mathias.

Les enfants l'examinèrent, attentifs. Ils n'étaient pas habitués à ce qu'un adulte se montre aussi désarmé.

— Tu ne sais pas comment il faut faire ? s'enquit Lucia.

— Non, je n'en ai aucune idée.

— Et c'est pour ça que tu as peur ?

— Très peur.

L'enfant chercha le regard de ses amis, mais Teresa comprit qu'elle sollicitait autre chose de leur part : la permission de continuer.

— Moi aussi, un jour, j'ai eu peur, avoua-t-elle d'un coup.

Mathias l'observa, et elle se tut. Il n'avait manifesté aucun signe d'agressivité, rien qui puisse la freiner. C'était seulement un coup d'œil, rien de plus, mais cela suffisait : c'était celui du chef.

Teresa feignit de ne pas s'en rendre compte.

— Et maintenant, tu n'as plus peur ? demanda-t-elle à la petite.

Elle secoua la tête, les yeux baissés sur les mains où une sucrerie était posée au creux des paumes, mais elle ne répondit rien. Elle obéissait à un ordre silencieux.

— Je veux trouver le responsable de ces horreurs, dit alors Battaglia, mais surtout je veux retrouver ton frère, Mathias.

Il soutint son regard sans prononcer une parole.

— Tu n'as pas envie qu'il rentre à la maison ? insista-t-elle.

Les lèvres du garçon tremblèrent.

— Peut-être qu'il est mieux là où il est, l'entendit-elle soupirer.

Elle vit Marini se raidir et espéra qu'il obéirait lui aussi à son commandement et s'abstiendrait d'intervenir.

— Pourquoi penses-tu ça ? demanda-t-elle au jeune garçon.

Il commença à se ronger les ongles. Elle le sentait plus nerveux. Il n'avait aucune envie d'en parler avec elle, et elle respecta son choix.

— Je comprends que tu veuilles le protéger, mais il est si petit, il devrait être avec sa maman, argumenta-t-elle. Et avec toi. Il a besoin de vous.

Elle ne nomma pas le père. Elle avait remarqué les marques dans le cou que l'enfant touchait continuellement, sans même s'en rendre compte. Elle se demanda si c'était une manière inconsciente de les lui signaler. Le col de la chemise ne suffisait pas à les masquer. C'étaient des hématomes similaires à ceux que sa mère présentait aux bras.

L'enfant ne manifestait aucun signe d'ouverture et elle pouvait le comprendre : elle était une étrangère qui prétendait lui faire avouer son plus grand et son plus douloureux secret. Elle se sentait égoïste et indélicate.

— Un jour, il y a eu une personne qui m'a fait du mal, commença-t-elle à raconter, sans trop s'attarder à réfléchir à ce que serait la réaction de Marini.

Les enfants l'observèrent attentivement.

— C'était une personne pour laquelle j'avais beaucoup d'affection, continua-t-elle. Quand elle me faisait du mal, je me demandais tout le temps ce que j'avais commis comme erreur pour qu'elle se mette autant en colère.

— Et c'était quoi ? la questionna Lucia.

C'était sans nul doute elle la plus courageuse.

— Rien, répondit-elle. Aucune des erreurs que nous commettons ne justifie qu'on nous fasse du mal, mais il m'a fallu un peu de temps avant de le comprendre.

— Et vous avez décidé quoi ? s'enquit Oliver.

— Je l'ai mis dehors.

— Avec un coup de pied ?

Ce qui fit rire Battaglia.

— Cela m'aurait plu de lui en flanquer un, avoua-t-elle.

— Moi, je lui aurais donné.

Teresa ébouriffa les cheveux de la petite.

— Nous ne sommes pas obligés de nous éloigner de ceux que nous aimons pour les protéger, dit-elle en gardant le regard fixé sur Mathias. Mais nous devons nous faire aider pour maintenir à distance ceux qui nous veulent du mal.

Elle se tut, et maintint ce silence dans l'attente de sa réaction. L'enfant se mordillait les lèvres, comme s'il préférait arrêter les mots qui voulaient sortir.

— Markus va revenir chez nous, juste avec moi et maman ? demanda-t-il enfin, les yeux luisants.

Il réclamait sa protection, pour lui, pour son frère et pour sa mère.

— Je te le promets.

D'un œil, il consulta ses amis. Elle sentit clairement la communication muette qui s'établissait entre eux et qui était le propre des créatures liées par une sorte d'affinité élective. Ces enfants constituaient une famille les uns pour les autres, et voilà pourquoi ils protégeaient leur secret. Un secret innocent, qui pourtant mettait tous les jours à l'épreuve leur capacité à exclure le monde de leur groupe. Elle se rappela combien la loyauté était importante, à cet âge, et à quel point, chose incroyable, elle devenait fragile entre adultes.

Ils avaient appris à se protéger, et pour ce faire, constata-t-elle, ils n'avaient rien cédé de leur âme, en rien renoncé à la magie de l'enfance. Ils avaient réussi à rester purs quand autour d'eux tout ne l'était pas. Malgré les panoramas écrasants, un décor de conte de fées et les silences des sommets, dans l'intimité des maisons de ses habitants, Travenì abritait des secrets inavouables auxquels Battaglia s'était déjà heurtée à de trop nombreuses reprises dans le cours de sa vie. C'était perturbant, comme une forme de dyscrasie, ce trouble sanguin, qui avait de quoi étourdir.

Comme de contempler Dieu et de voir Satan avec ses cornes, pensa-t-elle.

Pourtant, ce n'étaient pas tant les péchés qui la bouleversaient le plus que les efforts de cette communauté pour couvrir les pécheurs et laisser les victimes aux mains des bourreaux, afin de sauvegarder l'intégrité de la collectivité. Elle songea avec colère aux affichettes collées dans tous les coins du village qui incitaient au soulèvement populaire contre le nouveau domaine skiable – l'invasion – alors que, pour les enfants, personne n'avait levé le petit doigt.

Unis contre le monde extérieur et aveugles, par commodité, envers leurs propres fautes.

Lucia attira son attention en la tirant par la jambe de son pantalon.

— Nous, on n'a pas peur parce qu'on est ensemble. On se retrouve dans le bois, presque tous les jours, dit-elle, contente de pouvoir s'adresser à sa nouvelle amie. Tu devrais essayer, toi aussi, si tu as peur.

Elle lui sourit.

— Je devrais en parler avec un ami ?

— Oui.

— C'est comme ça que vous faites, entre vous ?

La fillette hocha la tête.

— On parle des vilaines choses qui nous font peur, expliqua Oliver. Comme ça, elles sont moins terrorifiques.

— Ce mot-là, il n'existe pas, glissa Lucia.

— Mais si !

— Toi aussi, tu en parles, Mathias ? demanda Battaglia au jeune garçon.

Il fit oui de la tête.

— Mais moi je n'ai pas peur pour moi, ajouta-t-il.

— Seulement pour ton petit frère, n'est-ce pas ?

— Oui.

— C'est tout à ton honneur, assura-t-elle. Les forts doivent toujours protéger les plus faibles.

Il sourit, il était content de ce signe de reconnaissance. Il eut une œillade vers Lucia et hocha la tête.

— Nous avons un endroit secret, en bas dans le ravin, après la grotte. C'est près de la cascade, révéla alors la fillette.

— C'est là que vous vous amusez ? demanda Teresa.

— B-beaucoup. On… on est b-ien.

Diego aussi venait de décider de lui accorder sa confiance.

— Et vous êtes seuls, là-bas ?

Les enfants se consultèrent.

— Il y avait un homme qui nous espionnait, raconta Mathias. Moi, je m'en suis rendu compte.

— Et moi aussi, renchérit Oliver.

— Quel homme ? insista Battaglia.

— Celui qui est venu nous voir, quand Lucia a trouvé sa maman. On a eu peur et on a hurlé, mais ensuite on a compris qu'il voulait juste jouer.

— Jouer ?

— Oui, il s'était peint la figure, comme un clown.

Lucia regarda Teresa.

— Je leur ai expliqué que c'était un fantôme, mais ils ne me croient pas, se plaignit-elle.

— C-c'était p-pas un-un fantôme !

— À quoi voulait-il jouer ? s'enquit Teresa.

— Il marchait à genoux, comme si c'était un enfant lui aussi, raconta Oliver. Mais nous, on l'avait déjà vu, et il bougeait comme un vieux : devant l'école, avec une cagoule sur la tête, comme un magicien dans les contes de fées.

— Il vous a parlé ? Il vous a demandé de faire quelque chose ? demanda-t-elle avec un calme de façade.

— Non. Il ne sait pas parler. On ne l'a plus revu après, précisa Mathias.

— Je n'étais pas là quand il est venu, renchérit Lucia, mais il m'a apporté ça, à la maison.

Elle fit coulisser la fermeture Éclair de son blouson et en sortit une poupée de chiffon aux yeux composés de baies.

Teresa consulta Marini. C'était suffisant.

— Merci, dit-elle. Maintenant, je me sens vraiment mieux. Je n'ai plus peur.

— Tu vois que ça marche ! s'écria Lucia.

Battaglia lui caressa la tête.

— Finissez votre chocolat. Ensuite, je vous fais raccompagner à la maison.

— Avec les sirènes allumées ? demanda Oliver.

— Bien sûr !

Elle prit Marini à part. Elle s'efforça d'ignorer son regard inquisiteur. Il se demandait assurément si l'histoire qu'elle avait racontée était vraie ou inventée. Il n'avait pas encore la sensibilité, ou peut-être l'expérience, pour comprendre qu'à des enfants, il était impossible de mentir : ils possédaient un sixième sens infaillible pour déceler le mensonge et, aussitôt que cela se produisait, leur confiance était perdue pour toujours.

— Les enfants, murmura-t-elle. Il les venge.

— Il entendait leurs confessions.

— Oui. Il a puni les adultes qui les tourmentaient. Chacun d'eux avait dans son entourage une personne qui le faisait souffrir. Diego : un père castrateur et sans affection. Lucia : une mère droguée et absente. Oliver : un surveillant sadique. (Elle lança un regard au quatrième enfant.) Et Mathias : un parent violent.

L'animal écorché laissé devant la maison de la fillette n'était pas une menace. C'était un cadeau pour la petite. Nous nourrissons ceux que nous aimons.

— Pourtant, il a enlevé le frère de Mathias, il n'a pas puni le père, objecta l'inspecteur.

Elle n'eut pas le temps de répliquer.

— L'homme des bois, il nous a apporté des cadeaux, l'interrompit Oliver. Vous voulez les voir ?

57

La gorge du Sliva creusait un trou noir entre le village et l'ancienne gare de chemin de fer. Une fosse verticale en pleine forêt, profonde de presque une centaine de mètres. Cette nuit-là, les torches de la police sillonnaient le sentier qui descendait le long de sa nervure boisée. Telles des lucioles d'hiver, les points lumineux dansaient dans l'obscurité, descendant en une file indienne qui zigzaguait vers le fond.

Les enfants précédaient Teresa Battaglia et Massimo Marini et, derrière eux, suivaient les hommes de la brigade mobile et ceux d'Hugo Knauss.

Lucia, Mathias et Diego sautaient comme des petits bouquetins, sans jamais perdre l'équilibre sur ce terrain accidenté. En revanche, Oliver avait choisi de prendre Teresa par la main, et il ne la lâchait pas un seul instant. Elle se remplissait de ce contact tendre et chaud, qui contrastait avec le paysage glaciaire environnant. La gorge formait une cavité en pente raide qui menait au lit rocailleux d'un torrent presque immobile. Le froid était tel qu'il avait même ralenti l'eau, et des plaques de glace s'étaient accrochées à la rive. La brume se déplaçait en serpentant au-dessus de son lit. Des roches et des branches pendaient des stalactites modelées par le vent. On aurait dit la trace ultime d'un monde éteint. Ici-bas, Teresa avait le sentiment que leurs cœurs étaient les seuls à battre. C'était une sensation déroutante, une pensée singulière qui, pour la première fois de sa vie, lui permettait de comprendre ce que pouvait être la claustrophobie.

Les enfants les guidèrent sur des ponts suspendus et par des escaliers glissants. Ils évoluaient avec des gestes sûrs, sans le moindre soupçon de peur. L'obscurité n'exerçait aucun ascendant sur leur mental. N'étant pas assez apprivoisés pour la craindre, ils ne faisaient qu'un avec cette nature encore sauvage. En ces moments dramatiques, Battaglia les voyait affronter les ténèbres et la mort avec une force sereine qui était celle des grands esprits.

Elle les suivait en toute confiance en surveillant chacun de leurs pas et pourtant seuls les siens demeuraient hésitants, elle en était convaincue.

Elle songea aux peurs qui l'avaient tant secouée ces derniers jours et, d'un coup, elles ne lui parurent plus si insurmontables. Elle pouvait décider de comment vivre la vie qui l'attendait, et de deux manières, au choix : soit en s'éteignant petit à petit, soit en l'affrontant avec courage.

Ils franchirent une ouverture dans la roche et, au milieu de cette noirceur humide à l'odeur âcre, elle vit son existence dans une impasse. La petite main d'Oliver serra la sienne plus fort.

— N'aie pas peur.

Elle entendit sa voix, amplifié par ce tunnel naturel.

— Je n'ai plus peur, répondit-elle, et ces mots s'emplirent d'une signification qui dépassait cet instant.

Ils débouchèrent de l'autre côté, où Lucia, Mathias et Diego les attendaient sous une cascade de cristal. Les enfants désignèrent l'anfractuosité derrière les jets d'eau immobiles.

Elle lâcha la main de son guide et s'approcha avec Marini. Ils éclairèrent la mousse avec leurs lampes-torches. Un objet carré brillait dessous. Il le prit : c'était une boîte en métal. Les dessins sur le couvercle étaient décolorés, mais on reconnaissait encore des petits lapins blancs montés à bicyclette.

— Tu peux l'ouvrir, suggéra Lucia.

Marini retira le couvercle et ce fut comme s'il venait d'arrêter le cours du temps. Il regarda Teresa, mais elle fut incapable de réagir elle non plus. Le contenu de la boîte constituait un détail irrationnel dans une histoire qui restait encore entièrement à découvrir.

58

16 septembre 1993

Le sujet Alpha est actif et conscient. Pourtant, il est difficile de décrire quelle perception il a de lui-même. Je me demande s'il a la notion de l'écoulement du temps et des conséquences du futur, conçu comme vision et projection de soi dans un moment encore à venir. Je me demande s'il s'interroge sur la personne qui se trouve de l'autre côté du mur, et qui lui apporte le nécessaire pour vivre. Ne lui ayant jamais rien montré de moi, si ce n'est mes mains gantées qui lui tendent des vivres et des vêtements, je ne crois pas qu'il ait conscience de ma présence. Pour lui, le monde est tout entier dans cette pièce. L'Alpha ne connaît pas d'autre vie que celle que je lui ai donnée, et pourtant il semble s'adapter à ses limites considérables, sans en souffrir. Je m'interroge depuis longtemps sur la manière dont une créature peut survivre à tout cela : la réponse, c'est que son monde intérieur est tellement riche et profond qu'il compense son manque d'expériences extérieures. Sa force vitale ne nécessite rien d'autre qu'elle-même.

En revanche, l'Omega dépend en toute chose de l'Alpha, le « Père ». C'est un sujet passif qui se laisserait mourir d'inanition. Il passe tout son temps blotti dans le recoin qu'il s'est choisi pour refuge et semble ne pas exister, si ce n'est en tant que reflet dans le sujet Alpha : je crois que, dans sa tête, il est convaincu d'être uniquement une ramification du « Père ». Il vit parce que l'autre vit.

Depuis quelques semaines, j'ai introduit de nouveaux exercices pour le développement du langage, pour comprendre s'il s'agit d'une incapacité innée ou autre, si le retard qui se manifeste chez les deux sujets est permanent ou récupérable. Comme c'était prévisible, le sujet Alpha s'est révélé le plus doué des deux et le mieux prédisposé à l'apprentissage.

Quoique intéressé par l'évolution de cette nouvelle perspective, considérant l'âge des sujets, je m'interroge sur l'opportunité de continuer l'expérience et, le cas échéant, sur les modalités les plus appropriées pour y mettre un terme.

59

La boîte de lait était posée sur la table au milieu de la pièce. Elle était ouverte et son contenu visible à toutes les personnes présentes, aucune d'elles ne réussissant à détacher le regard de ce qu'elle abritait.

Battaglia enfila une paire de gants en latex et préleva les deux objets. Elle posa le plus petit dans sa paume. Sous la lumière des néons, la médaille resplendissait. Elle la retourna : au revers, il y avait une gravure.

— W. Wallner, lut-elle à haute voix.

Il y avait aussi une date : 01/09/1936.

Dans la salle de réunion du poste de police de Travenì, personne n'eut le courage de poser des questions. Hugo Knauss lui-même avait perdu l'expression affable qui le caractérisait.

— Ce sont des accessoires pour messes sataniques ? demanda Parisi, irrité.

Il se lissait le menton. Quand il était nerveux, ses mains étaient incapables de lâcher son bouc.

Teresa laissa échapper un sourire.

— Non. C'est la croix d'Hippocrate, représentée avec le bâton d'Esculape. C'est le symbole de la médecine, expliqua-t-elle en lui montrant la silhouette décorée d'un serpent enroulé autour du bâton.

Elle tourna la relique entre ses doigts, s'efforçant d'en déchiffrer le sens. Mais c'était un élément auquel elle était incapable d'attribuer une place.

— Wallner, répéta Marini. J'ai déjà entendu ce nom. Ça vous dit quelque chose ?

— C'est un patronyme assez répandu dans les pays de langue germanique, remarqua Teresa. Quoi qu'il en soit, je doute que remonter la trace du propriétaire initial puisse nous aider.

Pourquoi offrir un objet pareil à des enfants ? s'interrogea-t-elle en le remettant dans une pochette en plastique.

— Et l'autre ? intervint Parisi. C'est aussi le symbole de quelque chose ?

Elle observa l'autre objet. Non, elle ne pouvait le qualifier d'inoffensif. Même si elle en ignorait la fonction, elle sentait qu'il ne l'était en rien.

La cagoule blanche était un simple cône de coton avec deux trous pour les yeux, masqués d'un léger filet. Elle était sale et les coutures s'étaient effilochées à plusieurs endroits. Son aspect rappelait les coiffes utilisées par les pénitents durant les célébrations de Pâques dans certains pays du Sud. Ou bien encore celles du Ku Klux Klan.

À la lumière de cette dernière réflexion, elle jugea l'objet inquiétant. Elle n'en comprenait pas la signification.

Le profil de l'assassin revêtait des contours indéfinis et contrastés. Elle n'avait jamais rencontré dans une étude clinique ou observé en personne un tableau psychologique aussi contradictoire. Le fait que s'y attache un fort degré de sadisme n'était pas cohérent avec la motivation qui le poussait à choisir ses victimes. Il protégeait les enfants, et pourtant, en même temps, il anéantissait leurs familles. Il avait probablement été gagné d'une certaine culpabilité, c'est pourquoi il s'était présenté au domicile de Lucia avec un objet de la mère, et la raison pour laquelle il avait apporté un cadeau à la fillette. C'est pour cela qu'il avait protégé le corps de la première victime, pour cela qu'il avait laissé s'échapper Melania Kravina et rhabillé Abramo Viesel, comme pour cacher qu'il l'avait écorché.

Elle se demanda ce que représentaient pour lui les trophées qu'il leur avait pris, quels fantasmes ils mettaient en branle.

— Cela vous fait penser à quelque chose ? demanda-t-elle à Hugo Knauss en retirant ses gants et en les jetant dans la corbeille.

— Non, commissaire.

— Certain ? Il n'y a aucun habitant de la vallée qui aurait des centres d'intérêt un tant soit peu discutables ?

— Vous entendez par là une secte qui prêcherait le racisme ? Vraiment pas, non.

Il avait pensé à la même chose qu'elle. Elle s'imaginait que c'était l'impression générale.

— Dans le cas contraire, vous m'en feriez part ?

— Que voulez-vous insinuer ?

— Je n'insinue jamais rien, chef Knauss.

— Commissaire ? l'interrompit De Carli en entrant. (Quand il avisa l'objet, il se figea, l'observa, oublia ce qu'il était venu dire.) C'est bien ce que je crois ?

— Cela te fait penser à quoi ? demanda Battaglia.

— Racisme, croix de feu, secte, violence… Je suis sur la bonne voie ?

— Qui peut l'affirmer ? répondit-elle. Si tu as de brillantes intuitions à cet égard, je t'en prie, fais-nous-en part.

— Pour le moment, je n'ai qu'un rapport à vous remettre. L'interrogatoire du père de Lucia.

Il posa le fascicule sur la table. Elle le feuilleta distraitement.

— Je ne veux pas qu'il rentre trop vite chez lui, trancha-t-elle. La fillette sera confiée aux grands-parents, au moins pour ces prochains jours.

— Nous n'avons aucun chef d'inculpation, commissaire. Et puis il s'est déjà enfui une première fois, rien ne l'empêcherait de recommencer.

— J'espère que le juge pensera comme toi.

Elle ne lui précisa pas qu'elle s'était déjà entretenue avec Crespi et qu'elle avait reçu l'assurance que l'homme ne retournerait pas de sitôt auprès de la petite. Il faudrait d'abord qu'il soit suivi par les services sociaux et parvienne à rétablir la relation qu'il avait été sur le point de détruire – en plus de sa propre vie.

Teresa consulta la pendule et l'image de la montre de Roberto Valent attachée à l'envers au bras du pantin lui revint en tête. Elle n'avait pas encore compris le sens de ce symbole-ci. L'aube se lèverait dans quelques heures et alors ils allaient pouvoir agir. Ils n'avaient plus qu'à espérer que les conditions météorologiques soient favorables. Personne n'avait réussi à se reposer. La pensée du petit Markus entre les mains du tueur les empêchait de fermer l'œil ne fût-ce qu'un instant.

Elle relut les déclarations de Dante Kravina, la tête entre les mains et le dos en miettes.

— Absence d'expression faciale, murmura-t-elle en parcourant à nouveau la description du tueur communiquée par le père de Lucia.

Marini s'approcha.

— Ce sont ses mots ? demanda-t-il à De Carli.

— Plus ou moins. Mais il a été clair là-dessus. Ça l'a fortement impressionné.

— Absence d'expression faciale, imitation et difficultés de langage, récapitula l'inspecteur en lisant le rapport par-dessus son épaule.

Battaglia leva le visage pour l'observer. Il semblait concentré sur des réflexions qui retenaient son intérêt.

— Cela t'évoque quelque chose ? lança-t-elle sans attendre de réponse affirmative.

Il la regarda, interdit. Il semblait être le premier à ne pas croire à ce qu'il allait expliquer.

— Le cas de l'enfant n° 39.

Elle ne comprenait pas.

— L'enfant n° 39 ? répéta-t-elle.

Marini s'assit à côté d'elle. Il se mit à taper sur le clavier de l'ordinateur.

— Je suis en train de lire un manuel de psychologie, reprit-il. Ça parle d'un tas de trucs inutiles, mais ce détail m'a frappé parce que c'est… incroyable. C'est vraiment impensable qu'une chose pareille se soit réellement produite. Là, j'ai trouvé ! « Johann Albert Wallner », lut-il à voix haute. C'était le titre d'un article en ligne.

Teresa commençait à avoir la tête qui tournait. *Wallner*, songea-t-elle. *Comme le nom inscrit sur la croix d'Hippocrate.*

— Qui est-ce ?

— Un médecin et psychiatre autrichien radié de l'Ordre, répliqua Marini, suite à une expérience criminelle conduite il y a presque quarante ans. Wallner. (Il posa les yeux sur la relique nazie.) Son père était Wolfgang Wallner, médecin officier de la S.S. La médaille doit être liée à l'exercice de sa fonction.

— Peut-être un souvenir de diplôme, conjectura Teresa en faisant le calcul mentalement.

Elle tâchait de rester calme, de contrôler sa respiration, mais c'était difficile. Elle avait fini par se poser une question troublante : elle qui croyait avoir tout lu en matière de psychologie, pourquoi ne se remémorait-elle rien à ce sujet ? Et pourtant, d'après ce que rapportait l'article sous ses yeux, le cas de l'enfant n° 39 avait eu une résonance énorme, au point d'être repris dans le manuel que lisait Marini.

Cela m'a échappé, ou mon esprit l'a-t-il effacé ?

— De quelle expérience parlons-nous ? intervint Knauss.

— D'une expérience aberrante sur la privation de la mère, menée quelques kilomètres de l'autre côté de la frontière, expliqua l'inspecteur Marini. Wallner s'est inspiré d'une étude de René Spitz, un autre psychanalyste autrichien naturalisé américain, mais il est allé encore plus loin.

— Qu'a-t-il fait ? demanda De Carli.

— Il dirigeait un institut, un centre d'accueil pour orphelins. Il ordonnait aux puéricultrices qui s'occupaient des nouveau-nés de priver totalement les enfants de soins de type maternel. Les petits n'étaient pas identifiés par leur nom, mais seulement par un numéro sur leur berceau. Ils appelaient ça la « dépersonnalisation ».

— Mais c'était légal, ce genre de démarche ? s'étonna Parisi.

— Je dirais que non, absolument pas, répondit Marini, mais Wallner et ses collaborateurs n'avaient aucun scrupule. Les infirmières n'avaient pas le droit de parler avec les enfants ni de chercher un contact visuel. Elles coiffaient une cagoule avec deux trous pour les yeux pour éviter de rendre l'expression de leur visage reconnaissable.

L'espace d'un instant, tout le monde retint son souffle. Les yeux de tous s'étaient posés sur la cagoule, et Teresa devinaient les pensées qui allaient de pair avec ces regards : qui avait pu enfiler cette cagoule, dans quel but insensé, et qui, surtout, avait eu cette face encagoulée penchée au-dessus de sa tête, trop longtemps, devant ses yeux ?

— Les nouveau-nés étaient nourris et lavés, mais privés de toute autre forme d'attention, continua Marini. Assez vite, ils manifestèrent les premiers symptômes de ce « traitement » : insomnie, retard du développement moteur et absence d'expression. Tous, sauf un : l'enfant du berceau n° 39. Ce nouveau-né se montrait réactif et ne dépérissait pas, mais se développait, au contraire. Wallner crut avoir cerné en lui le « Père », selon l'hypothèse de Freud : un chef naturel doté d'une force intérieure extraordinaire.

— Que sont devenus ces enfants ? demanda De Carli.

Marini fit défiler le pointeur à la fin de la page Internet qu'il lisait.

— Une infirmière fraîchement engagée a dénoncé Wallner et la police a fait irruption dans l'institut. Les enfants ont été sauvés et, au bout de quelques mois, les symptômes ont régressé, jusqu'à disparaître. Wallner a pourtant réussi à s'échapper, et il a emmené avec lui l'enfant du berceau nº 39, sa plus grande découverte.

— Comment s'appelait le petit ? C'est écrit ? lança Teresa, cherchant à maîtriser le tremblement dans sa voix.

— Andreas Hoffman. Wallner et l'enfant n'ont jamais été retrouvés. Agnes Braun, la plus proche collaboratrice de Wallner, a été traduite en justice et condamnée à vingt années de prison. La jeune fille qui les a dénoncés, Magdalena Hoos, a été réembauchée par l'institution, quand celle-ci a rouvert ses portes. Plus tard, les enquêteurs ont découvert que Wallner entretenait une sorte d'obsession pour les théories eugénistes nazies.

Andreas, songea Teresa. Enfin, elle parvenait à établir un contact avec lui.

— Pauvre enfant, qui sait ce qu'il est devenu… soupira De Carli.

Marini lâcha un juron et Knauss baissa les yeux sur son pantalon qu'il n'arrêtait pas de triturer.

Teresa se reprit et les balaya tous du regard, d'un œil incrédule.

— Mais vous n'avez pas saisi ? s'écria-t-elle. C'est lui. Notre meurtrier, c'est l'enfant qui n'a jamais été retrouvé.

Elle se leva, très agitée, oubliant soudain tous ses autres problèmes.

— Il se peint le visage en blanc parce que la forme la plus primitive de l'amour, c'est l'identification, et lui, tous les jours, ce qu'il voyait, c'était le plafond nu de sa chambre et une cagoule blanche. Je le croyais atteint d'un trouble de la personnalité multiple, en raison des différentes attitudes qu'il adopte avec ses interlocuteurs. Mais c'est le contraire, il n'a aucune personnalité, au sens médical du terme. Il imite la personne qu'il a en face de lui, dans une sorte de stade néonatal jamais dépassé. C'est son mode de communication.

Elle comprenait enfin pourquoi le profil psychologique et le comportement d'Andreas lui avaient toujours semblé incohérents, réunissant trop d'éléments discordants, impossibles à concilier.

C'étaient leurs hypothèses de départ qui étaient erronées.

— Il n'entre dans aucune statistique, parce que, psychologiquement parlant, il n'est jamais né, conclut-elle. Voilà pourquoi on ne peut enquêter sur lui avec les instruments normaux de la psychologie d'investigation.

— Et pourtant, il réussit à entretenir une relation avec les enfants, observa Marini.

— Oui… Mais pour comprendre comment il procède et pourquoi, nous devons découvrir comment il a survécu jusqu'à ce jour, remarqua-t-elle. Il a une maison ? Une compagne ? Qu'en est-il de son ravisseur ?

— Peut-être que Wallner l'a abandonné et qu'il s'est enfui. Ou alors… Peut-être qu'il s'est caché pendant des dizaines d'années dans la région, qui sait où, commenta Parisi. Il est probablement mort, mais le produit de son expérience est arrivé à survivre, lui.

Qu'est-ce qui a pu provoquer la fureur d'Andreas Hoffman ?

Battaglia pensa à la manière dont l'assassin avait arrêté les gamins dans les bois et aux animaux qu'ils avaient vus en fuite, lors de leurs investigations sur les lieux.

— L'invasion territoriale a rompu son équilibre, comprit-elle. Elle l'a poussée vers la vallée, comme les chevreuils effarouchés de l'autre jour.

— Quelle invasion ?

Elle consulta la carte attachée au mur et pointa le doigt sur la zone du nouveau domaine skiable.

— Cette invasion-là. Les conducteurs d'engins et les ouvriers. Les déboisements et les relevés. Nous devons circonscrire les recherches à cette zone en partant des terrains situés le plus au nord, les plus boisés et les plus impénétrables. Il faut chercher un refuge, ou un bivouac.

— Au nord et au nord-ouest, ce ne sont que des parois rocheuses, observa Knauss. J'exclus qu'il puisse se trouver là. Au nord-est, ce sont les carrières d'Osvan. C'est un territoire aride et sans arbustes. Rien que des éboulis. Il n'y a rien là-bas.

— Des carrières de quoi ?

— De pierres et de minerais de plomb et de zinc, mais à présent c'est un désert. La végétation n'a même pas encore pu repousser.

— Nous appliquerons ces limites à notre périmètre de recherches, décida-t-elle.

— Il y a une chose que je ne comprends pas, intervint Marini. Pourquoi a-t-il fini par enlever le plus petit des Klavora, Markus, et a-t-il laissé le grand frère en pâture au père ?

— Parce que Mathias n'a jamais admis à voix haute auprès de ses amis les violences qu'il subissait, devina Teresa. Alors qu'il a exprimé son inquiétude pour ce qui allait advenir de son frère.

— Le meurtrier aurait pu tout aussi bien tuer le père et libérer les deux enfants.

Le commissaire scruta la nuit par la fenêtre. L'obscurité se dissipait lentement. D'ici peu, ils pourraient sortir à la recherche de l'enfant et d'un tueur qui, dans son esprit, désormais, était en réalité la première victime d'une très longue liste.

— Il a changé radicalement de mode opératoire, expliqua-t-elle. Je crois que la vision du nouveau-né a réveillé quelque chose en lui. Peut-être que dans son subconscient une trace est restée de ses camarades à l'institut. Il se souvient des pleurs. Il se souvient des nuits passées ensemble à écouter leurs respirations.

Elle retira ses lunettes, mit aussitôt la branche dans sa bouche pour la mordiller nerveusement.

— Il se souvient à présent de sa première vie. Et il veut la revivre.

60

20 septembre 1993

Bien à contrecœur, je crois que le moment est venu de mettre un terme à l'expérience.

J'ai fini par me convaincre de prendre cette décision parce que les conditions ne garantissent plus ma sécurité. Par conditions j'entends, principalement, la survie d'Alpha. Ma découverte la plus extraordinaire est aussi celle qui peut mettre ma vie en danger, et je le regrette.

Le sujet a vécu au-delà de mes prévisions les plus optimistes et je me trouve maintenant confronté à la difficulté d'en gérer la captivité, par la suite.

Je me demande ce qui arriverait s'il se rendait vraiment compte de ma présence et des conditions dans lesquelles je l'ai fait grandir : c'est une question dont je ne veux pas connaître la réponse.

Le sujet Omega, pour sa part, ne constitue pas un problème, mais il est désormais dénué d'utilité.

La solution se présentera au prochain repas.

61

L'aube avait pointé au-dessus de la vallée, apportant avec elle une matinée lumineuse. Teresa soupira de soulagement de voir ainsi la lumière se diffuser dans un ciel limpide et propice aux recherches. Elle avait réussi à se reposer par demi-heures, entrecoupées de pensées sombres qui l'avaient fait sursauter dans le noir, le cœur au bord des lèvres. Il avait été difficile de rester en place, en attente. Mais maintenant, il était encore plus compliqué d'avoir à conduire les opérations depuis la vallée. Elle aurait voulu être dans les bois, scruter la forêt de ses yeux et non avec ceux, artificiels, des drones. Elle se rappelait avec un frisson l'ivresse de la filature de Lucas Ebran : elle s'était sentie vivante, avec un corps et un esprit qui fonctionnaient encore et qui accomplissaient les devoirs qui étaient les leurs. Pour elle, ce n'était plus un acquis. Pourtant, elle aurait voulu utiliser toute l'énergie qui lui restait et se dépasser, afin d'être celle qui retrouverait l'enfant.

Mais lequel des deux enfants ? se surprit-elle à se demander.

Maintenant qu'elle connaissait l'origine de cette histoire, il lui était difficile de ne pas voir Andreas Hoffman pour ce qu'il était : une victime qui avait survécu, malgré toutes les horreurs qu'il avait subies. Elle avait tenté d'imaginer ce qu'avait dû être sa vie, elle avait essayé de tracer un nouveau profil, mais les statistiques, les études et l'expérience ne lui étaient d'aucun secours. Parce qu'il n'avait peut-être jamais existé quelqu'un comme Andreas. Personne ne lui avait fourni les ressources nécessaires pour l'aider à s'adapter, et cependant, il y était quand même parvenu. Il les avait remplacés par d'autres, et elle se demandait lesquelles. C'était un esprit qui n'était jamais vraiment né, et pourtant il était actif.

C'était une vie sans amour.

L'hélicoptère des secouristes était stationné sur le terre-plein devant le chantier du nouveau domaine skiable, prêt à prendre son envol pour récupérer l'enfant dès qu'ils l'auraient repéré. Deux autres hélicoptères de la protection civile survolaient déjà la zone. Les hommes d'Hugo Knauss étaient partis aux premières lueurs du jour pour ouvrir la piste. L'armée était arrivée et s'apprêtait à passer au peigne fin la bande boisée qui montait d'ici jusqu'à la moyenne montagne. À partir de là, des alpinistes chevronnés appartenant aux forces de l'ordre prendraient le relais. La police autrichienne avait été alertée et la frontière était gardée par un cordon d'hommes en cas d'éventuelles tentatives de fuite.

Teresa priait tous les dieux de la création pour qu'on n'en arrive pas là.

Elle observait avec une préoccupation croissante les armes remises en dotation aux hommes prêts à partir, et les chiens de Saint-Hubert tenus en laisse. Ils se déploieraient en étoile, comme pour une battue de chasse. Ils ne tireraient pas tant que l'enfant ne serait pas en sécurité, mais ensuite ?

Elle vit arriver Gardini et Ambrosini. Le substitut du procureur et le commissaire principal accompagnaient une femme. C'était la mère du petit. Dès qu'elle vit le commissaire Battaglia, elle se dirigea vers elle d'un pas décidé en serrant contre sa poitrine un bout d'étoffe. La confrontation ne pouvait être évitée.

Gloria Sanfilk planta deux yeux gonflés de désespoir dans ceux de Teresa. Tout au fond de sa douleur, celle-ci entrevit pourtant une force qui la surprit.

— Il est vivant, l'entendit-elle affirmer.

Ce n'était pas une question, mais une admonestation à ne pas penser un instant le contraire et à ne pas se relâcher.

— J'en suis convaincue, répliqua Teresa.

Elle chercha du regard le mari, derrière la femme, mais ne le trouva pas.

— Il n'est pas là, fit Gloria, interprétant ses pensées. Je ne le laisserai plus revenir, je ne le laisserai plus s'approcher de nous. Je ne vous demande qu'une chose : retrouvez mon enfant.

Elle lui tendit le bout d'étoffe. C'était une minuscule grenouillère. Gloria la lui mit dans la main en la serrant entre les siennes, puis elle la porta à son visage, respirant l'odeur de son bébé, l'invitant ensuite à en faire autant. Elle ne l'avait pas apportée pour les chiens, mais pour elle, pour Teresa. Elle voulait être certaine que cette femme qui tenait entre ses mains le sort de son fils sente le parfum de l'enfant comme si c'était le sien.

Substitue-toi à moi, lui disait-elle, *et ramène-le-moi.*

Le commissaire hocha la tête. Il n'y avait pas besoin de paroles.

Ambrosini les rejoignit et, prenant Gloria par l'épaule, la raccompagna avec prévenance.

Marini s'approcha.

— Les réactions du tueur sont insondables, affirma-t-il en scrutant la forêt.

— Appelle-le par son nom, murmura-t-elle, plus pour elle-même que pour le jeune inspecteur. Comme personne ne l'a jamais fait avant, même pas lui.

Le regard de Marini changea.

— Je comprends maintenant votre point de vue, commissaire, admit-il. Même moi, je n'arrive plus à y penser sans voir en lui une victime.

Il hésita avant de formuler la question que personne n'avait encore eu le courage de lui poser.

— Vous croyez qu'il fera du mal à l'enfant ?

Elle avait cherché une réponse toute la nuit. Elle espérait avoir trouvé la bonne et non simplement celle qui permettait de faire taire ses inquiétudes.

— Pas volontairement, dit-elle. Lui, c'est le « Père » qui protège les siens, c'est l'Alpha, et les enfants sont son troupeau inconscient, mais nous ne devons jamais oublier que les mains qui, en ce moment, retiennent le petit sont celles qui ont arraché les yeux de Roberto Valent.

Marini lui tendit un tirage d'une photographie aérienne.

— Les drones ont enregistré l'image d'un vieux refuge à moitié démoli qui n'est pas sur la carte, l'informa-t-il. Il est entouré de végétation, dans le quart nord, peu avant la fin des bois et le début des carrières. C'est le seul de la zone. Il y a des signes d'activité humaine récente dans l'aire qui l'entoure.

62

Forêt de Travenì-Aberlinz, 1993

Le soleil réchauffait encore les pierres et illuminait les pollens tardifs et parfumés de la camomille et de l'absinthe sauvage, mais ces derniers jours le vent qui soufflait du nord s'était refroidi et annonçait l'arrivée de la saison du sommeil : plantes et animaux se préparaient déjà, les premières à se défaire de ce qui désormais ne leur servait plus, les deuxièmes à épaissir leur fourrure et à remplir leurs tanières de glands et de foin.

Il s'apprêtait lui aussi à affronter l'arrivée du froid. Il avait remarqué qu'après chaque pluie l'air était plus frais et faisait surgir des espèces de fleurs minuscules sur sa peau quand il soufflait. La veille, il avait posé davantage de pièges, car bientôt les proies commenceraient à manquer. Leur viande, découpée en fines bandelettes et mise à sécher, lui serait utile les jours plus sombres.

Arrivé au torrent, il sauta de pierre en pierre jusqu'à la rive opposée. Il gravit avec agilité le flanc du promontoire et déboucha dans la clairière ensoleillée.

Cet endroit était apprécié des prédateurs – surtout des renards, des blaireaux et des rapaces – parce que, quand ils le traversaient, les petits rongeurs étaient sans défense face à leurs attaques.

L'un des pièges installés en lisière du bois avait fait un prisonnier. Le blaireau se démenait pour se libérer du collet, mais cela le resserra d'autant plus fort.

Il le rejoignit et constata que l'animal n'était pas aussi gros qu'il l'avait cru : la femelle était entourée de sa progéniture. Les petits étaient tout frémissants autour du corps de la mère et poussaient des cris épouvantés.

Les bestioles assouviraient sa faim quelques jours, peut-être quelques semaines, mais au lieu de refermer sa main et de leur ôter la vie, il les observa sans réussir à esquisser un geste. Ces geignements déchaînaient en lui une tempête, comme lorsque les nuages noirs arrivaient de l'est et arrachaient les jeunes arbres de la terre.

Il libéra la femelle et resta là, à les observer détaler en direction de la forêt. Il n'avait jamais vu de petit grandir sans sa mère. Et il en avait lui aussi un sur lequel veiller.

Il tourna le regard vers le bas, vers l'extrémité du promontoire, où son petit à lui l'attendait, caché, et vit une chose qui l'effraya : un ruban noir montait vers le ciel.

Il se mit à courir et se lança entre les arbres. Arrivé à la tanière, il vit que de la fumée sortait des interstices entre les poutres. Il courut vers le fond et souleva la planche qui lui servait de porte. La pièce était telle qu'il l'avait laissée, hormis un détail : en son absence, les mains qui de temps en temps, de plus en plus rarement, introduisaient de la nourriture et des vêtements par un trou dans la cloison, avaient déposé de la pitance sur le sol.

Son petit était dans l'angle d'où il ne s'éloignait jamais, il semblait endormi à côté d'une écuelle à moitié vide.

Il s'approcha et tenta de le réveiller, mais il n'ouvrit pas les yeux. Il avait changé de couleur et la peau était toute refroidie. Il la frictionna avec vigueur, la pinça, mais ne réussit pas à la réchauffer. Il l'appela, avec des jappements, le pinça encore, mais il était plongé dans un profond sommeil. Il pensa alors qu'il n'était pas bon de le réveiller, même pas maintenant que l'odeur de la fumée s'était faite plus intense.

Il se blottit contre lui : dans ses bras, il n'aurait pas peur et ne tarderait pas à se réveiller.

63

Il fallait monter à pied, il n'y avait aucun autre moyen d'arriver au refuge abandonné. Teresa sentait ses muscles la brûler sous l'effort et le souffle lui manquer. Marini la pressait sur son flanc, toujours prêt à la soutenir dès que ses genoux cédaient, et recevant un coup de coude en réponse.

— Vous auriez dû rester dans la vallée, avait-il dit à un certain moment, ce qui lui avait valu un tombereau d'injures qui lui avaient fait écarquiller les yeux.

Elle sentait dans la poche de son blouson le poids de la grenouillère de l'enfant. C'était le fardeau de la responsabilité dont elle s'était chargée en décidant de concentrer les recherches sur cette zone, à l'exclusion des autres. C'était le risque de se tromper et de ne plus jamais le retrouver.

Leur marche progressait à vive allure. Ils avaient tous clairement en tête l'idée qu'il s'était presque écoulé douze heures depuis le rapt du petit et qu'il devait être affamé. Aucun d'eux ne s'économisait et l'air vibrait de leurs souffles courts. Le sous-bois était parcouru d'un filet humain qui s'étendait sur des centaines de mètres et remontait le versant en inspectant la moindre ombre, le moindre recoin.

Les chutes de neige de la nuit avaient recouvert les traces éventuelles de tout passage humain, mais elle était convaincue que ce que le drone avait photographié se situait à présent à peu de distance : elle se demandait qui pouvait être l'homme qui vivait là-haut, en compagnie des aigles, des renards et de rien d'autre ou presque, où même les cerfs accédaient rarement l'hiver, laissant la terre aux bouquetins, et où le hululement du vent était une voix qui couvrait toutes les autres.

— Nous y sommes, annonça l'un des hommes dans l'un des cordons qui les précédaient.

Ils s'arrêtèrent et elle prit la tête du groupe.

Entre les branches des arbres, une clairière s'ouvrait devant eux. La construction qui s'y dressait était décrépie, un incendie déjà ancien l'avait à moitié noircie. Le refuge était composé de planches vermoulues par le temps, le toit pentu reposait sur un soubassement de pierre et rien d'autre : c'était une grange désaffectée, l'une de celles où, par le passé, on conservait le foin après le fauchage estival dans les prés des alpages.

— En ce temps-là, les anciens savaient à quelle période de l'année couper le bois pour construire les maisons : en cas d'incendie, il durcit et noircit, mais ne brûle pas, commenta Hugo Knauss en observant les ruines.

La bicoque n'était pas inhabitée. Le terre-plein tout autour était recouvert d'objets épars et rouillés qui pointaient de la couche de neige et s'accompagnaient d'autres plus récents. Celui qui occupait cette habitation semblait fréquenter le village et en remonter avec des trésors qu'il abandonnait ensuite à l'érosion des éléments.

Elle avait ordonné que les hélicoptères ne survolent pas la zone pour le moment, afin de ne pas effrayer Andreas Hoffman et de ne pas l'inciter à prendre des initiatives qui débordent ses intentions. Ils devaient faire de même afin que leur présence passe inaperçue le plus longtemps possible.

Tout autour du refuge, confondus avec ce bric-à-brac, se dressaient des totems fabriqués avec des têtes d'animaux. Des ossements pendaient aux branches des pins qui poussaient en bordure, et ils tintaient, secoués par le vent, comme des carillons.

Knauss cracha par terre.

— C'est vous l'experte, commissaire. À quel type de tueur avons-nous affaire ?

— Qualifieriez-vous de « tueur » un animal qui tue parce qu'il se sent menacé ? rétorqua-t-elle sèchement en s'éloignant de quelques pas.

La brigade était en attente d'un ordre pour faire irruption à l'intérieur et d'autres hommes, dans la forêt, se tenaient prêts à barrer toutes les issues. Elle avait eu beau revoir avec eux, dans les moindres détails, la procédure et les dispositifs pour garantir la sécurité de l'enfant, elle redoutait ce moment comme rarement dans sa carrière. Jamais elle ne s'était sentie responsable d'une vie aussi jeune et elle se surprit à remarquer combien le caractère précieux d'une existence semblait inversement proportionnel au temps qu'elle avait vécu sur cette terre. Elle avait les mains dans les poches, serrées sur la grenouillère, comme agrippées à un fil qui ne devait pas se rompre.

— On y va, ordonna-t-elle dans la radio.

Du pourtour du bois, les hommes s'approchèrent en silence de la bâtisse et l'encerclèrent. Avec des mouvements synchronisés, ils entrèrent.

Teresa se mit à compter les secondes, qui lui parurent trop longues pour investir un aussi petit édifice. En revanche, il n'y eut ni coups de feu ni bruits de lutte. Quelque chose faisait s'attarder les hommes à l'intérieur et elle espérait que ce ne soit pas un spectacle de mort.

Quand Parisi refit son apparition, d'un signe, il indiqua que la voie était libre. Elle le rejoignit en courant.

Le désordre était encore plus grand qu'à l'extérieur, si tant est que ce fût possible. Les objets d'utilité et de formes diverses étaient éparpillés de la façon la plus chaotique à l'intérieur de la pièce principale. Elle imagina le propriétaire des lieux les récolter sans avoir la moindre idée de leur finalité, peut-être pour se sentir plus proche des habitants du village, qui lui étaient si semblables d'aspect mais si différents et si lointains concernant tout le reste. Le détail de la montre de Roberto Valent, attachée au bras du fétiche, lui revint en tête : elle avait cru à un symbole, qui aurait eu une signification, alors qu'Andreas l'avait mise à l'envers parce qu'il ignorait tout de son utilisation. Pour lui, ce n'était rien, sinon un ornement qu'il voyait souvent au poignet des habitants de la vallée.

Tiré de son sommeil, un hibou s'envola de la soupente jusqu'à la porte et plana vers la forêt avec de puissants battements d'ailes. De Carli fit son apparition sous l'avant-toit.

— À part le volatile et un rat, il n'y a personne d'autre ici. Rien qu'un matelas de paille, annonça-t-il.

— Je ne crois pas qu'il vive encore ici, conclut Battaglia à voix basse. Quelque chose l'a forcé à s'éloigner. Le déboisement entamé un peu plus en aval, probablement.

Elle savait que les habitants du bourg n'auraient pas compris sa façon de considérer Andreas Hoffman. Ils voulaient un monstre qui les horrifie, une effigie à brûler pour exorciser le mal qui s'était abattu sur leur commune. Et il semblait qu'ils l'aient trouvé.

Elle se rappelait le totem confectionné avec les vêtements de la première victime et les yeux faits de baies. À présent, elle comprenait pourquoi il surveillait leurs habitations : c'était un acte d'accusation. Andreas voyait en Travenì une menace. *C'est vous qui envahissez mon territoire*, leur proférait-il.

Le village était le facteur déclencheur de sa folie homicide.

En franchissant une petite porte fermée par un verrou, on accédait à une pièce à peine plus grande qu'un cagibi. Elle se mit à genoux pour inspecter l'endroit. Il n'y avait pas de fenêtres et c'était vide, rien qu'un soupirail entre les planches qui laissait entrevoir le vert épais de la forêt. Les cloisons étaient striées de signes plus clairs, incisés dans le bois : c'étaient des dessins stylisés d'animaux, de plantes et de figures humaines. Elle s'approcha en se traînant sur les genoux pour aller les observer de près et remarqua qu'une des planches se soulevait. C'était une issue vers l'extérieur. Elle observa autour d'elle. Elle trouva insolite que cet espace soit intact. Andreas ne s'était pas permis d'en violer l'intérieur avec le fatras qui encombrait le reste du refuge. Il y avait dans ce vide quelque chose de sacré.

Elle sortit du réduit et continua son inspection. Dans un angle de la pièce principale, il y avait une table noircie par le feu. Les cloisons et le plafond portaient aussi les traces de l'incendie. Quelques livres avaient été dévorés par les flammes et n'étaient guère plus que des tisons éteints à peine reconnaissables ; d'autres n'étaient brûlés qu'à moitié, comme si quelqu'un était arrivé à temps et les avait sauvés.

Elle s'approcha et, après avoir enfilé des gants, feuilleta quelques pages. Elle en fut surprise. C'étaient des exercices d'écriture : très simples, élémentaires. Il y avait des signes – des lettres, probablement – inscrits d'une main encore peu entraînée. Peu de pages écrites, cependant. Le reste du cahier était vierge. Elle examina les autres volumes et se rendit compte que c'étaient des manuels d'alphabétisation d'école primaire.

Un livret tomba sur le sol. Elle le ramassa et constata qu'il s'agissait d'un recueil de poèmes. Une feuille de chêne glissa d'entre les pages. Elle n'était pas du tout sèche.

Quelqu'un avait appris à Andreas à écrire et à lire ? Peut-être Wallner ?

Elle vit Marini en arrêt sur le seuil qui conduisait à une autre pièce. D'après son expression, elle comprit que ce qui avait retardé ses hommes s'y trouvait.

Il lui fallut du courage, pour faire ces quelques pas. Elle obligea son corps à les franchir.

Le soleil entrait par les interstices entre les planches. À contrejour, dans le fond de la pièce, se découpait une silhouette assise sur un siège.

Elle en entrevit seulement les contours. D'un coup de pied, Marini cassa l'une des planches et fit entrer la lumière.

Personne ne remua un muscle. Seule la poussière soulevée dans l'air voltigeait en miroitant. Teresa se rendit compte de la présence de Knauss à ses côtés.

— C'est un corps humain ! l'entendit-elle s'exclamer.

Devant eux, il y avait un squelette d'aspect ancien, érodé par le temps. Les os étaient recouverts de poussière et noircis par endroits. Il était revêtu de morceaux de tissus humains, manifestement prélevés sur les victimes. À ses pieds, des restes récents d'aliments.

— Ce n'est pas exact, le reprit-elle en maudissant pour une fois son expérience. C'est le corps d'un enfant.

64

Un enfant. Un autre... Il y en a deux dont nous ne connaissons pas encore toute l'histoire : l'un a grandi et c'est un meurtrier, l'autre est sans nom et ce n'est qu'un squelette. Le troisième a été arraché à sa mère et il est quelque part dans cette forêt, qui sait où.

Les enfants. Ils semblent constituer le pivot de ce carrousel de mort et, en même temps, d'espérance : des enfants qui survivent, qui luttent, qui aiment en dépit de tout.

C'est une incitation à la vie, ce sentiment qui me traverse depuis que je suis arrivée dans la vallée.

Une incitation à la vie et à son épanouissement, même en l'absence de lumière et de soins.

C'est elle la plus forte. Nous ne sommes que ses instruments.

Antonio Parri transcrivait les données recueillies sur les fiches de classification des restes du squelette. La dépouille n'avait pas encore été déplacée de la position dans laquelle ils l'avaient retrouvée.

Teresa Battaglia observait le médecin légiste en restant à l'écart. Elle savait que l'inventaire des ossements devait s'accompagner des observations sur le contexte environnemental, de la vérification territoriale et géographique et, enfin, d'annotations sur la nature des restes. Cela supposait des heures de travail, penché sur chacune des petites parties de ce qui avait été un être humain.

Du temps, pourtant, elle n'en avait pas. Parri le savait et, dès que possible, il fournirait les informations qu'il serait parvenu à extrapoler du premier examen morphologique.

Elle doutait qu'elles se révèlent décisives pour dénicher l'enfant disparu, mais à ce stade, elle ne pouvait rien faire d'autre qu'espérer : il s'était presque écoulé quinze heures depuis l'enlèvement et les recherches se poursuivaient par tous les moyens. Mais il n'y avait toujours aucune trace d'Andreas Hoffman et du bébé.

Finalement, Parri se tourna vers elle et l'appela à ses côtés. Elle le rejoignit en se tenant tout de même à distance de la dépouille. Elle la contempla en s'efforçant d'imaginer l'enfant auquel elle avait appartenu. Une opération douloureuse à laquelle elle ne voulait pas se soustraire : une souffrance nécessaire afin de ne pas capituler, afin de continuer à chercher.

— Il est possible que le corps ait été déplacé à plusieurs reprises, au fil du temps, expliqua le médecin. Je doute qu'il y ait quelque forme d'inhumation : les canaux médullaires sont propres. Les os longs présentent des signes de morsures animales postérieures à la squelettisation.

Elle opina. Le corps n'avait pas été enterré, peut-être parce que Andreas n'avait aucune forme de religion, fût-ce primitive. Ou peut-être s'agissait-il encore pour lui d'un être vivant. Aux pieds du squelette, on avait récemment déposé un repas : un morceau de viande grillée, mais encore rose à l'intérieur, accompagné de noix dans leurs coquilles.

— Comme tu l'auras déjà remarqué, quelqu'un a fait des trous dans les os et les a attachés avec du fil de pêche, continua Parri.

— Il a essayé de le reconstituer, de le conserver intact le plus longtemps possible, murmura-t-elle.

Elle n'éprouvait aucune répugnance, mais une tristesse profonde pour celui qui avait accompli ce geste : quelqu'un avait désespérément tenté de reconstruire ce corps et de le faire revivre. Quelqu'un qui ne comprenait pas la vie et la mort comme eux. Qui, malgré tout ce qu'il avait subi, à sa manière, avait aimé cet enfant et continuait d'aimer ce qui subsistait de lui en ce monde.

Elle ne voyait aucune morbidité dans cet acte, mais de l'adoration, un besoin émouvant de maintenir près de soi un amour qui n'avait pas de fin. Là où, pour leur part, ils voyaient des os et de misérables restes, Andreas apercevait encore l'étincelle d'un lien profond.

— Tu penses qu'il le connaissait bien ? demanda Parri.

Elle le regarda.

— Il l'aimait. Ce n'est pas lui qui l'a tué, j'en suis sûre. Il a tenté de le ramener à la vie.

— Si les restes sont restés constamment exposés à l'air libre et à l'humidité, comme je le soupçonne, il s'est décomposé beaucoup plus rapidement que s'il avait été inhumé, expliqua le médecin. Compte tenu de ce facteur et considérant l'absence totale de gras de cadavre et de tissus mous desséchés, j'estimerais la période où on l'a déposé là à environ vingt ou trente ans. Je pourrai me montrer plus précis après les contrôles en laboratoire et l'examen microradiographique.

Cela faisait beaucoup, songea-t-elle. Trop, peut-être, pour espérer comprendre à qui appartenait ce corps.

— Tu peux me renseigner sur l'âge et le sexe ? questionna-t-elle.

— Le front est vertical, le corps pubien est étroit et il n'y a pas de présence d'arc ventral. Un individu masculin et caucasien. Il était jeune.

Elle maintint les yeux rivés sur le cadavre.

— Jeune comment ?

— Les deuxièmes molaires n'étaient pas encore sorties.

Elle sentit la nausée lui remonter dans la gorge. C'était la confirmation de ce qu'elle avait pensé dès qu'elle avait posé les yeux sur ces ossements. Elle en avait pris toute la mesure d'un simple battement de cils. Et elle avait compris, l'estomac noué.

— Pas plus de douze ans, poursuivit le médecin. Sur la base d'une première mensuration des os, je dirais environ dix, onze ans. Je n'ai pas relevé de traumatismes.

L'espace d'un instant, ils ne prononcèrent plus un mot, ni l'un ni l'autre.

— J'ai déjà prélevé quelques échantillons pour les analyses de l'altération microscopique de ces os, enchaîna le praticien en tendant à un assistant une mallette contenant les éprouvettes. Je vais les envoyer tout de suite au laboratoire, afin que les premières réponses arrivent rapidement. Il faudra encore quelques heures avant de déplacer le reste.

— Tu crois qu'il serait possible d'effectuer immédiatement une analyse des substances chimiques présentes sur le corps ? Je veux comprendre comment il est mort.

— Pour le moment, je pourrais juste retirer le crâne, ça me permettra aussi d'examiner les tissus qu'il a prélevés sur les victimes.

— Merci, Antonio.

Marini l'appela, il se tenait à côté de la table noircie.

— Commissaire, j'ai trouvé quelque chose d'intéressant.

65

Marini avait réellement trouvé quelque chose d'intéressant parmi les objets carbonisés impossibles à identifier et les restes de livres partiellement brûlés. C'était un cahier manuscrit, qui comportait une date au début de chaque entrée. La dernière remontait au 20 septembre 1993.

C'était écrit en allemand et Battaglia n'avait qu'une connaissance scolaire de cette langue.

— Tu comprends ce qui est écrit ? demanda-t-elle à Marini.

— Quelques mots, par-ci par-là.

— Chef Knauss ! s'écria-t-elle.

L'homme les rejoignit.

— Puisque vous êtes tous bilingues, dit-elle en désignant le journal, traduisez-moi ceci.

— Maintenant ?

Elle le regarda. Elle se demandait comment il s'y prenait pour toujours choisir le mot – un seul mot, et même pas particulièrement significatif – pour l'irriter.

— À vous de me dire. Vous préférez l'emporter chez vous ce soir et le lire tranquillement devant la cheminée ? ironisa-t-elle.

Knauss comprit la plaisanterie avec un temps de retard, chercha ses lunettes de lecture dans la poche intérieure de son blouson, les chaussa avec un soupir et pencha le visage sur le cahier.

— C'est un journal, me semble-t-il.

— Nous l'avions déjà compris d'après les dates, oui.

Elle attendit avec une impatience croissante que Knauss en ait parcouru quelques lignes pour commencer à se faire une idée. Elle le vit tourner les pages, revenir en arrière, s'arrêter comme pour réfléchir, et lire encore.

— Un problème ? demanda-t-elle.

— Je ne comprends pas.

— Demandez de l'aide à l'un de vos hommes. Il doit bien y avoir quelqu'un capable de lire l'allemand.

Knauss leva les yeux du texte.

— Je comprends ce qui est écrit, commissaire.

— Et alors, quel est le problème ?

— Le problème, c'est justement ce qui est écrit. On dirait une expérience.

Elle n'avait plus envie de plaisanter.

— Lisez-le-moi, ordonna-t-elle.

Le policier suivit les lignes de l'index.

— « Le sujet Alpha cherche à interagir avec le sujet Omega, mais pour le moment ce dernier semble s'en désintéresser et rester dans un état passif. Son retard moteur est devenu désormais évident. Il reste presque tout le temps allongé sur le dos et ne fait rien pour… » Ici, ce n'est pas clair. « … ne fait rien pour prendre sa ration de nourriture. » (Knauss s'interrompit et interrogea Teresa.) Il parle d'animaux ?

— Ce sont des enfants, répondit-elle, sûre d'elle. (Elle vit l'autre hésiter.) Continuez.

— « L'aspect surprenant, c'est qu'Alpha ne s'empare pas de sa ration, au contraire il la pousse vers celui qu'il commence, je crois, à considérer comme un compagnon. »

Dans le refuge, le silence s'était abattu, les activités s'étaient suspendues. Ils écoutèrent tous Knauss poursuivre sa lecture. Les visages, remarqua Battaglia au seul moment où elle leva les yeux, trahissaient le dégoût. Elle était certaine qu'à présent ils verraient d'un autre œil le squelette qui, à quelques mètres d'eux, leur semblait être assis dans une attente éternelle.

Tu as cessé d'attendre, pensa-t-elle. *Quelqu'un est venu à ton secours, mais bien trop tard.*

— « Je doute que l'enfant ait une perception consciente de la prison dans laquelle il grandit. Il ne connaît aucune autre vie que celle-ci, continua Knauss, mais son subconscient le sait et il se laisse mourir. »

Teresa laissa échapper un soupir plein de tension. Elle pouvait imaginer l'épilogue, ils l'avaient devant les yeux, mais quelque chose – les frissons qui lui parcouraient les bras quand elle se pencha pour effleurer ces pages – lui disait que l'horreur contenue dans ces lignes n'était pas encore terminée.

— Passez au dernier jour.

L'homme obéit. Elle vit ses yeux parcourir les mots, s'ouvrir grands, puis chercher son regard et de nouveau le fuir. Quand il lui lut l'intention finale de Wallner, Teresa ne put résister plus longtemps. Elle avait besoin de sortir, d'aller chercher de l'air, de donner à son cœur le temps de se calmer et au vent de sécher les larmes avant qu'elles ne coulent.

66

À l'extérieur de la grange, il lui sembla soudain mieux respirer. Marini la rejoignit. L'inspecteur ne comprenait jamais quand c'était le moment de se tenir à distance.

Elle ne lui laissa pas le temps de poser des questions.

— Parri confirme que les restes sont ceux d'un petit garçon. Onze ans environ. Il pourrait aussi s'agir d'une mort de cause naturelle. Il n'est pas dit que Wallner ait mis ses projets en œuvre.

Elle était consciente d'avoir ajouté ces derniers mots pour se rasséréner.

— Comment est-il possible d'arriver à faire une chose pareille à des enfants ?

— Wallner professait le même credo que son père, à ce qu'il paraît. Il n'était pas doté d'une conscience au sens où nous l'entendons. Nous allons aussi devoir chercher son corps dans les parages. Il a peut-être été enterré, lui. Il est resté ici assez longtemps pour avoir élevé deux jeunes garçons, même s'il reste à établir de quelle manière.

Marini regarda autour de lui.

— Quelle vie cela a dû être ? se demanda-t-il.

— Dure, sûrement, mais préférable à un procès et à la prison, répliqua-t-elle. Il a dû pourtant descendre au village, au moins de temps en temps. Pour faire des provisions, se procurer des médicaments… Wallner était bilingue, il avait terminé ses études ici. Cherche à savoir si quelqu'un aurait conservé un vague souvenir de lui, si on l'aurait déjà vu dans les parages. Nous devons découvrir l'identité du squelette qui est à l'intérieur. Il a trois, quatre ans de moins qu'Andreas Hoffman : il ne vient donc pas de l'orphelinat comme lui.

— Les photos de Wallner que nous avons récupérées sont plutôt floues.

— Ce ne sont pas tellement les photos qui me préoccupent, mais plutôt le fait que les gens de la vallée aient une conception particulière de la collaboration.

— Je ne crois pas qu'ils veuillent protéger un criminel qui descendait peut-être au village il y a trente ans.

— Tu n'as pas compris : c'est eux-mêmes qu'ils protègent. La communauté. Le groupe et son équilibre en tant que tels. Les individus ne comptent pas.

— Je reviens le plus vite possible.

Elle se tourna vers le soleil : il entamait déjà sa descente. L'assistant de Parri sortit de la bâtisse, il tenait dans ses bras la boîte en métal qui contenait le crâne.

D'un point éloigné dans la forêt, sur une pente orientée vers le plateau où ils se trouvaient, des nuées entières d'oiseaux prirent leur envol tous ensemble, comme effrayés par un coup de fusil soudain qui n'avait pourtant pas éclaté. Le temps d'un instant, le ciel noircit au-dessus des arbres.

Elle était incapable de bouger. Une sensation qu'elle connaissait bien la clouait à terre, le regard pointé dans cette direction. Elle se sentait observée et savait que c'était lui. Andreas était caché là-bas, et il les observait. Elle se demanda ce qui le retenait là, et qui le poussait à courir le risque d'être capturé.

La réponse passa sous ses yeux, enfermée dans un petit cercueil en acier.

Elle comprit enfin ce qu'Andreas protégeait contre le monde extérieur : non pas sa tanière, mais son compagnon. En un sens, elle venait de comprendre ce qu'ils étaient en train de lui retirer.

— Il a tué parce qu'il se sentait menacé par le chantier qui progressait, dit-elle. Il avait peur qu'on emporte son compagnon. C'est l'élément qui a déchaîné sa furie.

— Mais ce petit garçon est mort depuis des dizaines d'années, objecta Marini.

Elle observa du côté de la montagne, vers l'endroit d'où les oiseaux venaient de s'enfuir. L'enfant était là, avec lui.

— Je ne crois pas qu'il comprenne ce que mourir signifie vraiment, lâcha-t-elle à voix basse. Il connaît la vie et la mort, c'est vrai, mais sous la forme d'une relation de cause à effet. Il l'a appris en observant la nature. Ce qu'il y a après, l'idée d'un possible retour après ce sommeil qui consume le corps… ça, il ne peut que l'imaginer, exactement comme nous le faisons nous-mêmes, comme l'a fait l'homme depuis des millénaires, de la préhistoire à l'Égypte ancienne, et audelà. Et c'est ainsi qu'il a tenté de réveiller son compagnon. Mais maintenant, il n'est plus seul. Il s'est choisi une descendance.

67

Les recherches se concentraient sur la partie du versant indiquée par Battaglia. Les hommes ne s'accordèrent aucun répit, ne prirent aucune pause et remontèrent vers la cime en serrant les rangs. Même un grain de poussière n'aurait pu franchir ce filet sans être repéré.

En cas de signalement, les ordres étaient d'interrompre la progression et d'attendre son arrivée. Elle craignait la réaction d'Andreas s'il se sentait encerclé, mais plus encore elle s'interrogeait sur la manière d'établir la communication avec lui.

Elle avait abandonné son poste dans la vallée et était remontée jusqu'à un plateau où avait été aménagée une aire d'atterrissage pour l'hélicoptère.

La température était remontée et le ciel était resté dégagé. Ses pensées étaient toujours orientées vers l'enfant. Le soir où il avait été enlevé, il était habillé de vêtements épais et d'une combinaison qui le protégeaient du froid. Il n'avait pas dû souffrir du gel, probablement pas, mais la faim et la soif constitueraient désormais un problème. Teresa se demanda comment Andreas avait réagi à ses pleurs incessants.

Elle pensait aussi au journal de Wallner. Le document s'interrompait en septembre 1993, et elle ne parvenait pas à imaginer ce qu'avait pu être la suite des événements. Une seule chose était certaine : l'enfant Omega était mort, tandis que l'enfant Alpha avait survécu, et il était resté vivre dans ce qu'il considérait comme sa tanière, avec l'unique contact humain qu'il ait jamais eu dans son existence, et que le temps avait consumé jusqu'à le réduire à l'état de squelette.

Son portable vibra dans sa poche. C'était Marini, il l'appelait depuis le poste de police de Travenì.

— Du nouveau ? demanda-t-elle.

— Malheureusement non. J'ai fait contrôler tous les dossiers des archives. Aucun enfant n'a disparu dans la vallée ces trente dernières années, en tout cas aucun n'a été signalé comme tel à la police. J'ai contacté le commissariat central, en ville, et j'ai fait effectuer des recherches à la bibliothèque municipale : les articles de journaux de l'époque n'en font pas mention non plus.

Teresa craignait que l'identité du petit Omega ne reste un mystère jamais résolu, mais il y avait peut-être encore une voie à explorer, qui courait souterrainement, derrière ces vies parfaites et immaculées.

— Je crois qu'il y a une personne qui peut nous aider, dit-elle finalement. Attends-moi là-bas.

Elle coupa la communication et fit signe au pilote de l'hélicoptère. Le rotor était déjà en mouvement. Quand l'appareil prit son essor avec elle à bord, elle vit la forêt pour ce qu'elle était : un océan vert et blanc aux vagues gigantesques qui alternaient avec des profondeurs abyssales.

Andreas et l'enfant étaient quelque part au-dessous d'elle, tous deux épouvantés. Ils avaient l'un et l'autre besoin d'aide.

68

Il semblait que tout le village se soit rassemblé dans l'église. C'était Travenì qui s'inclinait devant l'autel, personnifié par ses habitants. Au premier rang, Gloria Sanfilk et Mathias priaient agenouillés pour que le petit Markus rentre à la maison sain et sauf.

L'église était illuminée de cierges qui brûlaient. L'air était épaissi par des centaines de respirations, par l'encens et les arômes rancis d'antiques ornements.

— Pourquoi voulez-vous leur parler ? chuchota Marini.

Teresa ne l'avait pas tenu au courant de son idée. Elle avait passé la dernière demi-heure au téléphone avec Parisi, pour être informée de l'avancement des recherches.

— Reste ici, répondit-elle. Il sera plus à l'aise si j'y vais seule.

Elle laissa errer son regard sur ces têtes inclinées. Quand elle vit ce qu'elle cherchait, elle s'approcha. L'homme était assis, les coudes calés sur les genoux et le front appuyé contre les mains jointes. Il gardait les yeux fermés. À côté de lui, sur le banc, il avait posé son chapeau de feutre piqué de plumes.

— Docteur Ian ? l'interpella-t-elle doucement.

Il la dévisagea, stupéfait.

— Je peux vous parler ?

— Certainement.

Il se signa, fit une petite génuflexion et la suivit sur le parvis.

— Il y a du nouveau ? Vous l'avez trouvé ? s'écria-t-il.

Elle lui répliqua sans détour :

— Non. Aucun signalement.

Il ferma les yeux un instant, un soupir oppressé s'échappa de ses lèvres. Il paraissait fatigué, tout à coup vieilli.

— En revanche, nous avons trouvé ceci dans une grange abandonnée, l'informa-t-elle.

Elle lui montra le journal de Wallner, préservé dans une pochette transparente. Il observa l'objet.

— De quoi s'agit-il ? demanda-t-il en chaussant ses lunettes.

— Cela contient les observations d'une expérience, précisa-t-elle. Une expérience menée sur deux enfants enlevés et maintenus dans l'isolement, au milieu de ces montagnes.

Elle le vit tressaillir.

— Ici ? À Travenì ? Ce n'est pas possible.

— Nous connaissons l'identité de l'un des deux : c'est le meurtrier et le ravisseur que nous recherchons. Sur l'autre, nous ne disposons d'aucune information. J'espérais que vous puissiez nous aider.

— Moi ?

— Une femme du coin ne vous a-t-elle jamais demandé de l'aider à avorter ? Nous parlons d'un événement survenu il y a environ une trentaine d'années, mais je suis sûre que ce sont des choses qu'on n'oublie pas.

— Je n'ai jamais rien fait de ce genre, commissaire. Je n'aurais jamais accepté !

— Je n'en doute pas, docteur, c'est pour ça que je crois que cette femme, si jamais elle a existé, a mis l'enfant au monde et s'en est débarrassée d'une autre manière.

— Comment ?

— En le confiant à quelqu'un qui lui assure le secret, par exemple. Vous ne vous souvenez pas du passage dans le village d'un étranger, qui aurait parlé allemand, plus ou moins à cette même époque ?

Le visage de Ian prit un air sérieux.

— Ici, tout le monde parle deux langues, commissaire. Souvent même trois. Nous sommes des sang-mêlés, attachés à notre identité et parfois rudes avec ceux qui viennent de l'extérieur, j'en suis conscient, mais personne n'aurait jamais donné son bébé comme ça, surtout à un inconnu. À Travenì, il ne saurait exister un bourreau pareil. Nous sommes tous les enfants de Dieu, comme vous le constatez.

— L'autre soir, au pub, vous m'avez pourtant expliqué le contraire, fit-elle remarquer. Vous disiez que des enfants étaient souvent abandonnés et que parfois ils ne venaient même pas au monde.

— C'est la faim qui poussait ces désespérés à agir ainsi. Ils n'éprouvaient aucune culpabilité. Mais je me référais à un passé très, très éloigné. Un passé lointain et dramatique.

— Peut-être ce passé a-t-il eu une résonance plus longue que vous ne le croyez ?

— Non, commissaire, je ne crois pas, rétorqua le médecin, le visage fermé. Cherchez cet enfant, livrez le monstre qui l'a arraché à sa mère à la justice terrestre ou divine, mais ne perdez pas votre temps ici. Vous ne trouverez parmi ces gens ni le coupable ni la solution pour ramener Markus à la maison. (Il désigna l'église.) Vous voulez vous joindre à moi pour une prière ?

Elle leva les yeux vers le crucifix doré qui resplendissait au faîte du toit d'ardoise.

— Ma prière, c'est le travail que je fais, docteur, répliqua-t-elle en glissant le journal dans son sac en bandoulière. Je dois retourner sur le lieu des recherches.

— Que Dieu vous accompagne, alors, la salua-t-il en pinçant le rebord de son chapeau.

Elle le vit s'éloigner plus voûté que dans son souvenir. Il paraissait écrasé de douleur.

Marini la rejoignit.

— Vous avez eu vos réponses ? demanda-t-il.

— Pas encore.

— Et maintenant ?

— Maintenant nous creusons plus en profondeur.

69

L'obscurité accueillait les battements de leurs cœurs comme un ventre humide. Pour la première fois depuis longtemps, il sentait une autre respiration à côté de lui.

Il y avait une odeur de terre, là-dessous. De l'eau suintait de la pierre des murs et le ruissellement ininterrompu s'accompagnait des vagissements du bébé. Il l'avait porté en lieu sûr, là où les chasseurs qui le poursuivaient ne réussiraient pas à le débusquer. Il savait que l'obscurité pouvait effrayer, et il le tenait encore plus serré contre lui, afin qu'il sente sa chaleur et que sa présence le rassure.

Avec le temps, il lui apprendrait à ne plus craindre la nuit et les lieux fermés, les hauts sommets comme les profondeurs les plus secrètes, mais pour le moment il lui incombait d'apprendre à calmer ses larmes. Il avait vu faire les femmes du village, et il imitait à présent le balancement des bras et les douces sonorités qui franchissaient leurs lèvres. Les siennes, cependant, ne laissaient échapper que des cris éraillés.

Il trempa un bout d'étoffe dans l'eau et l'approcha de la bouche de l'enfant. Il le sentit sucer avec avidité.

Il ne réussissait pas à discerner son expression, mais il savait qu'il avait appris à reconnaître sa voix et que, quand il l'entendait, ses pleurs s'apaisaient.

Ses pleurs… Ils remuaient quelque chose en lui, au fond de sa poitrine, où le muscle qui pompait la vie battait des coups qui s'accéléraient. Ils faisaient naître le besoin urgent d'accueillir l'enfant au creux de son étreinte et d'éloigner de lui toute crainte. Il savait que toute créature avait d'abord été petite, et que lui aussi. Dans ces moments-là, il se demandait qui avait calmé ses lamentations et dissipé ses peurs, quel regard s'était penché sur son matelas la nuit, pour veiller sur son sommeil.

Il était incapable de s'en souvenir, et cela le faisait se sentir de nouveau seul.

70

Si nous ne devions pas retrouver le petit, ou si cette forêt ne devait restituer que son corps et rien d'autre, qu'en serait-il de moi ?

J'ai peur, si peur que toute autre crainte s'est effacée. Parce que je suis capable de tout supporter, sauf de perdre un autre enfant.

Les recherches se poursuivirent jusqu'au coucher du soleil, sans résultats. Il s'était écoulé presque vingt-quatre heures depuis l'enlèvement. Battaglia ne réussissait pas à croire qu'Andreas se soit rapproché suffisamment pour les observer, avant de disparaître dans le néant en faisant même perdre sa trace aux chiens. Elle avait peine à imaginer comment il parvenait à se déplacer ainsi, avec l'enfant qui plus est. Elle doutait qu'il l'ait caché quelque part, parce que le bébé était quelque chose de précieux, qu'il n'aurait jamais mis en danger.

Et si je me trompais ? Si j'idéalisais un assassin ?

C'était une possibilité à laquelle Teresa ne pouvait se permettre de penser. À présent plus que jamais, elle avait besoin de croire en elle-même, malgré la fatigue et la confusion qui semblaient vouloir régulièrement l'assaillir. Elle s'opposait avec obstination aux caprices de son corps et de son esprit, elle les repoussait en les ignorant. L'ombre descendait sur la forêt, transformant rapidement ses contours : ce n'était pas le moment de céder du terrain au doute et à la peur.

— Commissaire, nous sommes tous là, l'avertit Parisi.

Elle rejoignit la brigade dans la salle de réunion du poste de police de Travenì. À ses hommes et à ceux de Knauss s'étaient ajoutés les responsables de la protection civile, du secours alpin et du régiment de chasseurs. Sur la table, des plans et des cartes géographiques de la région.

La zone, une bande d'environ quarante kilomètres carrés, avait été divisée en quadrants. Quatre-vingts hommes par équipes, de l'aube jusqu'au soir, l'arpentaient sans relâche. Seule l'obscurité les arrêtait, et pas parce qu'ils l'avaient eux-mêmes décidé. Le commissaire principal et le préfet étaient d'accord pour juger inacceptable de mettre en danger leurs vies pour en sauver une autre. Teresa était incapable de dire si, à leur place, elle aurait pris la même décision.

— Où est Marini ? demanda-t-elle à De Carli.

— Je ne l'ai plus vu depuis un moment, commissaire.

— Appelez-le.

— Tout de suite.

La réunion débuta, conduite par le commissaire principal Ambrosini. Pour Battaglia, il était irritant d'entendre l'exposé d'une journée de recherches infructueuses, et ce l'était encore plus de ne pouvoir sortir continuer à passer les bois au crible. Une longue nuit l'attendait, douze heures de noirceur et d'inertie obligée.

C'était trop, pour elle et pour le petit.

Assez vite, les paroles d'Ambrosini s'évaporèrent comme des gouttes d'eau à la surface incandescente de ses inquiétudes. Elle se tourna vers la fenêtre et regarda le village. Travenì ne dormait pas. Il était traversé d'un lent serpent de feu qui se déroulait dans les vieilles rues et les ténèbres. La procession avait commencé à la tombée de la nuit. Les habitants du village s'étaient réunis au pied de la tour médiévale de la place et les bougies qu'ils tenaient dans leurs mains s'étaient allumées par centaines.

Ils priaient pour l'enfant, tandis qu'eux cherchaient une solution pour le ramener chez lui. En observant ces lumières, les têtes baissées qui s'avançaient en file indienne, elle en éprouva de la colère.

Une fois encore, Travenì avait perdu une occasion de se racheter à ses yeux. Aucune de ces personnes ne s'était portée volontaire pour participer aux recherches organisées par la police. Les habitants avaient préféré se réunir en groupes spontanés et avaient organisé des battues dans des zones éloignées de celles indiquées par Battaglia.

Elle avait espéré que ce soient eux qui aient raison, elle avait souhaité les voir revenir avec l'enfant dans les bras, mais il n'en avait rien été. La situation avait frôlé le grotesque quand un hélicoptère avait dû abandonner les recherches pour aller secourir certains d'entre eux, restés bloqués sur une paroi rocheuse dont ils avaient sous-évalué la difficulté.

Le serpent disparut au fond d'une rue, au rythme des litanies sourdes qui l'accompagnaient. Il semblait s'être immergé dans une mer noire, qui l'engloutissait peu à peu.

C'était une image cohérente avec les forces qui sous-tendaient cette affaire, réfléchit-elle. Un climat corrompu s'était propagé sous la surface du villag, depuis longtemps, dissimulé à la plupart des regards.

Elle observa encore la carte géographique fixée au mur. Cette petite tache verte correspondait en réalité à une étendue qui allait de la vallée jusqu'à la frontière, marquée par des montagnes impénétrables. Une vaste superficie, et par endroits impraticable, entrecoupée de dangereux précipices. La terre s'ouvrait sur des cavités rendues invisibles par la végétation.

Elle se leva, tout à coup relancée.

Une superficie. Nous ne cherchons qu'en surface, c'est pour ça qu'il semble avoir disparu.

— Il faut changer de tactique, s'écria-t-elle en interrompant le commissaire principal.

Ambrosini la considéra, interdit.

— Ça ne marche pas, reprit-elle, et nous ne pouvons nous permettre de perdre du temps.

— Nous faisons tout notre possible, intervint le préfet.

Elle le dévisagea.

— Et nous nous trompons. (Elle pointa un doigt sur la carte.) Ici, c'est son monde à lui, pas le nôtre. Nous nous berçons d'illusions si nous croyons pouvoir le battre sur un terrain qu'il connaît par cœur alors que nous sommes incapables de faire trois pas sans aller dans le mauvais sens.

— Vous êtes injuste, commissaire. Nos hommes sont plus que préparés.

— Mais ce sont des hommes, justement.

Son supérieur l'observa, interloqué.

— Et lui, ce n'est pas un homme ?

Elle secoua la tête.

— Pas dans sa tête. Nous devons commencer à penser comme lui, à nous décentrer, ou il sera trop tard.

— On dirait que nous sommes en train de parler d'un animal, fit Ambrosini.

— Oui, il a un côté instinctif très accentué, une part animale qui l'anime, confirma-t-elle. C'est de cette manière qu'il a survécu.

— Que suggérez-vous, commissaire ? demanda le préfet.

Elle se tourna vers la carte.

— Il ne rentrera plus chez lui, nous avons violé son territoire et il sent que l'endroit n'est plus sûr, mais il ne va pas non plus s'en éloigner énormément. (Elle indiqua la zone qu'ils avaient isolée.) C'est là, son périmètre.

— Peut-être devrions-nous changer de zone de recherche, au contraire.

— Non ! C'est ici. Il n'abandonnera pas ce qu'il a de plus cher.

— Vous voulez parler du squelette ?

— De son ami, monsieur le préfet. Son unique et seul compagnon de vie. L'enfant prendra sa place, dans les intentions d'Hoffman, mais ce moment-là n'est pas encore venu. Ce passage n'est pas encore achevé.

— Comment faites-vous pour être aussi sûre de ce que vous affirmez ?

Elle ne répondit rien. En d'autres temps, elle aurait elle-même remis en doute chacun de ses propos. *Mais pas maintenant.*

— Je demande l'intervention d'une équipe de spéléologues, signifia-t-elle à la place. Je crois qu'il s'est abrité sous terre.

— Dans une grotte, comme un ours ?

— Oui, exactement comme un ours, rétorqua-t-elle sans relever la provocation du préfet. Mais il n'a pas choisi une simple cavité dans la roche. Il sait que cela le rendrait facilement repérable. Je pense à un repaire plus en profondeur.

Le silence qui suivit était gros du décompte des voix qui l'approuveraient dans cette entreprise et de ceux qui, au contraire, la croyaient folle.

— Je crois que c'est une brillante idée, trancha Ambrosini. Nous devons aussi explorer cette voie.

— Je n'ai pas une connaissance parfaite de la zone, admit Knauss, mais je crois que le secours alpin a des contacts qui pourraient nous être utiles.

— Oui, nous avons effectué des exercices de sauvetage avec le détachement de secours de l'unité de spéléologues de Burnberg, dans la vallée voisine, confirma le responsable en question.

— Appelez-les, demanda Teresa. Nous n'allons pas patienter une deuxième nuit sans rien faire.

71

Dans la forêt de Travenì, il n'y avait pas de grottes. L'unique configuration naturelle susceptible de correspondre aux intuitions de Teresa Battaglia était un précipice entre deux crêtes rocheuses agrippées au flanc de la montagne. C'était une crevasse qui fendait la terre, un puits noir de douze mètres qui exhalait une humidité putride. Le temps l'avait recouvert de plantes grimpantes et l'humus avait glissé vers le fond en formant un sentier presque vertical. La base offrait un espace plus ample qui s'élargissait entre des masses calcaires et des racines.

— Il a réellement pu descendre tout en bas avec un enfant ? s'étonna Parisi.

Devant la cavité silencieuse, elle avait éprouvé une sensation de vertige et elle s'était mise à douter de son intuition. Mais les lampes-torches avaient éclairé la neige entre les taches que formaient les aiguilles de pin : il y avait des traces de pas et quelques branches du sous-bois étaient brisées. Quelqu'un était récemment passé par là.

— Il ne reste plus qu'à y aller pour le découvrir, conclut-elle plus pour elle-même que pour Parisi.

Il n'était pas facile de décider qui passerait en premier. Ils ne pouvaient faire usage de leurs armes à cause de l'obscurité – ils ne pouvaient risquer de blesser l'enfant – et, une fois au fond, un tueur pouvait les attendre, prêt à se jeter sur quiconque tenterait de l'approcher. Teresa avait dû résoudre un dilemme, parce que la seule personne qu'elle aurait volontiers envoyée en bas, c'était elle-même, mais son corps était un obstacle. Jusqu'à ce moment, le problème sur lequel elle s'était concentrée avait été de trouver Andreas, mais si elle y arrivait, une autre difficulté surgirait, encore plus complexe : comment communiquer avec lui. Les techniques de négociation standard ne serviraient à rien ; il possédait un esprit différent, une architecture mentale à certains égards « extraterrestre ».

Elle regarda Parisi. Un spéléologue chevronné lui fixait le harnais autour du torse. Cet équipement l'aiderait à progresser le long du sentier escarpé, et le retiendrait en cas de chute. Tous ces préparatifs s'étaient effectués à la lumière d'une unique lampe-torche, afin de ne pas révéler leur présence. Parisi parcourrait les derniers mètres lentement, en guettant, un pas après l'autre, les traces de la présence d'Andreas. C'était lui le plus fort de la brigade, le mieux préparé : sa connaissance des arts martiaux pourrait se révéler utile en cas d'agression.

Teresa se demanda de nouveau où pouvait bien être Marini, cette fois moins avec colère qu'avec préoccupation. Après la courte pause déjeuner, personne ne l'avait plus vu et son portable tombait sur répondeur. Elle le connaissait depuis peu, mais elle savait que cette absence injustifiée ne lui ressemblait pas.

— Nous sommes prêts, annonça le spéléologue.

Le casque de Parisi était équipé d'une micro-caméra d'inspection.

— Trouve-le, lui glissa Battaglia, et ensuite tu remontes immédiatement.

Il sourit.

— Oui, je fais un petit tour en vitesse.

Elle lui serra le bras. Intérieurement, elle ne voulait pas le laisser descendre.

— Ne fais pas de sottises, Parisi. En général, les héros finissent mal.

— Ah, commissaire, là, je me sens tout de suite mieux !

Elle sourit à son tour.

— Vas-y, dit-elle, et elle lâcha prise.

Pour le moment, tout ce qu'elle voulait obtenir, c'étaient des images du fond de ce puits. Elle voulait comprendre où se cachait Andreas, quel serait l'emplacement du bébé et de quelle manière arriver jusqu'à lui sans déchaîner la fureur du « Père ».

Mais il y avait tout ce silence qui montait du cône d'obscurité. Teresa faisait son possible pour ne pas écouter l'absence de pleurs d'enfant qu'elle aurait dû entendre, pour ignorer le fait que ce n'était pas bon signe.

Parisi avait entamé sa descente. Déjà, après deux mètres, la micro-caméra enregistrait l'image de quelques ossements d'animaux suspendus aux racines à nu qui pendaient le long de la cavité. C'étaient des fabrications humaines, cela ne faisait aucun doute, comme les petits totems retrouvés autour du refuge et les carillons suspendus en lisière du bois. Cet endroit était une autre de ses tanières.

Les minutes qui suivirent furent une succession de photogrammes en noir et blanc et de respirations contenues.

La vibration du portable indiqua un appel entrant. C'était Parri. Il avait lui aussi continué de travailler sans relâche. Elle s'éloigna de quelques mètres pour répondre, les yeux toujours fixés sur le tunnel.

— Dis-moi, Antonio.

— J'ai les résultats des analyses chimiques que tu m'avais demandées. J'ai pensé que tu les voudrais tout de suite.

— Tu as bien fait.

— Il y a des traces de cyanure dans les tissus osseux. Le petit garçon est mort d'empoisonnement.

Elle ne prononça pas un mot. En fin de compte, Wallner avait mis en pratique la suggestion qu'il avait consignée dans son journal.

— Teresa ?

— Je suis là.

— Il y a autre chose.

Elle l'écouta, tout en voyant Parisi réémerger de la cavité. Au vu de ses mouvements peu précipités, ainsi que de ceux de son collègue qui l'aidait à retirer son harnais, elle en déduisit que le fond du puits était inoccupé.

Cet endroit avait été la tanière d'Andreas, mais plus maintenant. Il avait flairé le danger et en avait cherché une ailleurs, comme le faisaient certains animaux avec leurs petits : ils les déplaçaient continuellement d'un lieu sûr à un autre.

— Tu peux répéter ? demanda-t-elle à Parisi.

— Blende et galène, dit le médecin. J'espère que cela pourra t'aider.

En effet.

— Merci. Maintenant, je sais où le chercher.

72

— Je suis navré, inspecteur. Les portables ne captent pas, ici. Les murs sont trop épais.

Massimo leva les yeux de l'écran. La femme qui l'observait était plus jeune qu'il ne s'y était attendu, au vu de sa fonction. Son visage portait les signes d'un sommeil interrompu. Les yeux noirs et brillants étaient toutefois attentifs et curieux, juste un peu circonspects.

Il se rappelait l'avoir vue durant la fête de la Saint-Nicolas. Il lui tendit la main et elle la serra d'une poigne délicate, mais décidée.

— Je vous prie d'excuser l'horaire, fit Massimo.

La mère supérieure du couvent inclina un peu le front.

— On m'a expliqué que c'était urgent, répondit-elle.

— C'est exact. Une vérification très importante.

— Je vous écoute.

Le regard de Massimo fila vers la pièce voisine de l'entrée. Elle était fermée par une porte massive renforcée de clous et d'un verrou frappé à la main. Le métal était épais et forgé de façon grossière. Tout dans le couvent était ancien, sauf les vies qui l'habitaient.

— Je suis ici à propos des tours d'abandon pour enfants trouvés, dit-il. J'ai besoin de savoir jusqu'à quand le système est resté en fonction et comment étaient gérés les nouveau-nés abandonnés.

Sœur Agata le dévisagea, interdite.

— Le tour d'abandon est fermé depuis longtemps, inspecteur.

— Je comprends, mais l'enquête pour laquelle je suis venu au Rail plonge ses racines dans le passé.

— Et vous pensez trouver ici les réponses que vous cherchez ?

— Je l'espère.

Elle sourit.

— Je vous le souhaite, mais je crains que ce ne soit difficile. C'est un lieu de prière et de pas grand-chose d'autre.

— Si cela ne vous ennuie pas, je voudrais essayer quand même.

— Mais certainement.

— On a retrouvé les restes d'un corps dans la forêt de Travenì, à environ trente kilomètres d'ici.

La religieuse fronça les sourcils.

— Je connais le village, fit-elle. À qui appartenaient ces restes ?

— Ce sont les ossements d'un petit garçon. Nous ne savons rien de son identité.

Sœur Agata se signa.

— C'est terrible, susurra-t-elle.

— Il a dû naître en 1982, reprit Marini. C'est l'année où l'enfant Omega a fait son apparition dans le journal de Wallner, mais nous n'avons aucune autre information à son sujet.

— En quoi puis-je vous aider alors ?

— Nous voulons savoir où terminaient les enfants placés dans le tour d'abandon.

La femme regarda vers la porte dans le dos de Massimo.

— Maintenant je vois où vous voulez en venir, dit-elle, mais le tour est tombé en désuétude depuis bien plus longtemps que cela. Venez, je vais vous montrer.

La religieuse fit coulisser le pêne et ouvrit la porte. Il s'approcha et jeta un œil à l'intérieur.

— Nous avons tout laissé tel quel, un souvenir de l'œuvre bienfaitrice accomplie par nos sœurs, expliqua la supérieure. Vous pouvez entrer, si vous voulez.

Il s'avança de quelques pas. La pièce était parfumée de lavande séchée et elle était d'une propreté impeccable. Il y avait un lit contre le mur, sur la droite, les draps étaient de simple coton et la couverture en laine rêche. Sous le sommier, on entrevoyait un pot de chambre en métal émaillé. Contre le mur opposé, sous un crucifix en bois, une table était accompagnée d'une petite chaise à l'assise cannée. Un livre ouvert était posé sur le plateau de la table.

— Voici le tour d'abandon, dit sœur Agata en indiquant le mur en face d'eux.

Le tambour rotatif était en métal et abritait une petite couchette. Il observa la finesse des couvertures de lin décorées de broderies, dont l'exécution avait certainement réclamé beaucoup de temps. Il trouva touchante la préoccupation de ces nonnes pour la vie que l'on venait abandonner ici. Le contraste avec la literie spartiate du lit de la gardienne était évident.

— Le tambour s'ouvrait de l'extérieur, enchaîna la sœur. Une fois le nouveau-né déposé, on le faisait pivoter. Personne ne pouvait voir qui était la personne qui venait l'abandonner. D'ordinaire, on déposait des objets entre les couvertures qui enveloppaient le petit, de manière à pouvoir le reconnaître en cas de repentir.

Il était surpris de la tristesse qui s'était emparée de lui depuis son entrée dans la pièce.

— Ce tour d'abandon date de la seconde moitié du XVIIIe siècle. Il a toujours été en fonction, sauf durant la période fasciste, quand le procédé fut proscrit. Il a été rouvert dans les années cinquante.

— Il y a eu beaucoup de nouveau-nés abandonnés ? demanda-t-il.

— Pas autant que dans les villes, où l'industrialisation poussait les ouvriers à renoncer à leurs enfants, mais dans ces montagnes, la misère et la faim ont tout de même incité certains à le faire.

— Quand a-t-il été fermé ?

La religieuse désigna le livre sur la table.

— C'est le dernier registre dans lequel est consignée la dernière date.

Il s'approcha et lut :

— « 18 octobre 1972. Enfant de sexe féminin. »

— Elle s'appelait Clara et ce fut le dernier « enfant trouvé » qu'ait vu ce couvent.

Il l'observa.

— Et après, qu'est-il advenu de ces bébés ?

— Ils restaient au couvent pendant deux semaines. Une nourrice du village s'occupait de les nourrir et les sœurs de tout le reste. Après cette période, au cours de laquelle on priait pour que la mère vienne le récupérer, l'enfant était confié à l'État et accueilli dans un orphelinat.

— C'est triste, souffla Massimo.

— Non, je ne dirais pas cela. Ces existences se sont vu épargner un destin bien pire. Comme vous le constatez, inspecteur, l'enfant que vous recherchez n'a pu être laissé ici, et même s'il l'avait été, il ne serait pas resté longtemps.

Il sortit du couvent de Rail avec une sensation d'oppression. Avant de s'en aller, il s'arrêta pour observer le tour d'abandon. Au-dessus de l'ouverture du tambour, il y avait une sculpture représentant une tête de diable, sculptée dans la pierre : quelle que soit sa position, cette paire d'yeux méchants semblaient le suivre. Les cornes s'entortillaient autour du visage au menton pointu et la gueule était ouverte sur des crocs qui affleuraient entre les lèvres. Ce diable monstrueux était là comme une ultime sommation, afin de décourager les mères de laisser leur enfant.

L'Église est toujours sévère avec les autres, mais se pardonne facilement à elle-même, songea-t-il.

L'impression de malaise qui lui collait à la peau refusait de se dissiper. C'était une nausée subtile mais persistante, qui lui soulevait l'estomac.

La pensée de ces enfants en bas âge abandonnés le secouait au plus profond. Le fait que cela se soit produit dans un passé assez peu lointain était encore plus troublant.

La première fois qu'il avait mis les pieds dans la vallée, il avait cru y voir un paradis inviolé, immergé dans la nature la plus primaire, mais maintenant il savait que ces lieux cachaient des fautes impossibles à expier, aussi bien dans le passé que dans le présent. C'était un éden après la chute, contaminé par ce qu'il appelait la « tache humaine ». Tout comme le reste du monde par ailleurs, mais il semblait que les habitants de Travenì se refusaient à l'admettre, fût-ce au fond d'eux-mêmes. Il n'y aurait rien eu de mal à assumer la réalité, imparfaite et pardonnable. Au contraire, ils avaient construit un mur invisible autour de leur communauté, qui excluait quiconque mettait en doute leur rectitude absolue, presque comme s'il s'agissait d'un organisme unique et comme si le pourrissement d'un seul aurait corrompu la bonté de tous. Massimo aurait voulu leur dire, à chacun d'eux, qu'en agissant ainsi, ils se rendaient complices. Les exceptions étaient rares et souvent elles se gardaient bien de rendre publique leur pensée dissidente.

À l'exception d'une personne, en y réfléchissant.

La mère de Lucas Ebran lui revint en tête, le désespoir gorgé de mépris avec lequel elle avait défendu son fils.

Elle avait traités les villageois d'hypocrites, leur avait dit de compter les enfants bâtards au sein de la communauté de Travenì. Elle avait défié la loi du silence qui recouvrait la vallée.

Il regarda encore une fois ce faciès diabolique. Le démon semblait rire de lui et de ses raisonnements.

Non, songea-t-il, *il ne rit pas de moi, il rit avec moi*.

Il téléphona au commissaire Battaglia, mais son portable était manifestement éteint. Une idée se fit jour au fond de lui. La mère d'Ebran avait parlé de secrets et il était désormais disposé à les écouter.

73

Sur le squelette, et sur les tissus humains qu'Andreas avait prélevés aux victimes, Parri avait relevé une poudre de blende et de galène : du sulfure de zinc et du plomb. Il y en avait également des traces dans la nourriture posée aux pieds de la dépouille : les mains d'Andreas devaient donc en être souillées.

Les carrières d'Osvan formaient un paysage lunaire à près de mille mètres au-dessus du niveau de la mer, un peu au-dessus de la ligne de partage des eaux.

Les véhicules de police avaient laissé les bois derrière eux pour suivre la route qui s'étirait entre les tailles de pierre de couleur claire – qui pointaient de la neige et le ventre de la montagne mis à nu. Dans les cuvettes gisaient des machines abandonnées corrodées par la rouille et des piles de bois qui, à la lumière de la lune, paraissaient désormais fossilisées.

Les carrières de pierre accueillaient dans leur sous-sol des mines de zinc et de plomb. Les galeries s'étendaient sur plusieurs niveaux et tenaient lieu de tunnels de drainage des eaux qui débouchaient derrière la frontière. Le chef Knauss avait expliqué que, pendant les deux conflits mondiaux, elles avaient servi à acheminer des vivres et du matériel de guerre.

La mine était fermée depuis des décennies, depuis qu'un effondrement en avait compromis la stabilité. Les coûts d'extraction élevés et la chute de la demande de minerais avaient entraîné l'abandon du site. Les bureaux et les préfabriqués destinés à l'usinage du matériel d'extraction étaient des bâtisses massives remontant à la période fasciste et, avec leurs lignes carrées, leurs surfaces lisses et leurs volumes tronqués, elles possédaient toutes les dimensions d'un monumentalisme qui, dans ce paysage naturel, faisait l'effet d'une balafre sur la face de la terre. Les vitres brisées des fenêtres les rendaient encore plus nues et délabrées, si c'était possible.

L'entrée de la mine était fermée par un grillage métallique. La chaîne qui, à une époque, la rattachait à des crochets fixés dans la roche traînait au sol, dévorée par la rouille. Des traces de pas non recouvertes par la neige pénétrait dans l'obscurité.

Teresa fit déplacer la grille et scruta la pénombre. La lampe-torche illumina le tunnel et les rails qui le sillonnaient.

— À l'intérieur, la température est constante toute l'année, autour des neuf degrés, et l'humidité atteint quatre-vingt-dix pour cent, expliqua Knauss.

De Carli les rejoignit, escorté de Parisi.

— Vous avez ce que je vous ai demandé ? lança-t-elle.

— Oui, commissaire.

Elle vérifia d'avoir bien éteint son portable, enfila le gilet de couleur jaune phosphorescent et le casque de sécurité muni de sa lampe frontale. Cette fois, ce serait elle qui serait en première ligne.

— Et si c'était encore un coup d'épée dans l'eau ? s'inquiéta Knauss.

Teresa se posait la même question depuis qu'elle avait concentré toutes les ressources ici, mais la réponse était toujours la même : à partir de maintenant, ils n'avaient rien à perdre, parce qu'il n'y avait pas d'autres pistes à explorer.

Elle scruta encore la noirceur, les traces de pas qui s'enfonçaient dans le ventre de la terre. Elles pouvaient être anciennes, elles pouvaient appartenir à n'importe qui. Le bruit monotone du ruissellement de l'eau leur parvenait du fond, et rien d'autre.

— Je vous avais prévenus, ajouta le chef Knauss en crachant par terre. Il n'a pas pu arriver jusqu'ici.

— Fais-le taire, murmura Battaglia à De Carli.

— Nous ne faisons que perdre du temps, je…

Elle l'empoigna par le revers de sa veste, et, quoique plus petite et plus faible que lui, déterminée à l'affronter, et bien décidée à avoir le dessus.

— Vous ne m'aviez pas parlé des militants écologistes, vous ne m'aviez rien dit à propos d'Ebran et vous ne m'avez pas non plus parlé de ce tunnel, gronda-t-elle. Chef Knauss, vous avez de la chance que je n'aie pas encore eu le temps de régler la question de votre incompétence, mais ce moment viendra. J'espère vraiment réussir à trouver là-dedans ce que je crois pouvoir y trouver, parce que cela signifierait trois choses : que nous avons sauvé cet enfant, que nous avons arrêté le meurtrier et qu'il est démontré une fois de plus, et à qui de droit, que la police n'a aucun besoin de vous.

Elle lâcha prise, dégoûtée.

Une plainte rompit le silence qui suivit son accès de colère. Et elle l'entendit, malgré le bourdonnement du sang dans ses oreilles et sa respiration haletante. Elle se tourna vers la galerie et l'entendit de nouveau : cela provenait du fin fond de l'obscurité.

— Ce sont des pleurs, fit Parisi.

C'était le gémissement épuisé et affamé d'un enfant. Elle se dépêcha de fermer le gilet et s'apprêta à entrer.

— Maintenant, vous l'avez, votre réponse, lança-t-elle à Knauss.

De Carli lui tendit les feuillets qu'elle lui avait demandé d'imprimer. Elle les plia avec soin et les glissa dans sa poche en s'efforçant d'ignorer le tremblement de ses mains.

— Commissaire !

Une femme courait vers eux, éclairée par les projecteurs. Derrière elle, un petit garçon se tenait en retrait. Ils étaient arrivés juste à temps.

— Qui les a avertis ? s'enquit Knauss.

— Moi, répliqua Teresa.

74

— Commissaire, nous n'avons pas besoin d'une mère terrorisée, avec les nerfs à vif, plaida Parisi à voix basse. Que se passera-t-il, si la situation dégénère ?

Gloria Sanfilk les rejoignit. Elle avait indiqué à Mathias de l'attendre avec les policiers, loin de la mine. Ses cheveux trempés par la neige qui s'était remise à tomber étaient collés à ses joues creuses. Elle avait un regard auquel Teresa ne s'était pas attendue : nullement désespéré, et même pas fatigué. Il était allumé d'un feu capable de faire fondre les glaciers millénaires de ces montagnes.

— Mon fils est là-dedans ? demanda-t-elle.

— Oui, répondit le commissaire.

— C'est vous qui allez le récupérer ?

— Nous irons ensemble. Vous vous en sentez capable ?

Gloria hocha la tête sans la moindre hésitation.

Il y avait de la détermination chez cette femme et une force qu'elle ne pensait sans doute même pas posséder elle-même. Teresa se demanda à quoi serait disposée une mère pour sauver son enfant, jusqu'où ce lien viscéral était capable de la pousser, vers des sommets vertigineux ou dans les entrailles de profondeurs abyssales.

— Ce n'est pas possible, objecta Parisi.

Il était inquiet. Battaglia comprenait son malaise face à ce mépris de toute procédure, mais elle était convaincue qu'il n'y avait pas d'autre issue. Chacun se devait d'assumer sa part de sacrifice et de risquer ce qu'il avait de plus cher, y compris elle-même.

— Je veux être auprès de mon enfant ! répliqua la femme pour leur signifier clairement à tous que la question ne souffrait plus aucune discussion.

— Gloria, c'est une question de sécurité, intervint Knauss. La tienne et celle de Markus.

Une autre plainte se fit entendre, depuis l'obscurité. Gloria Sanfilk tressaillit et s'avança d'un pas dans la direction des pleurs.

— Mon fils m'appelle, s'écria-t-elle. Vous ne comprenez pas ? Il m'appelle, moi.

— Gloria…, murmura Knauss.

La jeune femme fit volte-face, chercha les yeux de Teresa.

— Je le sens ici, chuchota-t-elle, en posant une main sur la poitrine, et je suis sûre qu'il m'entend, lui aussi.

Teresa en était certaine. Elle savait mieux que quiconque à quel point ce lien était indéfinissable et mystérieux, primitif. Un mystère aussi ancien que l'homme et plus encore. Depuis qu'elle était ici, la cicatrice qui lui marquait le ventre s'était mise à la brûler, comme si elle ressentait elle aussi ce lien dans son propre corps.

Elle acquiesça.

— Donnez-lui un gilet et un casque, ordonna-t-elle.

— Mais, commissaire…

Elle tua la protestation de Parisi dans l'œuf en lui posant la main sur le bras.

— Je compte sur toi pour veiller au grain, dit-elle en jetant un coup d'œil au terre-plein situé devant l'entrée.

Il était rempli de véhicules de police, de l'armée et de la protection civile, illuminé de projecteurs. Et deux ambulances étaient aussi arrivées depuis peu.

— Quand nous serons sortis, que personne ne tire. Entendu ?

Elle appela De Carli et lui serra aussi le bras.

— C'est une victime aussi, ne l'oubliez pas, leur rappela-t-elle.

— Je ne l'oublie pas, commissaire, assura l'agent, mais s'il vous fait du mal, je…

— Il n'arrivera rien à personne, simplement évitez de foutre la merde.

Parisi se retint de rire, mais on le sentait tendu.

— Vous êtes prête ? demanda-t-elle à Gloria.

La jeune femme hocha la tête, elle tremblait.

— Restez derrière moi et quoi que je vous demande de faire, vous obéissez, sans hésiter.

— Très bien.

Teresa la regarda droit dans les yeux.

— Y compris s'enfuir, ajouta-t-elle. D'accord ?

— Oui.

Hugo Knauss la prit à part. Le temps d'un instant, elle admira le courage que lui réclamait ce geste.

— C'est une civile, protesta-t-il. Vous vous rendez compte de la responsabilité que vous prenez ? Elle n'est pas préparée à gérer des situations de ce genre.

— Qui l'est vraiment ? rétorqua-t-elle.

— Commissaire…

— Il ne lui arrivera rien.

— Comment pouvez-vous en être si sûre ?

— Parce que, si les choses tournent mal, je m'interposerai entre elle et lui.

Elle retourna auprès de Gloria et, ensemble, elles pénétrèrent dans la galerie de mine.

75

Le bruit mouillé d'un ruissellement constant se propageait dans l'atmosphère raréfiée de la galerie et accompagnait leurs pas. Les parois rocheuses étaient soutenues par des étais, afin d'éviter d'éventuels effondrements, et sillonnées d'écoulements d'eau qui formaient des flaques au sol. Le réseau de tunnels se déployait sur environ un kilomètre et ils étaient reliés entre eux par des passages et des orifices que l'on appelait des fourneaux de mine : ces boyaux servaient jadis à faire transiter le matériau extrait d'une galerie à l'autre, et c'était devenu des gouffres qui pouvaient s'ouvrir et les engloutir à tout moment.

Teresa écoutait sa respiration, sentait le battement puissant de son cœur sous son blouson, mais le seul bruit qu'elle guettait était cette plainte qui désormais s'était tue.

Le cône de lumière tremblait devant eux, semblant insuffler de la vie aux ombres. Elle se demanda jusqu'où elles devraient descendre dans cet enfer de roche et d'eau et, comme en réponse à son interrogation, la plainte se fit entendre de nouveau. Tout près. Derrière elle, elle sentit Gloria gémir doucement, une réponse instinctive à l'appel de son enfant.

Le tunnel s'incurvait progressivement en pente descendante. Teresa n'était pas armée, elle ne voulait pas risquer, en cas d'agression, de se laisser gagner par la panique et de blesser le petit, mais en même temps, elle se sentait sans défense.

Un grognement sourd s'éleva de l'obscurité, qui les arrêta net. C'était un bruit moitié humain, moitié animal, qui figea leur sang dans leurs veines. C'était quelque chose d'indescriptible, qui avait de quoi épouvanter l'âme.

Teresa se retourna lentement. Cela provenait d'une galerie secondaire, sur sa droite. Sa lampe frontale éclaira une silhouette à quelques mètres, de dos, tournée aux trois quarts. Elle tenait un petit paquet dans ses bras. Andreas Hoffman cherchait à insérer quelque chose dans la bouche de l'enfant. Quand il s'aperçut de la lueur de la lampe, il fit volte-face.

Le faisceau de lumière le frappa en pleine figure et elle croisa enfin son regard. Il était vraiment bleu, tel que David Knauss le lui avait décrit. Mais il était aussi vert. Andreas avait des iris hétérochromatiques.

Elle leva les mains, espérant que derrière elle, Gloria fasse de même. Elle entendit l'homme grogner comme une bête. Elle savait qu'il était capable d'articuler quelques mots et de les imiter le cas échéant, mais elle comprenait qu'à cet instant, c'était son instinct qui prenait le dessus.

Lentement, elle retira son casque équipé de sa lampe frontale et le déposa sur le sol, afin que la lumière ne le gêne pas, mais qu'elle éclaire tout de même l'endroit où ils se trouvaient.

L'enfant gémit et Andreas tenta de nouveau de lui mettre en bouche ce que Battaglia croyait être un morceau de viande. Il paraissait oublieux de leur présence, comme si autre chose de plus important requérait soudainement toute son attention. Teresa comprit qu'il était terrorisé. Toutefois, ce qu'Andreas redoutait, ce n'était pas leur présence, mais le fait que l'enfant refusait de manger.

— Non, dit-elle à voix basse.

Il la scruta de nouveau. La barbe et les cheveux longs encadraient un visage aux traits réguliers et des pommettes saillantes. Il faisait moins que son âge, malgré une vie au grand air qui lui avait tanné la peau. Il était grand et, sous le manteau en peau de mouton, on devinait un physique robuste.

Avec des mouvements contrôlés, les yeux attentifs à sa réaction, elle sortit les feuillets qu'elle avait dans sa poche. Elle se baissa, s'agenouilla doucement et les posa devant lui.

Elle savait qu'il avait appris au moins quelques rudiments de langage. Il était en mesure de comprendre les mots qu'elle prononçait, mais elle doutait que cela suffise. Le monde d'Andreas était différent du sien, il était fait de silence, du sifflement du vent, des cris des animaux. Elle s'était tourmentée en tentant de comprendre comment communiquer avec cette créature, avec son esprit si particulier, et elle avait fini par entrevoir, peut-être, de quelle manière procéder : elle s'était dit que tout ce qu'il savait et tout ce qu'il appréhendait, il l'avait appris en observant la nature. Elle allait devoir user de ce langage-là pour arriver jusqu'à lui.

Il observa les images posées à ses pieds. Elles représentaient des femelles de diverses espèces qui allaitaient leurs petits : une renarde, un chevreuil, une laie et une femme.

Elle le vit examiner la viande qu'il tenait entre ses doigts, puis lever les yeux vers elle.

— Fais un pas en avant et déboutonne ton gilet, chuchota-t-elle à Gloria.

La jeune femme s'exécuta sans crainte. Son sein gonflé de lait tendait la maille de son chandail. Teresa vit l'homme suivre ses gestes attentivement. Ses yeux l'observaient, même si son visage ne laissait transparaître aucune émotion. Pourtant, Battaglia imaginait quelle tristesse il pouvait ressentir à cet instant, la conscience de ne pas pouvoir garder avec lui le fils qu'il s'était choisi. Elle percevait sa douleur, son désarroi, la peur de rester de nouveau seul.

Elle tendit le bras vers lui, dans un geste pour accueillir l'enfant.

Elle demeura ainsi en priant pour qu'il ne l'interprète pas comme une menace. Elle savait que, dans son dos, Parisi et les autres s'étaient cachés dans l'ombre de la galerie et les observaient, prêts à intervenir.

Elle ferma les yeux, les mains tremblantes, et l'esprit qui flottait entre ses souvenirs. Elle se demandait quelle mère elle aurait été. Ni elle ni Andreas n'auraient jamais touché de leur existence ce mystère sacré et inviolable. Elle ressentait une profonde empathie envers lui, un assassin, une victime, un homme et un enfant à la fois. Seul, comme elle. Et comme elle, habitué à se suffire à lui-même. Même si lui avait osé désirer autre chose, une présence à ses côtés.

Elle se demanda s'il serait disposé à la laisser partir ou s'il aurait préféré la voir s'éteindre.

Ce fut à cet instant qu'une sensation morbide lui étreignit la poitrine. Elle ouvrit les yeux et vit l'enfant emmailloté dans une fourrure d'agneau. Ses doigts se refermèrent autour pour le soulever et, le temps d'une seconde, une longue seconde, ils effleurèrent ceux d'Andreas. Elle sentit s'échanger entre eux une communication silencieuse faite de compréhension et de douleur réciproques, qui devint plus claire dès qu'elle serra l'enfant contre son sein, parce qu'elle comprit alors toute la difficulté de s'en séparer. Elle aurait voulu elle aussi qu'il soit le sien, elle aurait désiré le cajoler contre son cœur et s'endormir tous les soirs avec lui.

Elle se rendit à peine compte des larmes qui lui coulaient sur le visage. Avec un soupir, elle confia l'enfant à la mère.

— Allaitez-le, lui souffla-t-elle.

Gloria obéit, le visage bouleversé de larmes et de soulagement. Le petit se colla contre son sein avec avidité.

Teresa resta rivée sur Andreas. Elle comprit qu'il ne leur ferait aucun mal, parce qu'à présent il savait que le bébé se trouvait à l'endroit le plus juste qui soit pour lui.

— Allons-y, maintenant, dit-elle à Gloria.

Elle la fit reculer la première, et n'abandonna pas sa position tant qu'elle ne fut pas certaine que la jeune mère était en sécurité à l'extérieur de la galerie, de très longues minutes durant lesquelles Andreas ne cessa pas une seconde de la scruter au fond des yeux.

Il lui fut difficile de se détacher de lui et d'interrompre ce moment. Elle battit en retraite et disparut dans l'obscurité du tunnel.

— Ne tirez pas. Ne tirez pas, répéta-t-elle d'une voix feutrée, à chaque pas, aux silhouettes armées tapies contre les parois de roche.

Elle avait peur. Pour la première fois de sa carrière, elle avait peur pour le bourreau.

Quand elle ressortit à l'air libre, elle vit Gloria et Mathias étreindre le petit Markus. La mère et ses fils semblaient ne faire plus qu'un, un seul cœur. Sans le père. Gloria avait été forte, elle avait tenu sa promesse – tout comme Teresa avait tenu la sienne auprès de Mathias : elle lui avait restitué non seulement l'amour de son frère, mais une famille. Puis, le petit garçon la vit. Le commissaire Battaglia conserverait toute sa vie le souvenir extrêmement doux de cet échange de regards.

Elle leva la tête vers le ciel et savoura la sensation des flocons de neige qui tombaient sur son visage. Sa conscience demeura encore en alerte quelques instants, le temps de se rendre compte qu'elle s'était couchée au sol, dans le froid glacial qui, toutes ces journées, l'avait accompagnée, en elle et hors d'elle. Ensuite, tout devint noir.

76

Bien qu'il fît nuit noire, la mère de Lucas Ebran leur ouvrit dès le premier coup de sonnette. Elle vit Massimo, sans comprendre, puis se souvint des circonstances dans lesquelles elle avait fait sa connaissance et lui rabattit la porte au nez.

— S'il vous plaît ! s'écria-t-il en essayant de l'en empêcher. C'est important.

Il regarda autour de lui : la rue était déserte. L'homme qui l'accompagnait restait en retrait, dos contre le mur et la tête baissée, presque au contact de la poitrine. Depuis que Massimo l'avait contraint à le suivre, il n'avait pas prononcé un mot.

Il frappa de nouveau à la porte.

— Je suis venu vous écouter. Je veux connaître les secrets de la vallée, dit-il en haussant la voix.

Au bout de quelques instants, la serrure se déclencha et une paire d'yeux hostiles le fixèrent dans l'entrebâillement.

— Qu'est-ce que tu veux ? lui jeta la femme.

— Ce que je viens de vous expliquer : connaître les péchés et les pécheurs. Je suis au bon endroit ?

— Cela se peut, grommela-t-elle, mais je ne parle pas aux gens de ton espèce.

— Et qu'est-ce qu'on est en train de faire, là ? lança-t-il avec un demi-sourire.

Elle fit mine de refermer, mais il fut plus rapide et bloqua le panneau.

— Va-t-en ! cria-t-elle.

Elle entrouvrit de nouveau et cette fois sa main brandissait une hachette.

Massimo lâcha immédiatement prise.

— Arrêtez ! J'ai un cadeau, j'ai un cadeau, s'empressa-t-il de répéter.

La femme le scruta, cette fois-ci peut-être avec un peu plus de curiosité que de colère. L'inspecteur se retourna vers l'homme qui continuait de fixer les pavés de la chaussée comme s'il n'existait rien d'autre. Il vit la femme suivre son regard.

— Lucas !

Sa voix avait changé. À la vue de son fils, elle était devenue d'une douceur infinie.

Viola était une femme fragile dans un corps énorme. Elle se déplaçait avec difficulté dans la petite cuisine qui séparait l'espace de la chambre de celui du salon. Tandis qu'elle préparait le café, elle se cognait les flancs partout, ce qui lui faisait perdre l'équilibre.

— Mes jambes ne fonctionnent plus et même mon dos est sur le point de me lâcher, lui confia-t-elle en remarquant sa mimique. Ce corps n'arrive plus à me soutenir.

Massimo ne savait quoi lui répondre. Il préféra changer de sujet.

— Cela m'a surpris de vous trouver réveillée à cette heure-ci, avoua-t-il alors qu'elle ouvrait un paquet de biscuits et qu'elle en disposait quelques-uns dans une petite assiette qu'elle plaça entre les deux tasses.

Elle versa le café et lui tendit un verre qui faisait office de sucrier. Il la remercia.

— J'attendais Lucas, dit-elle en se rasseyant non sans mal. Depuis qu'il a été libéré, je ne l'avais pas encore revu. Ça lui plaît de disparaître, de rester loin de tout le monde. Même de moi. Avec lui, tout est compliqué.

Massimo se rendit compte qu'il avait du mal à soutenir son regard. Il l'avait observée lorsqu'elle avait longuement caressé son fils en lui murmurant des mots qu'eux seuls pouvaient entendre. Il avait attendu patiemment qu'elle le conduise dans la salle de bains et qu'elle le lave. Il l'avait entendue chanter une tendre mélodie. Viola avait pris soin de l'enfant que Lucas Ebran était encore en partie. Ce fut seulement après l'avoir mis au lit qu'elle était revenue auprès de lui.

— Je suis navré, réussit-il seulement à lui glisser. Je suis sûr que tôt ou tard tout s'arrangera.

Elle le toisa, comme pour lui signifier que les mensonges étaient inutiles. Elle ne croyait plus aux bonnes choses, aux choses qui ne vous faisaient aucun mal.

— Mon fils a cessé d'aller bien le jour où il a dû laver ce sol du sang de son père, inspecteur. Il est malade, de là, ajouta-t-elle en appuyant du bout de l'index sur son front, mais ce n'est pas un monstre. Vous êtes venus le chercher, et vous étiez armés, comme si lui l'était.

— Maintenant, nous sommes mieux informés, mais c'était notre devoir d'enquêter.

Elle fit une grimace, comme pour signifier que désormais cela n'avait plus aucune importance. Massimo suspectait que c'était le fait d'avoir dû renoncer encore un peu davantage à sa dignité qui la blessait le plus.

— Je suis ici pour revenir sur un propos que vous avez tenu hier, continua-t-il, concernant les habitants de la vallée.

— Oui, je me souviens. C'est un de mes défauts, de hausser le ton quand j'ai peur.

Massimo demeura sans voix. Il lui était rarement arrivé de croiser une personne aussi sincère. Mais peut-être la sincérité n'y était-elle pour rien : cette femme était tout simplement désemparée, et elle se désintéressait de toute forme de défense.

— Si je vous ai effrayée, je m'en excuse.

Elle traita ces excuses par l'indifférence.

— Tu es venu pour les secrets, disais-tu.

— Oui. Cela m'a surpris que vous ayez parlé d'enfants illégitimes. Ici, dans la vallée, vous êtes très croyants, n'est-ce pas ?

Elle eut un revers de main agacé, comme pour envoyer au diable tous les prédicateurs, les saints et leurs semblables.

— Ceux qui vont à l'église faire belle figure, ce sont les plus pécheurs de tous, lâcha-t-elle.

— Je me suis rendu au couvent de Rail, raconta Massimo. J'ai vu le tour d'abandon. J'ai trouvé l'histoire impressionnante.

Elle opina.

— Enfin, ce n'est pas la chose la plus terrible concernant cet endroit. Notre petite vallée a elle aussi ses péchés à cacher, insista-t-elle. Ils espèrent que les gens aient la mémoire courte, mais moi, quand je les croise, je rigole.

— Quand vous croisez qui ?

— Les bonnes sœurs.

Massimo se pencha vers elle.

— Les sœurs ont un secret à cacher ? s'enquit-il pour s'assurer d'avoir bien compris.

Elle sourit. Un sourire matois, de celle qui en sait très long. Elle attrapa un biscuit dans l'assiette et en grignota un morceau.

— Des relations clandestines, reprit-elle. C'est de ça que nous parlons.

L'excitation de Massimo se dissipa. Il piocha un biscuit à son tour et l'entama.

— Ce n'est pas si exceptionnel, souligna-t-il.

Viola sourit de plus belle.

— Tu veux la connaître, cette histoire, ou pas ? demanda-t-elle.

— Quelle histoire ?

— Celle d'un enfant né entre les murs du couvent, et qui n'en est jamais sorti. Ce ne sont que des bavardages de village, peut-être, mais mon mari affirmait avoir entendu le premier vagissement de l'enfant tout juste né, et aussi les hurlements de la femme qui l'avait engendré.

77

Teresa ouvrit les yeux et, sur l'instant, se demanda s'il faisait déjà jour. La neige était d'une blancheur resplendissante, au point de lui blesser les pupilles. Elle ferma les paupières et les rouvrit à plusieurs reprises, avant de réussir à voir nettement ce qui l'entourait. Cette blancheur était celle d'un plafond éclairé par des tubes au néon et des meubles en mélaminé. Elle était allongée sur un lit, dans ce qui semblait être un cabinet de consultation. Sur le bureau, à côté de l'ordinateur, il y avait la photo d'un homme qu'elle connaissait. Plus jeune et le physique sec, il la surveillait du sommet d'une montagne, les cheveux décoiffés par le vent.

Elle essaya de se mettre en position assise, mais ses muscles refusèrent de soutenir son corps. Elle retomba contre l'oreiller, épuisée.

— Je crois que vous avez fait une crise d'hypoglycémie, dit une voix.

Elle tourna la tête. Le docteur Ian la regardait depuis la porte, avec un sourire.

— Je vais mourir ? lança-t-elle avec gravité.

Il rit en s'approchant. Il lui prit le pouls et compta les pulsations.

— Pas aujourd'hui, répondit-il. Vos collègues m'ont informé que vous étiez diabétique. Je parie que vous avez oublié votre piqûre d'insuline.

Elle ferma de nouveau les yeux. Elle ne s'en souvenait pas, elle ne se rappelait même pas la dernière fois qu'elle s'en était fait une.

— Cela se peut, admit-elle.

— Soyez tranquille. Je m'en suis occupé. Votre niveau de glycémie était en effet préoccupant. Mais restez encore allongée, si vous vous sentez faible. Vous êtes ici depuis moins d'un quart d'heure. J'ai renvoyé vos collègues. Vous avez besoin d'au moins deux bonnes heures de repos.

Elle se sentait l'esprit confus, mais surtout bien sotte.

— Merci, dit-elle, gênée. Docteur Ian ?

— Oui ?

— Ils l'ont capturé ?

Elle redoutait la réponse, mais cela l'effrayait encore plus de ne pas savoir.

— Oui. Il est indemne, l'informa-t-il.

Elle soupira, soulagée.

— L'enfant ?

— Par mesure de précaution, il a été transféré à l'hôpital, en ville, mais il va bien. La seule qui ait eu besoin d'une ambulance, c'était vous. Je reviens dans un instant.

Elle fixa le plafond. À sa manière, Andreas avait pris soin du petit. Elle se demanda comment il devait se sentir à présent, entouré d'inconnus et loin de sa forêt.

Épouvanté. Désorienté. Désespéré.

Il fallait qu'elle aille le voir. Elle rabattit la couverture sur le côté et tenta de s'asseoir. Elle n'avait pas de blouson et ne savait même pas où étaient son sac et son pistolet. Peut-être ses collègues avaient-ils conservé son arme ? Elle se leva et un léger vertige l'obligea à se retenir au lit. Ses vêtements étaient tout fripés et elle essaya de les arranger comme elle pouvait, en les lissant de ses deux mains. Elle en fit autant avec ses cheveux, mais doutait d'avoir pu se donner une apparence présentable. Elle chercha un mouchoir dans sa poche et en trouva un, aussi chiffonné qu'elle. Il y avait des mots écrits à la main dessus. Elle se rendit compte avec stupeur que c'était son écriture. C'était l'une des notes qu'elle avait prises au cours de ces dernières heures si fébriles et qu'elle n'avait pas encore pu retranscrire dans son journal.

Cette note portait la date de ce jour, mais elle ne se rappelait pas l'avoir écrite. À cet instant, pourtant, ce n'était pas tant la progression de la maladie qui la préoccupait que les mots qu'elle s'était adressés à elle-même.

78

Les cellules des nonnes se situaient dans les sous-sols du couvent de Rail. C'étaient des niches creusées à même la roche calcaire, plus anciennes que le plan originel de l'édifice, d'époque romaine. Retirées au fond d'un hypogée celtique, elles accueillaient les sœurs du coucher du soleil aux premières heures précédant l'aube.

Massimo Marini descendit les marches qui conduisaient vers ces catacombes millénaires avec l'envie impérieuse de trouver enfin une résolution au mystère de l'enfant Omega.

La supérieure avait accepté de l'accompagner après qu'il eut fortement insisté. Sœur Agata avait perdu le sourire quand il avait de nouveau sonné à la porte du couvent et lui avait simplement prononcé deux mots, quelques brèves syllabes qui avaient pourtant suffi à l'effrayer. Comme un sortilège, ces mots-là lui avaient ouvert la voie.

La mère de Lucas Ebran lui avait raconté une histoire que, plus de trente ans auparavant, tout le village de Rail s'était répétée à voix basse : celle d'une sœur trop belle et trop jeune pour ne pas attirer l'attention.

Les yeux des habitants s'étaient posés sur elle et sur son ventre qui s'arrondissait de plus en plus sous l'habit religieux de l'ordre bénédictin.

Sœur Agata avait nié qu'il y ait jamais eu un scandale qui aurait impliqué le couvent, mais elle avait aussi admis qu'à l'époque, elle n'était pas encore là. Massimo s'était raccroché à ce qui lui semblait être une prise de distance vis-à-vis d'une faute, afin d'insister et d'obtenir son aide.

La religieuse avait cédé quand il lui avait rappelé qu'il était là pour l'âme d'un enfant sans nom qui, même vingt-cinq ans après sa mort, avait droit à ce que soit rétablie la vérité.

L'inspecteur accompagna sœur Agata le long d'un souterrain creusé dans la roche. Un mur recevait la porte qui conduisait aux cellules. Elles étaient basses de plafond et imposaient à leurs visiteurs de se baisser pour entrer. Un guichet fermé par une grille serrée laissait entrevoir l'intérieur, et elles étaient toutes sombres, sauf l'une d'elles, la dernière.

La supérieure s'arrêta et indiqua à Massimo l'ouverture éclairée.

— Elle vous attend, souffla-t-elle. Je patienterai dans l'entrée.

— Merci.

Il s'approcha à pas lents. Quelque chose en ce lieu ancien requérait le respect et le silence, mais il savait que ses propos allaient raviver un secret que l'on croyait désormais enseveli à jamais, troublant ainsi la paix du couvent.

Une religieuse le regardait à travers la grille. Elle s'appelait Marja Restochova : c'étaient les quelques syllabes qui avaient tant perturbé la supérieure.

Dès qu'il avait appris qu'elle était encore là, Marini était resté sans voix. Il ne parvenait qu'à deviner ses traits, mais le souvenir d'une beauté ancienne était encore présent sur le visage de la religieuse. La peau diaphane qui évoquait le velours brillait à la lueur tremblante d'une bougie.

Il se demanda par quels mots commencer, mais ce fut elle qui rompit ce moment d'atermoiement.

— Ainsi vous connaissez mon nom, dit-elle.

— Le nom et une histoire que je voudrais que vous me confirmiez, ma sœur.

— Ah, cette histoire-là. De nombreuses années se sont écoulées et il y a encore des personnes qui croient la connaître.

— Racontez-moi votre version, alors.

— Ce ne sont que des mensonges, inspecteur. Laissez-moi en paix.

Il entendit un tremblement dans sa voix. De prime abord, il avait cru à de l'irritation, mais à présent il venait d'identifier ce que c'était : de la peur.

— Je suis venu ici obtenir des informations sur cet enfant, expliqua-t-il. Un enfant né à l'ombre de ces murs et disparu entre ces murs.

Marja ne répondit rien.

— Qu'est-ce qui peut vous épouvanter, après tout ce temps ? La peur d'être jugée ? La honte ?

— C'était un mensonge !

— Votre mensonge, peut-être. Le sentiment de culpabilité est-il si insupportable pour celle qui a renoncé au monde et fait vœu de réclusion depuis des dizaines d'années ?

— Allez-vous-en. Vous ne trouverez pas ici les réponses que vous cherchez.

— Vous avez peut-être raison. Il y a d'autres manières de procéder. L'examen ADN, par exemple.

Il la vit hésiter, soudain plus circonspecte.

— Qu'entendez-vous par là ?

Il se pencha vers la grille.

— Nous avons retrouvé le corps d'un enfant, mort il y a vingt-cinq ans. Je crois que c'est votre fils.

La religieuse ouvrit la bouche, elle allait parler, mais aucun mot ne franchit ses lèvres.

— Vous l'avez mis au monde et vous l'avez abandonné. J'ai besoin de savoir qui vous a aidée.

— Comment est-il mort ? demanda-t-elle d'une voix étranglée.

— Il a été tué par celui qui l'a élevé.

Marja baissa le regard et ferma les yeux. Ses cils laissèrent échapper les premières larmes. Il comprit qu'elle avait vraiment cru, jusqu'à cet instant, que son fils vivait une existence épanouie et heureuse, loin d'elle.

— J'avais peur, confessa-t-elle. Mais je n'ai rien fait de mal. Je l'ai remis entre des mains meilleures que les miennes, qui lui trouveraient une famille aimante.

— Il a été envoyé dans un orphelinat ?

— Non.

— Dans les mains de qui, alors ?

— Celle de la personne qui l'a fait naître.

Massimo empoigna la grille, le visage tout près du sien. Les pleurs silencieux de la religieuse ne suscitaient en lui aucune compassion.

— Je veux son nom, insista-t-il.

Avec un soupir, Marja approcha les lèvres de son oreille et le lui murmura, presque comme si elle ressentait encore de la crainte, après tout ce temps, à l'idée de le prononcer.

Il la dévisagea, bouleversé. Il connaissait cet homme. Maintenant qu'il y pensait, ses yeux bleus étaient les mêmes, seulement un peu plus âgés, que ceux d'une photo floue, prise dans une brochure sur une vieille affaire survenue derrière la frontière, et jamais résolue.

79

Teresa ne se souvenait pas d'avoir chargé Marini de cette mission. Elle ne se souvenait pas non plus d'aucune bribe de conversation entre eux deux à ce sujet, et pourtant à ce qu'il semblait, quelques heures auparavant, elle lui avait ordonné de se rendre au couvent de Rail. Il n'y avait que ce seul rendez-vous, inscrit en vitesse sur un mouchoir en papier, et pas encore mis au propre dans son journal. Pourtant, la phrase se terminait par cette mention : « voir journal ».

Elle se rappelait avoir écrit une note sur le tour d'abandon quand elle avait discuté avec le docteur Ian au pub. Cela y faisait probablement référence.

Elle trouva son blouson et son sac de l'armoire. Elle prit le journal et se mit à le feuilleter, sans trouver l'entrée en question. Pourtant elle était certaine de l'avoir écrite. Elle vérifia de nouveau : il manquait la page sur la conversation qu'elle avait eue avec le praticien. C'était un souvenir net, que l'état de confusion qu'elle ressentait n'avait pas entamé.

— Je vous avais conseillé de ne pas vous lever, fit Ian en entrant. Comment vous sentez-vous ?

Battaglia se posait aussi la même question. Par instants, elle avait l'impression qu'une étrangère prenait le contrôle de son existence en ne laissant que quelques indices de son passage, qui était toujours bref mais ne l'empêchait pas de détenir le pouvoir de rebattre les cartes.

— Quelqu'un a eu accès à mes effets personnels ? demanda-t-elle.

Il la regarda, surpris.

— Non, pas que je sache. Ils sont toujours restés dans cette armoire. Ce sont vos collègues qui les ont rangés là. Il y a un souci ?

Elle observa son journal.

Tu es vraiment sûre que quelqu'un l'a ouvert ?

— Il manque une page de mes notes, dit-elle.

Il s'approcha et scruta le cahier qu'elle tenait dans ses mains.

— Vous en êtes sûre ?

— Oui.

— Et comment êtes-vous certaine que la page n'était pas déjà manquante avant ? Ou qu'elle soit même vraiment manquante ? C'est un cahier à spirale.

Elle resta fixée sur lui, et ne sut que répondre. La vérité, c'est qu'elle ne pouvait en avoir la certitude absolue, parce que son cerveau n'était plus fiable.

Elle alla à la fenêtre. L'obscurité empêchait de voir le paysage, un peu à l'image de ce qui lui arrivait avec ses pensées. Elle s'était peut-être convaincue d'avoir fait une chose qui n'était restée qu'à l'état d'intention.

— Teresa, vous allez bien ?

— Oui…

— Allongez-vous, vous êtes pâle.

— Non… Je dois réagir.

Il s'approcha, sa main vint se placer sous son coude, comme pour la soutenir.

— Réagir à quoi ?

— Je ne sais pas exactement.

C'était la vérité. Elle se libéra de son étreinte et fit quelques pas, comme pour vérifier son équilibre, et pas seulement physique.

— Vous avez l'air confuse. Cela vous arrive souvent ? Pertes de mémoire, de connaissance, crises de panique… ?

Elle sentit un goût amer lui remonter dans la bouche.

Alors c'est comme cela que ça commence, se dit-elle. Elle aurait cru que ce serait plus lent, mais la descente vers le fond était au contraire une spirale qui prenait de la vitesse et lui faisait perdre le sens de l'orientation.

Pourtant, il y avait cette mention : « voir journal ». C'était son mémento, quoique fragmentaire. Elle savait qu'elle était malade, mais elle avait besoin de croire encore en elle-même, de consentir un ultime effort, jusqu'à la fin de cette entreprise.

Elle se demanda qui aurait intérêt à faire disparaître ces mots-là, qui n'étaient qu'une annotation et qui indiquaient une piste à vérifier, comme tant d'autres, et peut-être même pas la plus significative.

C'est justement cela qui transforme cette page manquante en indice, songea-t-elle. Celui qui l'avait arrachée l'avait fait sous l'effet de la peur, parce qu'il savait que ces quelques mots auraient pu conduire à un secret bien plus important. Mais il n'était pas arrivé à temps, parce qu'elle avait déjà envoyé Marini à l'endroit d'où l'enfant sans nom avait été enlevé, elle en était à présent certaine.

Celui qui avait fait cela avait commis une grave erreur : il avait arraché cette page en sachant qu'elle ne s'en serait peut-être pas souvenue ou qu'il aurait pu l'amener à douter d'y avoir écrit quelque chose.

Quelqu'un qui savait qu'Alzheimer avait commencé à dévorer ses souvenirs. Pourtant, elle ne s'en était ouverte à personne. Elle n'avait même pas trouvé le courage de nommer la maladie dans son journal.

Elle jeta un œil à l'ordinateur sur le bureau. L'écran affichait l'image d'un logiciel ouvert sur le résumé de son dossier médical. Un programme relié à la base de données du système national de santé, où tous ses examens étaient accessibles.

— Commissaire ?

Elle se sentit gagnée par le vertige. Elle s'agrippa au lit, pour ne pas chuter. Elle lança un coup d'œil au docteur Ian.

— Vous faites un nouveau malaise ?

Elle repensa à la piqûre qu'il lui avait administrée.

— Qu'est-ce que… qu'est-ce que vous m'avez injecté ? demanda-t-elle d'une voix rauque.

Il rit, étonné.

— De l'insuline, naturellement. Vous ne vous souvenez pas ?

Elle se sentait faible, mais elle ignorait si c'était à cause de ses heures de sommeil en retard, des repas insuffisants ou d'un poison qui lui courait dans les veines. Peut-être était-ce seulement la peur.

— Vous connaissez mon secret, docteur Ian. Pas vrai ? glissa-t-elle, le souffle court.

Son portable sonna dans l'armoire, derrière le médecin. Elle ne bougea pas. Ian changea de regard. Il devenait distant et vaguement hostile.

— Vous ne répondez pas, commissaire ?

— Vous voulez vous en charger, docteur Wallner ?

L'homme ferma un instant les yeux. Des yeux aussi clairs que la glace, et tout aussi réfrigérants. Elle songea qu'il ressemblait très peu à sa photo, prise du temps où il était jeune directeur d'un orphelinat. La vie avait modifié les traits de son visage, mais surtout il s'était dissimulé derrière des sourires et des gestes affectueux qui, plus que tout changement physique, l'avaient rendu différent de celui qu'il avait été. À l'intérieur, toutefois, il était toujours le même, et elle avait fini par en discerner le reflet dans ces yeux dépourvus de repentir et d'empathie. Elle se demanda quelle force mentale il fallait pour vivre une vie entière sous un masque aussi pesant. La réponse, c'était qu'il ne s'agissait pas de force, mais d'un dessein malade.

Elle repensa au moment où elle lui avait montré son journal. Il l'avait consulté comme s'il ne l'avait vraiment jamais vu : il était doté d'une maîtrise de soi hors du commun.

— J'ai toujours pensé qu'il y avait un monstre derrière cette histoire, mais ce n'est pas Andreas Hoffman, dit-elle. Ce n'est pas l'enfant n° 39. Le véritable monstre, c'est celui qui a volé la vie de son unique compagnon, et qui a voulu le tuer : vous.

Les lèvres de Wallner se pincèrent en un sourire qui provoqua en elle une sensation de nausée.

— Je suis un scientifique, Teresa. La science réclame des sacrifices.

— Vous avez empoisonné un enfant, mais vous vouliez vous affranchir des deux. Pourquoi n'êtes-vous jamais retourné au refuge pour vous en assurer ?

— Oh, si, commissaire, j'y suis retourné et je n'ai trouvé qu'un corps. Je me suis enfui parce que je savais de quoi pouvait être capable le sujet Alpha. Il avait quinze ans et le physique d'un jeune homme. Sa rage pouvait être dévastatrice.

— Et donc vous avez mis le feu et vous êtes parti.

— Cela aura été ma seule erreur : croire que l'incendie aurait anéanti toute trace de mon passage. En m'enfuyant, pourtant, j'ai fait un faux pas et j'ai dévissé dans une pente trop raide. J'ai réussi à me traîner jusqu'au village avec une jambe cassée, une triple fracture, mais j'ai dû rester alité des mois avant de me rétablir et de renoncer à la montagne pour toujours. Je n'ai plus jamais pu remonter contempler mon œuvre.

— Vous êtes un criminel, comme l'étaient votre père et ses semblables.

— Il s'est écoulé soixante-dix ans depuis la fin de la guerre et il y en a encore, comme vous, qui continuent de geindre.

— Eh bien, vous expliquerez cela aux juges.

Il éclata de rire.

— Pourquoi ne me suis-je pas échappé, d'après vous ? Rien ne m'en aurait empêché, quand vous avez commencé de vous rapprocher un peu trop de la vérité. Mais j'ai soixante-quinze ans et une cardiopathie sévère. Entamer une nouvelle vie sous un faux nom n'est pas aussi facile qu'il y a quarante ans. La vérité, c'est que je n'irai jamais en prison. Il faudra des années uniquement pour que soit rendu un jugement en première instance. Au train où iront les choses, commissaire Battaglia, j'ai déjà gagné.

Elle vit arriver Parisi et le reste de la brigade dans le dos du médecin.

— Je veillerai à faire tout mon possible pour vous amener à changer d'avis, docteur Wallner, rétorqua-t-elle.

Il suivit son regard et se rendit compte qu'ils n'étaient plus seuls. Son expression changea : la confiance qu'il semblait afficher s'était effacée. Parisi le prit par le bras et l'accompagna dehors, mais avant de s'en aller, Wallner se tourna vers elle.

— Il n'y avait que de l'insuline dans cette seringue, la rassura-t-il. Vous ne mourrez pas, commissaire. Pas aujourd'hui, du moins.

Elle dut s'asseoir sur le lit, parce qu'elle redoutait de s'évanouir à nouveau. Elle avait les genoux flageolants et le souffle court. Elle avait besoin de quelques minutes pour se ressaisir.

— Tout va bien, commissaire ?

Elle leva la tête vers De Carli.

— C'est fini, lâcha-t-elle, comme si ces trois mots constituaient une réponse suffisante.

Il opina avec un sourire.

— Que faites-vous ici ? demanda-t-elle.

— C'est Marini qui nous envoie. Il nous a tout raconté au sujet de Wallner. Il est au téléphone, il souhaite vous parler.

Il lui tendit le portable. Elle hésita quelques secondes, recherchant les mots les mieux adaptés, puis elle le lui prit des mains.

— C'est moi qui ai trouvé la première, l'avertit-elle.

Il éclata de rire.

— Et qu'est-ce qui vous fait croire ça ?

— Les statistiques. Toi, tu as toujours un train de retard.

Elle l'entendit encore rire.

— Comment ça va ? demanda-t-il.

Elle réfléchit.

— Bien, répondit-elle, et c'était la vérité.

En dépit de tout, et contre toute attente, elle se sentait vivante, comme cela ne lui était plus arrivé depuis un bout de temps. Elle venait de remporter un défi, et un autre plus capital encore l'attendait, un défi envers elle-même. Elle restait encore l'auteure de son propre destin, et elle le resterait à l'avenir.

Elle consulta son reflet dans la vitre.

Elle vit une femme ridée et décoiffée, le visage fatigué et les yeux brillants.

C'était bien son visage. Le visage d'une guerrière.

Épilogue

Une brume légère montait de la gorge du Sliva, mais ce n'était pas le brouillard glacial de l'hiver. C'était la respiration du printemps qui soufflait avant l'heure au-dessus du lit du torrent. Elle portait en elle le parfum des bourgeons prêts à surgir de terre et à voir la lumière. L'eau n'était plus immobile comme quelques semaines auparavant : elle jaillissait, s'agitait en tourbillons et rebondissait entre les rochers. La glace abandonnait les rives et le sous-bois, comme une armée vaincue bat en retraite.

La forêt se réveillait chaque jour un peu plus, s'étirait, accompagnée des premiers chants des oiseaux qui remontaient de la plaine.

Mathias songea que sa vie et celles de Lucia, de Diego et d'Oliver renaissaient, comme la nature. À l'école, ils avaient étudié le cycle des saisons et il pouvait en observer maintenant les effets, au fond de la gorge, là où tout avait commencé et où pointaient les premiers bourgeons.

Ainsi s'imaginait-il qu'ils en faisaient eux-mêmes autant. Ils n'étaient plus immobiles, arrêtés en un point douloureux du passé. Ils étaient allés de l'avant, comme les nuages passant devant le soleil, comme l'eau sur les rochers et le vent entre les brins d'herbe. Ils étaient des fleurs qui cherchaient la lumière et l'avaient enfin trouvée.

Il descendit le sentier en courant, les poumons remplis de parfums neufs et vifs. Arrivé au bord du lit du torrent, il emprunta le chemin qu'il connaissait bien, entre les escaliers et les passerelles suspendues. Le bois s'était libéré du gel et résonnait autrement sous ses pas : c'était le martèlement que Mathias associait à la belle saison qui approchait, rond et tendre. L'eau avait aussi changé de couleur et vibrait d'un vert intense et de turquoise éclatants.

Tout en bas, dans la gorge qui courait au pied du village, il ne se sentait plus seul. Il avait conscience des centaines de petits cœurs qui battaient en même temps que le sien, cachés dans les arbres, au milieu des frondaisons.

À cet instant, le soleil atteignit son zénith et un rayon illumina la gorge, libérant un carrousel de couleurs.

Il rit, ivre de vie, et poussa un hurlement qui ricocha entre les rochers et les précipices, auquel ses amis réagirent comme une meute de jeunes loups.

Il courut vers eux, derrière la grotte, et déboucha devant la cascade, de nouveau libre de se déverser dans des jaillissements d'arc-en-ciel.

Lucia, Diego et Oliver l'attendaient. Chargés de leurs sacs à dos et la carte des sentiers dans les mains, ils étaient prêts à se lancer tous ensemble dans une nouvelle aventure.

Mathias fit un pas vers eux, puis se retourna pour regarder la forêt derrière lui. Parmi toutes les sonorités nouvelles et les appels d'animaux qui le faisaient vibrer, il en manquait un. Il resta un instant à l'écoute, avec l'espoir secret d'entendre à nouveau cette présence et de l'apercevoir entre les arbres, mais la forêt n'offrait plus d'ombres.

Ses amis l'appelèrent. Il laissa filer pour toujours ce dernier accès de mélancolie, comme les cendres d'un feu éteint livrées au vent.

Les hôpitaux psychiatriques judiciaires avaient été remplacés par les REMS, un acronyme qui désignait les « résidences pour l'exécution de mesures de sécurité ».

Battaglia espérait que ce changement ne soit pas strictement de pure forme. Elle avait besoin de croire que l'homme qui l'attendait derrière la porte aurait enfin l'opportunité d'apprendre à vivre et pas seulement à survivre. Elle faisait peut-être preuve d'ingénuité, mais à ce moment de sa vie, elle voulait plus que jamais avoir de l'espoir.

— Prête ? demanda Marini, à ses côtés.

Elle hocha la tête et une surveillante ouvrit la porte.

Andreas Hoffman était assis devant elle, non pas comme un criminel qui purgeait sa peine, mais comme un roi en exil. Son trône avait été usurpé, son règne jeté en pâture à des bulldozers et des foreuses qui le démembreraient. Et pourtant, il occupait l'espace de sa chambre avec la majesté d'un conquistador.

Assis, les mains sur les genoux, attachées par des menottes souples, il fixait le mur nu devant lui, le dos droit, et le menton levé. Ils lui avaient coupé les cheveux et rasé la barbe. Elle observa le visage de cet homme d'une beauté extraordinaire, qui semblait sculpté dans un bois doré et lumineux, et comprit que rien ne contaminerait jamais son âme, pas même le sang qu'il avait versé.

Andreas existait sur un autre plan que le leur : primordial, vierge de toute hypocrisie et de toute bassesse humaine. Même la mort ne semblait pas le corrompre.

Elle était frappée de la force qui émanait de sa personne : il ne s'agissait pas seulement de vigueur physique, mais d'une énergie vitale qui possédait presque une consistance et qui s'imposait à son propre corps, même à distance. C'était le magnétisme animal que Wallner avait décrit dans son journal.

Mais c'était bien davantage, se remémora-t-elle : c'était la force des chefs et des rois, le charisme des condottières ; c'était le mana, un pouvoir spirituel qui était réservé à peu d'élus, capable d'élever les volontés comme de les écraser.

Elle se demanda si c'était seulement elle qui se l'imaginait ainsi ou si la créature qui lui faisait face était réellement singulière.

Reste lucide, se dit-elle en s'asseyant face à lui.

L'immobilité de son expression était impressionnante, mais pas autant que l'ascendant qui en émanait. Wallner était un fou et un criminel, mais Teresa se surprit à penser que ses théories concernant l'enfant n° 39 ne se limitaient peut-être pas aux divagations d'un dément.

Elle avait longuement réfléchi sur la manière d'entrer en contact avec lui. Elle doutait que les mots aient une réelle valeur pour celui qui avait grandi dans le silence des bois et de la solitude. Il les comprenait, les prononçait, mais ils ne constituaient certainement pas son langage naturel.

Andreas communiquait avec les sens comme l'aurait fait un cerf ou un aigle dans le monde d'où il venait. Il se servait de la nature pour déchiffrer le monde et, ainsi, pour le rejoindre là où il se trouvait encore en esprit, Teresa s'était mise à l'écoute de son propre instinct.

Elle regarda Marini et lui fit signe de prendre les cadeaux qu'ils avaient apportés.

Il posa sur la table la photo d'un enfant accroché au sein de sa mère. Teresa l'avait téléchargée d'un site Internet, mais elle était sûre que, pour Andreas, cela ne ferait aucune différence : pour lui, cet enfant était le sien, le petit Markus, l'héritier qu'il s'était choisi. Elle voulait lui faire savoir qu'il allait bien.

Depuis leur arrivée, Andreas avait continué de fixer le mur du regard, mais la photo attira aussitôt son attention. Il la prit entre ses doigts et se remplit de son odeur en la respirant profondément. Avant de se rendre au REMS, Teresa l'avait placée tout près du bébé. Elle était stupéfaite qu'Hoffman s'en soit rendu compte.

Le deuxième cadeau était une petite branche de pin mugho, ramassée à côté du refuge qui avait été sa maison. Elle la lui tendit et vit son regard changer : une variation infime, à peine perceptible, une dilatation des pupilles. Le parfum du résineux lui était familier. Il ferma un instant les yeux et Teresa songea qu'à cet instant, il était là-bas, sur sa montagne.

Le troisième cadeau appartenait à l'enfant sans nom. C'était un lambeau d'étoffe prélevé sur la dépouille. Elle avait dû lutter pour obtenir l'autorisation de le lui apporter, mais elle avait refusé de s'avouer vaincue jusqu'à ce que le « non » initial se transforme en « oui ».

Andreas reconnut le morceau de tissu. Il l'aurait sûrement identifié entre mille. Il s'en saisit et elle vit ses mains trembler, pour la première fois depuis que sa vie avait basculé. Il se le passa sur le visage, sur les lèvres, puis sur la poitrine, où il le tint au contact de son cœur. Il ferma les paupières, ses lèvres articulèrent des sonorités sourdes qu'elle ne réussit pas à comprendre.

L'unique chose qu'elle comprenait, c'était qu'Andreas le berçait.

Voilà sa fleur, pensa-t-elle. La plus belle de toutes les fleurs qui l'empêchaient de voir l'enfer.

Le soir avait succédé à l'après-midi. La ligne d'horizon était encore illuminée d'une dernière lumière diffuse. Dans le fond, très loin, les montagnes rappelèrent à Teresa Battaglia l'origine de cette histoire incroyable. Devant le REMS, l'air était vif et portait les premiers signes d'un printemps précoce. Il lui sembla percevoir le parfum de bourgeons non encore ouverts et elle se dit qu'il s'agissait peut-être d'un message d'espoir.

Pour sa part, elle s'était toujours sentie un peu allergique à l'espérance, mais en fin de compte, songea-t-elle, il fallait quand même croire en quelque chose : et pourquoi pas en quelque chose de beau ?

Marini marchait à côté d'elle, sur le parking de l'institution. Difficile de savoir à quoi il pensait. Elle l'avait vu perturbé, et franchement affecté, durant l'entrevue avec Andreas. Dans cette poitrine constamment gonflée d'orgueil, qu'elle prenait plaisir à piquer de mille façons, battait un cœur tendre.

Ils arrivèrent à leurs voitures respectives. Ils échangèrent un regard, immobiles l'un en face de l'autre, sans prononcer un mot, comme deux desperados trop fatigués pour dégainer. Au terme de chaque épisode, la scène finale était toujours identique.

Elle remarqua qu'il avait le visage creusé de fatigue. Il devait penser exactement la même chose d'elle.

Elle se demanda si elle n'avait pas exagéré avec le jeune inspecteur, au cours de ces derniers jours, en le surchargeant de responsabilités. Elle était tout le temps sur ses talons, l'aiguillonnait sans relâche, l'incitait à ne jamais mollir et à donner le meilleur de lui-même. Et avec elle-même aussi.

Elle glissa une main dans sa poche. Les papiers de bonbons craquèrent.

Nous formons un couple mal assorti, se dit-elle quand il la regarda de travers. Il avait la fâcheuse habitude de lui adresser des reproches en silence, de sorte qu'elle n'avait même pas la satisfaction de pouvoir le remettre à sa place avec une plaisanterie acerbe.

Elle ouvrit la bouche, elle allait dire quelque chose, mais elle la referma aussitôt. Elle prit ses branches de lunettes entre ses lèvres et les mordilla nerveusement. Les réverbères s'allumèrent. Le vent soufflait, un peu plus frais.

— Bon, fit-elle en se dirigeant vers sa voiture. On se voit demain.

Il la salua d'un signe de tête.

— À demain.

Elle ouvrit la portière, puis changea d'idée, se retourna et lui lança un bonbon. Il le rattrapa au vol.

— Je retrouve les garçons au pub, on va boire une bière, annonça-t-elle. Si tu ne vois pas ta bibliothécaire ce soir…

— Je vous rejoins.

Elle acquiesça avec une grimace qui aurait pu tenir lieu de sourire, en se mordant la langue pour ne pas lui faire sentir à quel point il avait l'air bête, avec cet air satisfait en permanence plaqué sur la figure.

Elle monta dans sa voiture. Elle pouvait le voir dans son rétroviseur, il ne bougeait pas, il la regardait.

Zut, comment s'appelle-t-il, déjà ?

Elle haussa les épaules, démarra et s'en alla.

Un mot de l'auteure

Ce roman plonge ses racines dans les paysages de ma terre d'origine.

En ce sens, rien n'a été inventé. Travenì, avec sa forêt millénaire, sa gorge, ses carrières, ses lacs alpins et ses sommets vertigineux, existe vraiment, sous un autre nom. Les montagnes, les saisons, les odeurs et les couleurs de la nature m'ont accompagnée depuis l'enfance et ne pouvaient que servir de toile de fond à cette histoire. Et, à vrai dire, peut-être jusqu'à en devenir partie intégrante, comme s'ils étaient un personnage.

Ma terre est généreuse, mais elle sait aussi prendre. Elle a façonné ses enfants avec tout le poids d'un passé agraire et la violence d'un séisme qui a effacé des maisons et des familles entières, mais sans ébranler leur détermination. Tout a été reconstruit à l'identique, là où c'était possible, par anastylose, en numérotant les pierres tombées alors qu'on comptait encore les morts. Ainsi, on est allé de l'avant, sans rien oublier, cependant, et le séisme est entré dans notre ADN.

Ce roman lui est aussi dédié, à ma terre.

L'étude des effets dévastateurs du syndrome de privation affective sur les nouveau-nés, auquel ce roman fait allusion, a été conduite par René Spitz, psychanalyste autrichien naturalisé américain. Entre 1945 et 1946, Spitz observa un groupe de quatre-vingt-un enfants traités dans un orphelinat. Privés des formes d'amour les plus élémentaires, les petits ne jouissaient pas d'une croissance normale, souffraient de retard de développement cognitif et moteur, présentaient une absence d'expression faciale et un affaiblissement généralisé de leurs défenses immunitaires. Après quelques mois, ils tombaient dans un état de léthargie. Spitz qualifia cet état de « dépression anaclitique ».

Presque 40 % des enfants sous observation moururent au cours de leur deuxième année.

Cette étude, jugée pionnière à l'époque bien qu'elle puisse soulever aujourd'hui des questions d'ordre éthique, eut en tout cas pour effet d'établir de manière incontestable que, pour survivre, un enfant n'a pas seulement besoin d'attentions de type matériel. Pour se développer correctement, y compris au plan physique, il a besoin d'établir des liens affectifs forts et durables.

Les stimuli émotionnels permettent de créer une corrélation physiologique entre agressivité et libido – entendue comme force vitale qui perpétue la vie et pousse à la survie. En l'absence d'attentions affectueuses, les enfants observés par Spitz se défoulaient de leur agressivité sur leur propre corps, parce que c'était le seul objet à leur disposition : quoique bien nourris, ils se laissaient mourir.

Les caresses, les baisers, le contact affectif sont aussi essentiels que l'alimentation.

Enfin, Teresa Battaglia.

Teresa est née il y a deux ans. J'étais à la recherche d'une histoire et cette femme d'un certain âge s'est présentée à mon esprit, un peu bourrue mais pleine d'empathie, qui se bat contre le surpoids et la maladie. Je la voyais penchée sur des notes, éclairée par une lampe. Ces fiches étaient sa mémoire de papier.

Teresa fait désormais partie de ma vie, ses enquêtes me tournent dans la tête, elles exigent d'être écrites. Je m'amuse de ses reparties cinglantes et elle m'attendrit en m'inspirant un sentiment maternel et protecteur, elle qui n'est jamais devenue mère.

Teresa est rationnelle, mais elle sait quand se laisser guider par son instinct. Elle malmène les jeunes messieurs qui travaillent avec elle, mais elle est attirée par leur énergie et elle veille sur eux. Elle est tenace, comme j'espère l'être aussi dans ma propre existence. Elle possède une intégrité que j'admire et la force de la préserver, intacte.

Entre les lignes que j'écris, je la vois souffrir et mener des batailles personnelles et, page après page, je me sens grandir à côté d'elle.

Ce roman est aussi dédié à toutes les Teresa Battaglia qui, tous les jours, se réveillent un peu plus fatiguées, qui luttent contre la solitude, la maladie, celle qui mine le corps, mais aussi l'esprit, afin qu'elles ne cessent pas de vouloir se faire du bien.

Remerciements

Un rêve naît de l'intime, on l'entretient longtemps, dans le silence, mais pour devenir réalité, il faut trouver d'autres personnes qui y croient et lui apportent à leur tour leur propre contribution. J'ai eu la chance et le privilège de rencontrer ces personnes :

Stefano Mauri, mon éditeur.

Fabrizio Cocco, mon « *editor* » (quatre mots qui, à eux seuls, suffisent à m'émouvoir). Indispensable. Un professionnel exceptionnel et un être extraordinaire. Merci d'avoir aimé cette histoire.

Viviane Vuscovich, merci d'avoir fait voyager Teresa au-delà de la frontière !

Toute l'équipe de Longanesi, qui m'a permis de rester sereine, même face à ce qui me semblait être une entreprise de dimension épique. Merci de votre enthousiasme.

Michele, mon lecteur le plus passionné. L'amitié, parfois, n'a même pas besoin d'une rencontre pour éclore.

Maman, Fedora et Franco, pour l'aide sans laquelle, au cours des derniers mois, je me serais sentie perdue. Papa, je sais que tu serais fier de moi.

Et mes remerciements les plus importants : à Jasmine et à Paolo, parce qu'ils sont dans ma vie.

Quand le rêve devient réalité, vient ensuite le moment de le laisser aller seul accomplir son périple : grâce aux lecteurs qui, arrivés à la fin de cette histoire, je l'espère, aimeront Teresa autant que moi.